[全译本]

暗径集

[俄] 伊万·布宁 著

陈馥 路轩 译

人民文学出版社

Бунин И.А.

据Темные аллеи（Paris, Bookking International, 1995）译出。

图书在版编目（CIP）数据

暗径集：全译本／（俄罗斯）伊万·布宁著；陈馥，路轩译. —北京：人民文学出版社，2022
ISBN 978-7-02-015966-6

Ⅰ.①暗… Ⅱ.①伊…②陈…③路… Ⅲ.①短篇小说—小说集—俄罗斯—现代 Ⅳ.①I512.45

中国版本图书馆CIP数据核字（2022）第037679号

责任编辑	柏　英
装帧设计	李思安
责任印制	苏文强

出版发行	人民文学出版社
社　　址	北京市朝内大街166号
邮政编码	100705
印　　刷	北京盛通印刷股份有限公司
经　　销	全国新华书店等
字　　数	218千字
开　　本	850毫米×1168毫米　1/32
印　　张	11.375　插页13
印　　数	1—5000
版　　次	2022年7月北京第1版
印　　次	2022年7月第1次印刷
书　　号	978-7-02-015966-6
定　　价	68.00元

如有印装质量问题，请与本社图书销售中心调换。电话：010－65233595

1938年，在第二次世界大战中沦陷的法国，俄罗斯首位诺贝尔文学奖得主伊万·布宁完成短篇小说《暗径》，它被视为作家的"天鹅之歌"，并开启了作家唯一一组爱情主题小说集，这就是后来出版的《暗径集》。

1943年11月伊万·布宁在给朋友扎鲍利斯·扎伊采夫的信中说：

这本书以第一篇小说的名称《暗径》命名——之后的小说中也都是关于"爱情小径"上的阴暗和残酷……我总想着死亡和这世界上磨人的事！薄伽丘在瘟疫期间写了《十日谈》，而我写了《暗径集》。

伊万·布宁本人评论《暗径集》是自己"技艺最精湛的作品"，但读者众说纷纭。著名评论家格奥尔吉·阿达莫维奇对伊万·布宁的这部自选集大加赞赏，他说：

所有爱情，即使无人分享，都是巨大的幸福，都是"上帝的礼物"。伊万·布宁这本书弥漫着幸福，充满着对生活、对世界的感恩，尽管这世界并不完美，幸福总是常有。

目　次

1

暗　径 003

高加索 010

叙事诗 016

斯乔帕 025

穆　莎 032

深夜时分 041

2

鲁　霞 051

美人儿 064

傻丫头 066

安提戈涅 069

祖母绿 081

客 人 084

狼 088

名 片 091

佐伊卡和瓦列莉娅 099

塔尼娅 116

在巴黎 140

加莉娅·甘斯卡娅 154

亨 利 165

纳塔莉 183

3

在一条熟悉的街上 225

水上餐馆 229

干亲家 238

开 始 243

"橡树庄" 247

克拉拉小姐 253

"马德里"饭店 259

第二壶咖啡 269

铁　毛 273

寒冷的秋天 276

"萨拉托夫"号 283

大乌鸦 290

卡马格 298

一百卢比 300

惩　罚 302

秋　千 314

净身周一 318

小教堂 338

犹太地之春 340

投　宿 347

1

暗　径

一个阴雨连绵的寒冷的秋天，在图拉的一条雨水横流、布满黑色车辙的大路上，一辆遍体泥污、支起部分顶棚的四轮长途马车，由三匹很不起眼的马（马尾都结扎起来，以免扬起泥水）拉着，急速驶近一座两栋连成一体的长长的木屋。这木屋的一半是官家的驿站，而另一半是民房，过往的旅客可以在这边休息或者留宿，吃顿饭或者喝杯茶。驭座上坐着一个身强力壮的农民，他穿一件直襟厚呢袍，腰带勒得紧紧的，神情严肃，黑黑的脸膛，蓄着稀疏的黑胡子，活像古代的强盗。车里坐着一个身材匀称的老军人，他戴一顶挺大的军帽，穿一件尼古拉①式的灰色军大衣，海狸皮的衣领竖着。他的眉毛还是黑的，但是唇髭已经白了，跟唇髭连成一片的颊须也白了，下巴刮得光光的，整个仪表都像亚历山大二世，那是这位沙皇在位的时候军人中间非常流行的。他的目光也含着疑问，严厉而

---

① 指沙皇尼古拉一世。

又倦怠。

三匹马停下来的时候，那老军人从车厢里伸出一只穿着笔挺的军靴的脚，然后用两只戴着麂皮手套的手提着大衣下摆，跳上木屋的台阶。

"往左，大人！"车夫从他的驭座上粗声粗气地喊道。老军人迈过门槛的时候微微弯下他修长的身子，进了穿堂，然后走进左边那个房间。

房间里暖和，干燥，整洁。左边上方屋角供着一幅新的金光闪闪的圣像，圣像下面有一张桌子，铺着干干净净的粗台布，桌旁有几条长板凳，也擦得干干净净。占据着右边尽里头那个屋角的是炉灶，白得像刚粉刷过。靠门这边似乎摆着一张沙发榻，上面蒙着些色彩斑驳的马衣，高的一头紧挨着灶壁。从灶门内飘出菜汤的香味，是炖烂了的圆白菜、牛肉、桂叶的香味。

来客把军大衣脱下来扔在板凳上。只穿一身制服和长筒靴，他的体态显得更加挺拔。随后他又摘下手套和帽子，带着满面倦容，用苍白而瘦削的手摸了摸头。他那花白的头发和梳到眼角的鬓发有些拳曲，稍长而好看的脸上长着一双乌黑的眼睛，还有几粒小麻子。房间里没有人，他把通向穿堂的房门拉开一点儿，没好气地喊道：

"喂，有人吗？"

一个黑发女人应声走了进来，她也长着黑眉毛，同样保持着与年龄不相称的风姿，模样像中年茨冈女人，上唇和腮边都有一层黑绒毛，步履轻盈，然而身躯肥胖，两只乳房高耸在红上衣下面，黑色毛料裙子绷着她那像母鹅一样呈三角形的肚子。

"欢迎光临，大人。"她说，"您吃饭还是喝茶？"

来客看了看她那浑圆的肩膀和穿一双旧的鞑靼式红色便鞋的小巧的脚，随随便便而又盛气凌人地说：

"喝茶。你是女主人还是女用人？"

"是女主人，大人。"

"这么说，你亲自经营？"

"对，亲自经营。"

"为什么亲自经营？孀居吗？"

"不，大人，总得讨生活呀。再说，我喜欢操持。"

"嗯，嗯。好极了。你这儿多干净，多舒服啊！"

那女人微微眯起眼睛，不住地用尖利的目光打量他。

"我爱干净。"她回答说，"我本是在老爷家里长大的，自然懂得体面，尼古拉·阿列克谢耶维奇。"

他忽地挺直身子，睁大眼睛，涨红了脸。

"娜杰日达！是你？"他急切地说。

"是我，尼古拉·阿列克谢耶维奇。"她说。

"我的上帝，我的上帝！"他在板凳上坐下来，定睛望着她说，"谁想得到啊！我们多少年不见面了？有三十五年了吧？"

"三十年，尼古拉·阿列克谢耶维奇。我现在四十八岁，想来您也快六十了吧？"

"差不多……我的上帝，多奇怪啊！"

"有什么可奇怪的，先生？"

"嗯，一切，一切……你还有什么不明白的！"

老军人那倦怠而漫不经心的神情消失了，他站起身来，眼睛看着地板，迈着坚定的步子在房间里踱来踱去。最后他停住脚步，涨红了须发花白的脸说：

"从那以后我再也没有听到过你的消息。你是怎么到这儿来的？为什么不在老爷家了？"

"您走后不久老爷就给了我解放证。"

"后来在哪儿呢？"

"说来话长，先生。"

"你说你没有嫁过人？"

"没有。"

"为什么？凭你那俊俏的模样儿？"

"我不能这样做。"

"为什么不能？你这话是什么意思？"

"有什么好解释的。也许您还记得，那时候我多爱您啊！"

他羞得几乎掉泪，又阴郁地踱起步来。

"一切都会过去，我的朋友。"他喃喃地说，"爱情呀，青春呀——一切，一切。这不过是一桩平平常常的丑事。一切都会随着岁月流逝。

《约伯记》是怎么说的啊？'海中的水绝尽，江河消散干涸。'①"

"上帝是我们的主宰，尼古拉·阿列克谢耶维奇。人的青春会过去，爱情可是另外一回事。"

他抬起头来，停住脚步，苦笑了一下说：

"你总不能一辈子爱我吧？"

"看来我能。多少年过去了，我的心总是不变。我知道，您早就不是当年的您了，对您来说，就跟什么事儿也没发生一样，可是……现在责怪已经晚了，不过，说真的，您扔下我真够狠心的。多少次我委屈得想自尽，就说委屈这一点，别的更不用说了。尼古拉·阿列克谢耶维奇，想当初我称呼您尼古林卡②，您叫我——记得吗？还总念诗给我听，讲的都是'暗径'什么的。"她说完冷冷地笑了笑。

"啊，你那时候可真美！"他晃着脑袋说，"那么热情，那么迷人！你的体态，你的眼睛！记得吗，人人都盯着你看？"

"记得，先生。那时候您的相貌也很出众。我可是把我的美貌、我的热情都给了您。这样的事情怎么能忘掉！"

"唉，一切都会过去，一切都能忘掉。"

"一切都会过去，可不是一切都能忘掉！"

"走吧，"他转身走到窗口说，"你走吧。"

他掏出一块手帕捂住眼睛，又急促地说：

---

① 下面紧接着的一句话是："人也是如此，躺下不再起来……"
② 尼古拉的爱称。

"只求上帝宽恕我。看来你已经宽恕我了。"

她走到门口又停下来说:

"不,尼古拉·阿列克谢耶维奇,我并没有宽恕您。既然说到我们的感情,我就照直说吧:我始终不能宽恕您。不论是当时还是后来,对我来说,世上没有什么比您更珍贵的了。就因为这个我不能宽恕您。好啦,回想往事有什么用,人死了哪能再活过来。"

"是啊是啊,没有用。叫人套马吧!"他回答说,同时神色严厉地离开了窗口,"不过我要告诉你:我始终生活得不幸福,别以为我幸福。坦率地说——原谅我,也许这样说会伤你的自尊心——我曾经狂热地爱我的妻子,但是她变了心,抛弃了我,比我抛弃你更叫人委屈。我曾经宠爱我的儿子,他小的时候,我在他身上寄托了多少希望啊!可是他长大了却变成一个恶棍、浪子、无赖,心如铁石,寡廉鲜耻,丧尽天良……其实这也是一桩极为平常的丑事。多保重,亲爱的朋友。我觉得我在你身上也失去了一生中最珍贵的东西。"

她走过来吻了吻他的手,他也吻了吻她的手,说:

"叫人套马吧……"

当他重新登程的时候,他阴郁地想:"是啊,那时候她多么可爱,多么迷人啊!"他羞愧地回想起自己最后说的话和吻她的手的情景,又立即为自己的羞愧而更加羞愧了,"她给了我一生中最美好的时光,不是吗?"

偏西的太阳露出苍白的脸来。车夫赶着马儿从容不迫地小跑着,不停地从一条黑色车辙转向另一条，挑选着好走的路。他也在想心事，最后一本正经而又粗鲁地说：

"大人，我们走的时候她一直在窗口望着。您准是早就认识她了？"

"早就认识，克利姆。"

"这个女人可机灵啦！听人说她越来越富，还放债呢。"

"这有什么？"

"有什么？！谁不想过好日子？不放亏心债，那就算不错了。听说她还公道，不过也够厉害的！到时候还不了债——怨自个儿去吧。"

"对，对，怨自个儿……快赶吧，可别误了火车……"

西沉的太阳射出黄色的光芒，照着空廓的田野，马儿在泥水中跨着均匀的步子。他看着一闪一闪的马蹄铁，皱起两道黑眉思索着：

"对,怨自己。当然,那是最美好的时光。岂止美好,那真叫迷人！'蔷薇花开红似火，暗径菩提处处荫。'……不过，我的上帝，那样下去会怎么样呢？如果我不扔下她，会怎么样呢？荒唐！那个娜杰日达不是小客店的女掌柜，而是我的妻子，我那彼得堡宅第的女主人，我孩子的母亲？"

他闭上眼睛直摇头。

1938年10月20日

（陈馥 译）

高 加 索

我到莫斯科以后，偷偷地在阿尔巴特大街附近一条小巷里找了一家不显眼的旅馆住下，闭门不出，只盼着与她幽会，以致心力交瘁。那些日子，她一共来会过我三次，每次进门就急匆匆地说：

"我只待一会儿……"

她的脸像恋爱中的女人那样，由于兴奋而呈现出美丽的苍白色，有的时候连嗓音都控制不住。她把小伞一扔，连忙掀起面纱过来拥抱我的那副楚楚可怜、喜不自禁的样子，深深地震撼着我的心。

"我觉得他起了疑心，"她说，"甚至已经有所觉察，也许是看了您写来的某一封信，捡到了我的写字台的钥匙……我认为他什么事都干得出来，因为他是个生性残暴而又爱面子的人。有一次他直截了当地对我说：'我会不顾一切捍卫我做丈夫、做军官的名誉！'现在他不知为什么对我的每一步行动都很注意，要顺利实现我们的计划，我要特别小心才行。他已经同意放我走，我说如果看不到南方、看不到大海我一定会死，这话对他真起作用。不过，看在上帝分上，您要有耐心！"

我们的计划十分大胆，那就是两人乘同一辆火车去高加索海滨，找一处荒无人烟的地方，一起过上三四个星期。我熟悉高加索海滨，因为我曾经在索契附近住过一段时间（那时候我还年轻，单身），终生难忘那些秋天的黄昏，在黝暗的柏树林中，伴着砭人肌肤的灰色海浪……每当我说："这回我要和你漫步在山间丛林，热带海滨……"她的脸都变得煞白。直到最后一分钟我们也不相信我们的计划能够实现——这幸福在我们看来实在太大了。

*　　*　　*

莫斯科下着冷雨，好像夏天就此一去不复返了。脚下是污泥浊水，头上是阴沉沉的天空，行人张着雨伞，四轮轻便出租马车在疾驶中抖颤着支起的车篷，街道因而闪着潮湿、黝暗的光。我出发去火车站的那个黄昏是阴晦的，令人厌恶。一路上由于担心和寒冷，我的五脏六腑似乎都停止了运动。我把帽子低低地压在眉骨上，又把脸藏在竖起的大衣领里，跑步穿过车站大厅和月台。

在我事先预订下的小小的头等车包房里，可以听见雨水哗哗地浇着车顶。我连忙放下窗帘，一俟搬运工在他的白围裙上擦干淋湿的手、接过小费、走了出去，我就反锁上包房的门。然后我微微拉开窗帘，屏住呼吸，目不转睛地望着车厢外各色各样的人提着东西在车站昏暗的灯光下来来去去。我们说好，我要尽量早一些到车站，而她要尽量迟一些来，免得我在月台上碰见她和他。现在他们该来了。我越来越紧张地观察着,可是总不见他们来。第二遍铃已经响过,我浑身发冷,怕她迟到,或者他在最后一刻突然不放她走了!然而就在这个时候,我惊愕地看见了他的高大身影、军官制帽、窄腰军大衣、一只戴麂皮手套的手——他用这只手挽着她迈着大步走来。我从窗前闪开,跌坐在沙发的一角。二等车厢就在旁边,我在想象中目睹他陪着她进了那个车厢,像当家人那样左顾右盼,看搬运工是不是把她的东西都放好了,然后摘下一只手套,摘下帽子,跟她亲吻,为她祝福……第三遍铃在我耳边震响起来,列车开动了,我陷入麻木状态之中……列车逐渐加速,摇来晃去,随后趋于平稳,全速奔驰向前……列车长把她带到我这里,也把她的东西搬了过来,我用一只冰凉的手塞给列车长一张十卢布的钞票……

* * *

她进来以后都没有吻我一下,只可怜兮兮地向我笑了笑,一面在沙发上坐下来,一面摘去缠住头发的帽子。

"我简直吃不下饭。"她说,"我想我准没勇气把这个可怕的角色演到底。口渴死了。你给我一点儿矿泉水吧。(这是她第一次对我称呼'你'。)我相信他会尾随我去。我把格连吉克和加格雷两处的地址给他了。好啦,三四天以后他就到格连吉克……由他去吧,与其受这样的折磨,倒不如死了的好……"

* * *

早晨我来到车厢过道上的时候,那里阳光四溢,闷热得很,从洗手间袭来肥皂、花露水以及人多的车厢里早晨都有的种种气味。给灰尘弄得已不明净又给太阳晒得烫人的玻璃窗外,是一片平坦枯焦的草原,依稀可见几条尘土飞扬的大路和一些高加索牛车,不时地闪过铁路沿线的小岗棚和旁边小花园里开着的金黄色向日葵花、火红色锦葵花……往下是无边无涯的荒原,点缀着一些土丘和古代墓葬。骄阳似火,天空好像一团尘雾,接着地平线上开始现出山峦的影子……

* * *

从格连吉克和加格雷两地,她给他寄了两张明信片,说她还不知道在什么地方下榻好。

接着我们就沿海岸南行。

* * *

我们找到一处蛮荒之地,那里丛生着梧桐、开花的灌木、红木、木兰、石榴,其间耸立着扇形的棕榈树、黑色的柏树……

我一大早就醒了,独自去小山坡上的树林里漫步,而她要睡到早茶时分,我们是七点钟左右吃早茶。烈日已经很有威力地吐着洁净、快活的光焰。林中那芳香的雾气泛着天青色,正在消散。苍翠的远山之外是一带雪峰,闪着亘古不变的皑皑清辉……我回来的时候经过我们所在的村庄的集市,暑气蒸腾,家家的烟囱都冒着烧干牛粪的气味。这里在进行繁忙的交易,步行的人和骑马骑驴的人挤在一起。各族山民一早汇集到这个地方。契尔克斯妇女身上穿黑色齐地长袍，脚下是红色平底软皮鞋，头上蒙着黑巾，不慌不忙地走来走去，从那丧服一样的盖头下面有时会闪射出一瞥锐利的目光。

接着我们去海边，那里总是没有人。我们洗海水浴，晒太阳，直到吃中饭。中饭总是坐在我们那阴暗而闷热的瓦顶小屋里吃煎鱼、白葡萄酒、榛子、水果，饭后穿过紧闭的百叶窗会有火辣辣的欢快的光线射进屋里来。

等到暑气退去，我们打开窗户，眼前看到的是长在低处岩石缝里的几株柏树间显露给我们的一片海水，呈紫罗兰色，平静极了。这样的安逸，这样的美，似乎永无止境。

日落时分，常有奇异的云堆积在大海那边，光彩是那么华丽，她有时就往沙发榻上一躺，用纱巾蒙着脸哭泣，因为再过两三个星期又要回莫斯科了！

夜是温暖的，漆黑的。在伸手不见掌的黑暗中有火蝇在浮动，闪着茶晶色的光点，树蛙发出玻璃铃铛似的声音。等到眼睛习惯于黑暗了，天上的星星和山脊的轮廓就显露出来，有些在白日里我们没有注意到的树木耸立在村庄之上。从小酒店里通宵传来低沉的鼓声和用凄凉哀怨的喉音呼喊出的一支似乎总在反复的永无尽头的歌。

离我们不远，由树林往下向海边去的谷地里，有一条清澈见底的小溪，从石头上跳跃着匆匆流去。等到晚出的月亮像个美丽的生灵似的从群山和树林后面升上来凝视着大地这个幽秘时刻，溪水的闪光就碎成万点，如在沸腾，构成一幅绝妙的图画。

夜间偶尔会有可怖的乌云从山顶直压下来，于是雷雨大作，林中喧声四起，一片阴森的黑暗，时不时地闪现出魔幻的绿色无底深渊，高空里随即响起史前时代的雷鸣，滚滚而过。林中的幼鹰惊醒了，叫嚷起来，一只雪豹在狂嗥，豺狗尖声吠着……有一次，一大群豺狗聚集到我们的灯火通明的窗外（在这样的夜晚它们总是喜欢跑到有人烟的地方来），我们打开窗户，居高临下地望着它们。它们站在闪闪发光的如注的雨中吠着，想进屋来……她望着这些豺狗高兴地哭。

*　　*　　*

他在格连吉克、加格雷、索契等地找她。他到索契的第二天，早晨洗了海水浴，然后刮脸，穿上干净的内衣和雪白的制服，在旅馆餐厅的露台上吃了饭，喝了一瓶香槟酒、一杯掺香甜酒的咖啡，不慌不忙地吸完一支烟。回到他的客房以后，他就在沙发上躺下来，用两支左轮手枪对准自己的太阳穴开了枪。

1937 年 11 月 12 日

（陈馥　译）

叙 事 诗

每逢冬季的大节前夕，庄园大宅里总是烤得如澡堂一般，呈现出一派奇特的景象。奇就奇在这些宽敞而低矮的房间全都敞着门，从外室到尽头的起居室，一路过去畅通无阻。各室上方供着的圣像前面都闪着烛光和长明灯火。

在这些节日前夕，大宅各处的橡木地板都要洗刷一遍，由于生着火，很快就烤干了，然后铺上洁净的马衣，把扫除的时候挪开的家具重新摆在最佳位置上，又在上方供着的披金挂银的圣像前面燃起长明灯和蜡烛，而将其余的灯火熄灭。此刻窗外的冬夜已呈墨蓝色，人人都回自己的卧室去了，大宅里没有一点儿声息。这种肃穆的、似乎有所期待的宁静，与蒙上一层哀戚动人的烛光的圣像夜间显示的高洁神态极其相配。

冬天，那个头发花白、骨瘦如柴、身材短小得像小姑娘的女香客玛申卡，偶尔会到庄园里来做客。在这样的夜晚，大宅里只有她一个人不睡觉。吃罢晚饭，她从下房来到外室，把毡靴从穿一双羊毛袜的小脚上脱去，无声地踏着铺在地板上的柔软的马衣，走遍这些有神秘光照的热烘烘的房间，一见到圣像就跪下去，画十字，礼拜，最后再回到外室，在一只一向搁在那里的黑木柜上坐下来，低声背诵祈祷文和《诗篇》①，或者自言自语。有一天，我听见玛申卡在向"神兽，上帝的狼"祈祷，并且了解到了这只野兽的事迹。

那天晚上我睡不着觉，深夜走进大客厅，想经过大客厅去起居室的书柜里找本书看。玛申卡没有听见我的脚步声。她坐在黑黢黢的外室里自言自语。我停住脚步倾听，她正在背诵《诗篇》。

她毫无表情地背诵道：

"耶和华啊，求你听我的祷告，留心听我的呼求。我流泪，求你不要静默无声。因为我在你面前是客旅，是寄居的，像我的列祖一般……"②

"当对神说，你的作为何等可畏。"③

"住在至高者隐秘处的，必住在全能者的荫下……"④"你要踹在狮子和虺蛇的身上，践踏少壮的狮子和大蛇……"⑤

她背诵最后这一句的时候提高了嗓门，声音仍旧是轻轻的，然而却是坚决的。她坚信不疑地说出"践踏少壮的狮子和大蛇"这几

---

① 指《圣经·旧约》中的一卷书，包括一百五十篇诗。
② 见《诗篇》第三十九篇第十二节。
③ 同上，第六十六篇第三节。
④ 同上，第九十一篇第一节。
⑤ 同上，第九十一篇第十三节。

个字以后，沉默了片刻，慢慢吸进一口气，接着就像跟什么人聊天似的说：

"因为树林中的百兽是我的，千山上的牲畜也是我的……"①

我往外室里瞧了一眼，看见她坐在黑木柜上，垂着一双穿羊毛袜的小脚，两手交叠着放在胸脯上。她的眼睛望着前方，没有看见我。后来她举目向上，一字一字地说：

"神兽啊，上帝的狼！求你也为我们向圣母祈祷吧。"

我走到她跟前去低声对她说：

"玛申卡，别怕，是我。"

她垂手起立，鞠躬到地。

"您好，先生。我不怕。现在我还有什么可怕的？年轻的时候我不懂事儿，什么都怕。让那黑眼魔鬼给害的。"

"你坐下吧。"我说。

"不敢，"她说，"我站一会儿，先生。"

我把一只手放在她那锁骨很大的瘦棱棱的肩膀上，强令她坐下。我自己也在她身边坐了下来。

"坐下，不然我就走了。告诉我，你在向谁祈祷啊？什么上帝的狼，有这样的圣徒吗？"

她又要站起来，我再一次阻止了她。

---

① 见《诗篇》第五十篇第十节。

"唉,你这个人!还说什么都不怕呢!我问你,真有这么一位圣徒吗?"

她想了想,认真地回答说:

"看来是有,先生。不是有以弗拉虎吗?既然教堂里画了像,那就是有。我亲眼见过,先生。"

"见过?在哪儿?什么时候?"

"很久以前了,先生,忘不了的一天。在哪儿我说不上,只记得我们坐马车走了三天三夜才到。那儿有个村子叫陡坡村。我就是远处来的,梁赞人,您也许听说过吧?陡坡村还要远,在顿河那边,那个不开化呀,真没法说。就在那边有我们爵爷们的一个没人看管的村子,是他们爷爷特别喜欢的,大概有上千间土坯房,盖在几个光秃秃的山坡上。最高的山坡下面是石河,山顶上有一幢三层高的东家大宅,也是光秃秃的,还有一座带圆柱的黄颜色教堂。上帝的狼就在这座教堂里头,正中间一块铁板是它咬死的老公爵的墓碑,右边柱子上有那狼的全身画像,一身灰毛,坐在大尾巴上,挺直了身子,两只前脚踩在地上,死盯着你。它脖子上有一圈毛发白,很粗,夹着好多长毫,头大,耳朵尖,龇着獠牙,两只眼睛血红,凶极了,可是头上有一圈金光,像各位圣徒一样。这个怪物想起来都叫人害怕。它活灵活现的,蹲在那儿望着你,好像就要扑过来!"

"等一等,玛申卡,"我说,"我一点儿也不明白,是谁在教堂里画了这只可怕的狼,又为了什么呢?你说它咬死了老公爵,为什么它又成圣,而且蹲在老公爵的墓上?你是怎么跑到那个可怕的村子里去的?都给我讲讲清楚吧。"

于是玛申卡讲了下面的故事:

"先生,我到那儿去只因为我本是农奴的女儿,在我们东家大宅里干活。我无父无母,听说我父亲是个过路人,很像逃出来的农奴,勾引上我母亲以后就不知躲到哪儿去了,母亲生下我不久也去世了。东家可怜我,我刚满十三岁就把我从家奴中挑到上房去干活,给少奶奶当使唤丫头。不知我什么地方讨少奶奶喜欢,她总把我带在身边,一会儿都不让离开。就是她带我去没人看管的陡坡村看祖上的遗产,这是少东家的主意。那片地早荒了,没人了。爷爷一过世,宅院就空了,门窗都封死。少东家和少奶奶想去看一看。爷爷死得太吓人了,我们都是听家里人说的。"

大客厅里忽然传来轻微的爆裂声,接着不知什么东西掉在地上咚地响了一声。玛申卡连忙从黑木柜上下来,跑到大客厅里去,掉在地上的蜡烛已经散发出一股刺鼻的气味。她捏了捏还在冒烟的烛芯,踩了踩马衣上阴燃的细毛,然后爬到一张椅子上去,借着插在圣像前一些银质小槽里的还燃着的蜡烛,点燃了落下的这一支,找到它原先所在的那个小槽,火苗朝下滴几点热蜜一般的蜡在小槽中,把它插好,用细细的手指灵巧地把别的烛花捏掉,再从椅子上跳下来。

"瞧,燃得多欢啊!"她望着重新有了生气的金黄色烛火,一面画十字一面说，"多有教堂气氛啊！"

屋里有一股甜甜的油烟味儿，烛火一闪一闪，这幅圣像多少年来一直从这排烛火后面的一个空空的银饰圆框里向外望着。明净的上层玻璃窗下半部结了厚厚一层灰白色冰花，窗外是漆黑的夜，靠近窗户有一些发白的东西，那是压在小花园里的树枝上的积雪。玛申卡抬头看了看，又画了一个十字，回到外室来。

"您该歇息了，先生。"她在黑木柜上坐下来，用枯瘦的手捂着嘴压下去一个哈欠，说，"今天夜晚挺瘆人。"

"怎么瘆人？"

"就因为太暗，在这种夜晚只有公鸡、乌鸦、猫头鹰能不睡觉。上帝在听世上的事儿，天上最大的星星都在闪闪发光，海里河里的冰窟窿都要冻上。"

"你自己怎么晚上不睡觉？"

"我需要睡多久就睡多久，先生。上年纪的人有多少觉？就跟鸟儿在树枝上打盹儿似的。"

"那你睡吧，不过你先把那只狼的故事给我讲完。"

"这可是凶事儿，好多年以前的了，先生。说不定只是一首叙事诗。"

"你说什么？"

"叙事诗，先生。我们东家都这么说，他们喜欢念叙事诗。听着听着，有时候我的头顶直发凉：

> 林海在山外怒号，
>
> 狂风在雪原上猛扫；
>
> 雪暴天气降临，
>
> 大路没了踪影……

"多好啊，上帝！"

"好在哪儿，玛申卡？"

"好在自己也不知道好在哪儿。瘆人。"

"古时候的事情都挺瘆人，玛申卡。"

"怎么说呢，先生？瘆人是瘆人，可现在又让人觉得可爱了。那还是什么时候的事儿啦？好多好多年以前的事儿了，又过了多少朝多少代，橡树老得一棵棵散了架，坟墓一座座塌得跟地一样平。那是家奴们一代一代口传下来的，谁知道是真是假？听说还是大女皇时候①的事儿了，老公爵到陡坡村去住，听说是因为冒犯了大女皇，让大女皇给发配了。老爷子变得又凶又恶，尤其在处罚农奴、在通奸这上头。他那时候还身强力壮，长得特英俊，听说家奴中的女孩儿和他那些村子里的女孩儿，没有一个在洞房花烛之夜不给他要去糟蹋了的。结果他犯了一桩最可怕的罪：想霸占他亲生儿子的新娘。

---

① 指俄国女皇叶卡捷琳娜二世在位的时期（1729—1796）。

他儿子在彼得堡当军官，等找到了对象，也得到父亲允许结了婚以后，就带着新娘回陡坡村来拜见父亲。老爷子竟迷上了新媳妇。难怪歌里是这么唱的：

　　爱情处处一样火热，
　　世上人人谈情说爱……

　　"就说一个老人得了相思病，那能算什么罪。我说的完全不是这么回事儿，我说的是他等于对自己的亲闺女起了歹心。"
　　"后来呢？"
　　"后来小爵爷发现父亲打的是什么主意，决定悄悄逃走。他先跟马夫们讲好，千方百计买通了他们，叫他们半夜给他套三匹快马，等老爵爷一睡着就带上新娘逃出家门。他真的这么办了。不过老爵爷根本没打算睡觉，他当天晚上就从他的心腹们那儿听到了风声，马上追了出去。深更半夜，地冻天寒，月亮周围都有一圈一圈的冻云，草原上的积雪能让人没顶，可是他都不当一回事儿，浑身挂满了刀枪，骑上马飞跑，和他宠爱的猎狗佰一起去追，没多久就看见他儿子的那辆三套马车。老爵爷大叫：站住，我要开枪了！儿子不理会，拼命赶着马儿跑。老爵爷就对准马儿开枪，先打死了右边拉边套的，接着又打死了左边的一匹，正想打死辕马，他转眼望一望侧面，看见月光下的雪原上有一只大得不得了的狼，眼睛像火一样红，头上有一圈光，向他扑过来了！老爵爷当即向那只狼开了一枪，那只狼连眼睛都不眨一下，直冲上来，扑到老爵爷胸口上，一口咬断了老爵爷的喉结。"

"哟，这么吓人，玛申卡，"我说，"真像叙事诗呢！"

"罪过啊，您别笑，先生！"她说，"上帝什么都见得多了。"

"这我没话说，玛申卡。奇怪的是，为什么偏偏要把这只狼画在它咬死的老爵爷的墓旁。"

"这是按老爵爷本人的意思，先生。把他抬回家来的时候，他还活着，临死做了忏悔，领了圣餐，最后一刻下令把这只狼画在教堂里他的墓旁，想必是为了教育后代。那年月谁敢不听他的？再说那教堂也是他们家的，是他修建的。"

1938年2月3日

（陈馥 译）

斯乔帕

黄昏时分,在通往切尔尼的大道上,年轻的商人克拉西利希科夫遇上了雷阵雨。

他穿一件直襟厚呢袍,竖起衣领,因为雨水不住地从帽檐上往下流而把有檐儿便帽低低地压在眉骨上,紧赶着一辆轻便跑车。他坐在靠近挡板的地方,把两只穿长筒靴的脚牢牢地踩在马车的前轴上,一双给雨水浇湿的冰凉的手拉着既湿又滑的皮缰绳,催促着已经跑得不慢的马。他的左侧,在喷泉般的泥浆中转动的马车前轮旁,有一只棕色班特尔狗伸长了舌头以均匀的速度跑着。

起初他沿着公路一旁的黑土车辙赶他的车,等到车辙变成一条冒着水泡的灰色小河的时候,他就转到了公路上。因为公路上铺着小石子,整个马车就抖颤起来。在散发着黄瓜清香和磷的气味的雨帘后面,附近的田野和头上的天空早就没了踪影,只不时地有刚劲多叉的闪电,以炫目的宝石红火,从上到下曲曲折折地烧裂眼前这由乌云形成的大墙,犹如世界末日的征兆一般,紧接着是一连串噼噼啪啪的裂帛声，拖带着惊天动地的隆隆巨响，从头上飞过。每响一次，拉车的马都要贴紧两耳向前猛蹿，而那只狗更是改为跳跃前进……克拉西利希科夫在莫斯科长大，又在那里读书，读完了大学；可是夏天一来到他那位于图拉省的豪华别墅般的庄园，他就喜欢做一个农民出身的地主兼商人，喝拉斐特酒①，吸金烟盒里装的烟卷儿，穿涂了鞋油的长筒靴，还有斜领衬衫和紧腰长外衣，为自己有俄罗斯人的体态而骄傲。这天，在大雨滂沱和雷鸣电闪中，他感觉到冰凉的雨水怎样从他的帽檐和鼻子上直流下来，浑身充满了乡村生活给予他的一种精力旺盛的快感。今年夏天他常常想起去年夏天的事情：因为跟一位著名女演员打得火热，他在莫斯科熬到七月，直到那女演员动身去了矿泉城。无所事事，暑热难当，挖得乱七八糟的街道上摆着烧沥青的大铁桶，从里面冒出热腾腾的臭气和青烟。在圣三一地下餐馆跟小剧院的演员们（他们也打算去高加索避暑）一块儿吃中饭，然后泡咖啡馆，晚上在自己的寓所等她，寓所里有带布套的家具、大吊灯、蒙着薄纱的画、樟脑气味……莫斯科夏季的傍晚长极了，近十一点才天黑，只好等啊等，总不见她来。终于听到门铃响了，她身着夏季盛装，进门就喘着气说："真对不起，我头疼，躺了一天，你的茶花简直要蔫了，我急得不得了，叫了一辆快马车赶来，肚子饿极了……"

---

① 指法国波尔多酒区梅多克分产区的拉斐特出产的红葡萄酒。

燕麦地里的路 (1866)

［俄］伊万·伊万诺维奇·希什金 / 绘

暴雨过去，惊天动地的雷鸣渐轻渐远，四下里明朗起来，前方靠公路左侧出现了孤老头子小市民普罗宁开的车马店，那是他熟悉的。离城还有二十俄里。克拉西利希科夫想，必须歇一歇，他的马已经累得大汗淋漓，再说也不知道还会不会变天，那边真黑，而且还在闪电……到了转弯的地方，他让马大步向车马店走去，在木台阶旁边停下来。

"大爷！"他大声喊道，"客来了！"

那铁皮顶下的原木小屋窗户都黑着，没有人答应。克拉西利希科夫把马拴好以后，登上台阶，既湿又脏的班特尔狗抢在他前面跳了上去，两只眼睛亮得无神，像疯狗一样。克拉西利希科夫把帽子从汗津津的额头上向后推了推，脱下被雨水浸透变得沉重的厚呢袍，扔在台阶的栏杆上，露出腰间束着一条有银饰物的皮带的紧腰长外衣。他擦了擦被泥浆溅脏的脸，然后用马鞭柄去清除靴筒上的污泥。穿堂门开着，但是屋里好像没有人。他想，大概都圈牲口去了吧，于是挺直身子瞭望原野，琢磨着要不要往前走。黄昏时分的空气是静止不动的，潮湿的。鹌鹑在远处湿得沉甸甸的麦子中间叫唤，从四面八方传来它们的生气勃勃的声音。雨停了，然而夜色也上来了，天昏地暗。公路那边，在低低的、黑压压的树林后面，乌云变得更加厚重，还有火光一闪一闪，照亮一大片，显得十分凶险。克拉西利希科夫一步跨进穿堂，在黑暗中摸到了通向内室的门。里面黑洞洞的，寂然无声，只听得墙上那只价值一卢布的钟在嘀嗒嘀嗒地响。他碰上门，向左边转过身去，摸索着打开了正房的门，里面还是没有人，只有天花板上的苍蝇在闷热的黑暗中发出一阵瞌睡的不满的嗡嗡声。

"像是都死绝了！"他大声说，可是立刻听见主人的女儿斯乔帕摸黑从铺板上滑下来，用未成年的悦耳的嗓音急速地说：

"瓦西里·利克谢伊奇，是您吗？这儿就我一个人，做饭的老妈子跟爸爸吵了一架，回家去了，爸爸又有事，带上雇工进城去了，今天不一定回来……大雷雨把我吓得要死，刚才我听见像是有人来，更害怕了……您好啊，对不起……"

克拉西利希科夫划着一根火柴，照亮了斯乔帕的一双黑眼睛和黝黑的小脸蛋。

"你好，小傻瓜。我也要进城，可是你看这天气，我进来躲一躲……你以为是强盗来了？"

火柴快燃尽了，但是还看得见那羞涩地微笑着的脸蛋、脖子上的一串珊瑚项链、黄黄的印花布连衣裙下面的一对小乳房……斯乔帕几乎只有克拉西利希科夫的一半那么高，看上去简直是一个小姑娘。

"我这就点灯。"她连忙说。克拉西利希科夫那看穿一切的目光使她更加心慌意乱，她奔向吊在桌子上端的一盏灯，踮起脚尖，一面笨拙地把玻璃灯罩从锯齿形的护栅和白铁圈里抽出来，一面用悦耳的嗓音说，"是上帝差您来的，我一个人在这儿怎么办啊！"

克拉西利希科夫又划着一根火柴，望着她那伸长了又弯下去的身影。

"等一等，不用了。"克拉西利希科夫忽然说，同时扔掉手中的火柴,并且搂住了她的腰,"你先到我这儿来一会儿……"

她惊恐地回头看了他一眼,垂下双手,转过身来。他把她拉向自己的怀抱,她没有挣扎,只是古怪而惊讶地把头向后仰去。他穿过黑暗居高临下地直盯着她的眼睛笑问道:

"你更加害怕了?"

"瓦西里·利克谢伊奇……"她乞求地喃喃说,同时想挣脱。

"等一等。你不喜欢我吗?我知道你总是高兴我来。"

"世上没有比您更好的人了。"她低声而又热烈地说。

"你看看……"

他给了她一个长长的吻,接着两只手就向下滑去。

"瓦西里·利克谢伊奇……看在基督分上……您忘了您的马还在台阶下面呢……爸爸要是回来……啊,别这样!"

半小时以后,克拉西利希科夫从屋里出来,把马牵到后院去,拴在棚子下面,卸了马嚼子,又从停在后院中央的一辆大车上拿了一些湿漉漉的草料扔给马吃,然后望着明净无云的天上那些悠然自得的星星转回屋里。仍有一些遥远的微弱闪光从不同的方向朝这静寂无声的小屋内的闷热的黑暗中窥视。斯乔帕因为恐惧、狂喜、事情发生得如此突然而大哭了一场,现在蜷缩着躺在铺板上,把头埋在胸前。克拉西利希科夫吻了吻她那被泪水打湿的有咸味儿的脸颊,仰面躺下,把她的头搁在自己的肩上,右手夹着一支烟卷儿。她乖乖地无言地躺着,他一面吸烟一面用左手温存而又心不在焉地抚平她那些搔着他的下巴的头发……她立刻睡着了。他望着眼前的黑暗躺在那里得意地笑了："'爸爸进城去了……'嘿，谁叫他进城！可恶的是他马上会明白，这个穿灰色紧腰长外衣、蓄一部雪白的大胡子的小老头，干瘦利索，两道浓眉还黑黑的，目光异常活泼，喝醉了酒就说个没完，可是什么都看得一清二楚……"

他睁着眼睛躺着，直到屋子中央从天花板到地板之间的暗处渐渐亮起来。他转过头去，看见窗外东方已经现出鱼肚白，可以分辨出屋角那张桌子上方挂着的巨幅圣徒像，那位圣徒身穿法衣，举起一只为人祝福的手，目光威严得使人无法抗拒。他看了看她，她仍旧蜷缩着躺在那里，在梦中忘却了一切！可爱又可怜的小姑娘啊……

等到天大亮了，公鸡在隔壁以各种腔调啼叫起来，他就做了一个要起身的动作。她猛地坐起来，侧身向着他，敞着怀，蓬着头，大惑不解地瞪着他。

"斯乔帕，"他小心翼翼地说，"我该走了。"

"您就走？"斯乔帕失神地低语道。

忽然间，她明白过来，两手交叉着捶胸说：

"您上哪儿去？这下我怎么能没有您？这下我怎么办啊？"

"斯乔帕，不久我会再来……"

"可是爸爸在家，我怎么见您啊！我可以到公路那边的树林里去，可是我怎么离开家呢？"

克拉西利希科夫咬紧牙关把她掀倒在铺板上。她大大伸开两条胳膊喊了一声："啊！"像是临死的甜蜜的绝叫。

随后克拉西利希科夫穿好衣服，戴上帽子，拿起马鞭，背对着窗户和初升的太阳的浓重光华站在铺板前面，而斯乔帕跪在铺板上，像小娃娃一样难看地咧开嘴号啕大哭，并且断断续续地说：

"瓦西里·利克谢伊奇……看在基督分上……看在上帝分上，您娶我吧！我做您的最贱的奴婢！在您的房门口睡觉，娶我吧！就这么上您家去我也心甘情愿，可是谁能让我就这么去啊！瓦西里·利克谢伊奇……"

"住嘴！"克拉西利希科夫厉声说，"过两天我来找你父亲，跟他说我娶你。听见了吗？"

斯乔帕跪坐在那里，一听这话立刻中止了哭嚎，呆呆地睁大两只饱含泪水的闪光的眼睛，问了一句：

"真的？"

"当然是真的。"

"主显节那天我已经满十五岁了。"斯乔帕连忙说。

"那么再过半年就可以结婚啦……"

克拉西利希科夫回到家，立刻动手收拾行装，当天傍晚就乘三套马车上火车站。两天以后他已经在矿泉城了。

1938年10月5日

（陈馥 译）

穆 莎

那个时候我已经不很年轻了，可是忽然起了学画的念头——我一向热爱绘画艺术，于是扔下我那坦波夫省的庄园，跑到莫斯科去过冬，向一位虽无才气却够有名气的画家学画。他是个不修边幅的胖子，画家通常有的习惯他都养成了：蓄起长长的头发，做成油光油亮的大发卷儿披在脑后，嘴里叼一个烟斗，上身穿一件石榴色天鹅绒直领短外衣，皮鞋外面套着一双肮脏的灰色鞋套（我特别讨厌这双鞋套），对人态度随随便便，眯起眼睛屈尊俯就地看看学生的习作，然后仿佛自言自语似的说：

"有意思，有意思……显然有进步……"

我住在阿尔巴特大街布拉格饭店旁边的首都旅社，白天去老师家或在自己的住处作画，晚上常常到一些小餐馆里去与新结识的各色吉卜赛式的艺术家们消磨时光，他们有的少不更事，有的曾经沧海，但都一样热衷于台球和虾就啤酒……我的生活过得很不愉快，而且无聊！这个带女人气的邋邋遢遢的画家，加上他那间按艺术家的方式杂乱地堆着各式各样蒙着灰尘的模型和画具的工作室,还有使人郁闷的首都旅社……只记得窗外时时飘着雪花,有轨马车摇着铃儿在阿尔巴特大街上隆隆地驶过,晚上灯光昏暗的餐厅里有啤酒酸味、煤气臭味……真不明白,为什么我要过这种可怜的生活,当时我根本不穷。

然而三月里的一天,我正在自己的住处用铅笔作画,双重窗户上面的通风窗开着,从那里吹来已非冬日的雨雪潮气,马蹄铁在街上敲出的声音也不似冬日的,连有轨马车的铃声都更像音乐了,这时候有人敲了敲我的外室房门。我大声问:谁?没有人答应。我等了等,再大声问了一次,还是没有人答应,接着敲门声又起。我走过去开了门,门外站着一位姑娘,高挑身材,头上戴一顶冬天戴的灰色帽子,身上穿一件灰色直筒长大衣,脚下是一双灰色高勒儿套鞋,两眼直视着我,眼睛是橡实色的,有长长的睫毛,脸上、露在帽子外面的头发上都有雨滴雪粉在闪光。她直视着我说:

"我是音乐学院的学生穆莎[1]·格拉夫。听说您是个挺有情趣的人,特地来认识认识。您不反对吧?"

我很惊讶,当然还是客客气气地回答说:

"非常荣幸,欢迎之至!不过我要先提醒您,传闻未必可靠,我好像并没有什么情趣。"

---

[1] 希腊神话中的文艺女神名叫"缪斯",亦可指灵感,俄语中为"Муза"(穆莎)。

"不管怎么样,您先让我进屋,别叫我站在门口。"她说,眼睛仍旧直视着我,"您感到荣幸,那就接待我吧。"

她一进门就像回到自己家里一样,对着我的一面有些地方已经发黑的银灰色镜子摘下帽子,理了理铁锈色的头发,把大衣脱了扔在椅子上,露出方格法兰绒连衣裙,然后在长沙发上坐下来,用被雨雪淋湿了的鼻子大声吸气,同时对我下命令:

"给我把套鞋脱下来,再把大衣口袋里的手绢递给我。"

我把手绢递给了她,她擦干了鼻子,并且向我伸出两只脚来,满不在乎地说:

"昨天晚上我在绍尔的音乐会上看见您了。"

我强忍着得意而又惶惑的傻笑,顺从地把她的套鞋一只接一只脱下来,心里想:"好一个怪客!"她身上还散发着新鲜空气的清香,这清香激动着我的心。她的勇气,加上她的面孔、直视着我的眼睛、大得好看的手以及我从蒙着她的浑圆丰满的双膝的裙子下面脱去她的套鞋并且看到薄薄的灰色长袜包着鼓鼓的小腿肚、露出脚背的漆皮鞋包着修长的脚掌的时候观察到感觉到的一切所包含的女性和青春的特质,也都激动着我的心。

随后她在沙发上舒舒服服地坐好,看样子不打算很快离开。我不知道说什么好,就问她从谁那儿听说我什么了,她是什么人,在哪儿住,家里还有什么人。她说:

"我从谁那儿听到了什么并不重要。我来主要是因为在音乐会上看见了您。您长得相当漂亮。我父亲是医生,我的住处离您这儿不远,就在清水林荫大街。"

她说话有些突兀,而且简短。我又不知道说什么好了,于是问她:

"喝茶吗?"

"喝,"她说,"要是您有钱,请叫茶房到别洛夫的店里去买点儿小皇后苹果①,就在阿尔巴特大街上。不过叫他快点儿,我性子急。"

"您看上去可是不慌不忙的。"

"看上去怎么样不算数……"

茶房送进茶炊和一袋苹果,她开始沏茶,擦净杯子和小勺儿……她吃罢一个苹果又喝完一杯茶以后,在沙发上往里挪了挪身子,拍拍身旁说:

"现在您坐到我这儿来吧。"

我坐下,她搂着我不慌不忙地吻了吻我的嘴唇,又放开我,把我端详一番,似乎确信我值得她这样做了,然后才闭上眼睛,再给我有力的、长长的一吻。

"好了,"她像是松了一口气似的说,"暂时到此为止。后天吧。"

屋里已经完全黑了,只有昏暗的街灯射进来一点儿愁闷的光。我的感觉是不难想象的。这幸福不知从哪儿忽然降临!她年轻体壮,嘴唇的滋味和外形都是超凡脱俗的……我仿佛是在梦中听到有轨马

---

① 西伯利亚产的一种耐寒苹果。

车的单调的铃声、马蹄的嘚嘚声……

"后天我想和您去布拉格饭店吃一顿饭。"她说,"我从来没有去过那儿,总的来说,我还很不老练。我想象得出您是怎么看我的。其实我这是初次恋爱。"

"恋爱?"

"这不叫恋爱叫什么?"

自然,我不久就放弃了学画,她虽然继续上课,也不那么正规了。我们形影不离,像新婚夫妇似的在一起过日子,参观画廊和各种展览,出席音乐会,不知为什么还去听讲座……五月,我按照她的愿望迁往莫斯科近郊一座古老的庄园,那边盖了一些小别墅出租。她经常到我的住处来,深夜一点钟才返回。我怎么也料想不到我会住进莫斯科郊外的别墅,此前我从来没有当过无所事事的别墅客,而且在一个大不似我们草原地区庄园的庄园里,再加上这种气候。

天天下雨,周围都是松林。松林上头的青天里偶尔会有白色的云朵聚集拢来,从高处传来隆隆的雷声,接着阳光中就有闪亮的雨点洒下来,迅速把暑热变为芳香的松林水蒸气……一切都湿漉漉的,油光光的,照得见人……在庄园范围内的公园里,树木长得十分高大,坐落其间的别墅就显得格外小巧,如同热带国家在树下建造的住房。池塘像一面巨大的黑镜子,一半覆盖着绿藻……我住的那座用原木砌的别墅在公园外围的树林里,还没有完全建成,墙没有勾缝,地板没有抛光,炉子没有火盖,家具几乎全无。由于潮气始终不散，我扔在床下的长筒靴竟长了霉。

晚上近十二点才天黑，西边天上的朦胧日光总照着静止不动、悄无声息的树林。夜间若有月亮，朦胧的日光与月光便奇怪地掺和在一起，也是静止不动的、怪异的。这笼罩着万物的平静气氛，这天宇和空气的澄明，总使人以为雨是不会再下的了。可是我送她去火车站回来，刚要睡着，夹着迅雷的急雨又倾泻到了屋顶上，四下里一片黑暗，闪电将它的光直射下来……清晨，潮湿的林间小径的淡紫色泥地上布满了斑驳的阴影和耀眼的光斑，一种叫做鹟的捕蝇小鸟发出咔嚓咔嚓的声音，鸫鸟喑哑地低鸣着。午前又闷热起来，云层增厚，开始掉雨点。日落前晴开了，低低的太阳将它那透亮的金色光栅穿过叶丛投进窗来，在我的原木墙上颤动。这时候我就去火车站接她。火车到了，数不清的别墅客拥上月台，机车喷出的煤炭气味和雨后树林的清香混合在一起。人群中出现了她，提着一网兜食品、水果、一瓶马德拉葡萄酒……我们友爱地面对面坐着吃饭。在她迟归前，我们漫步于公园中。她把头靠在我的肩上梦游似的走着。黑黝黝的池塘，耸入星空的百年老树……夜像中了魔一样明亮，无限静寂，湖泊般的银色林间空地上铺着无限长的树影。

六月间她跟随我回到乡下。虽然我们没有正式结婚，她却像妻子一样和我生活在一起，并且开始操持家务。秋季虽然漫长，她在日常的劳碌和读书中度过，倒也不觉得无聊。常来的邻居是一位姓扎维斯托夫斯基的穷地主，单身汉，住在离我们约两俄里远的地方。

他身体瘦弱，须发呈棕红色，性格腼腆，略通音乐，可又不乏才气。冬天他几乎每晚到我家来。我自小就认识他，现在对他习惯到了如此程度，若有一晚他不来，我倒要觉得奇怪。我们在一起下棋，或者他和她在钢琴上做四手联弹。

圣诞节前的一天，我有事进城去。回来的时候，月亮已经升起。进屋以后，我左右不见她的影子，就独自坐下来喝茶。

"杜尼娅，太太呢？是不是散步去了？"

"我不知道，老爷。从吃早饭的时候起就没见她在家。"

"她打扮好就出去了。"我的老奶妈从餐室里走过的时候头也不抬地阴沉地说。

"一定是到扎维斯托夫斯基那儿去了。"我想，"过不了多久她一定会跟他一起回来，已经七点钟了……"于是我到书房里去躺下，忽然睡着了，因为我在冰天雪地间跑了一天的路。一小时以后我又忽然醒来，脑海里出现一个明确而又怪诞的念头："她这是把我甩了！她从村子里雇一个农民赶车送她上车站，去莫斯科了。她这个人什么事都干得出来！不过说不定她回来了呢？"我走遍各个房间，没有，她没有回来。我在仆人面前觉得丢脸……

到了十点钟，我不知道做什么好，就穿上短皮袄，不知为什么带上一杆枪，沿着大路向扎维斯托夫斯基家走去，心里想："今天他偏偏没有来，这个可怕的夜晚还长着呢！难道说她真的走了，甩了我？不会，不可能！"我在被来往的车辆轧得结结实实的积雪上走着，左边一片白雪皑皑的田地在低垂、惨淡的月亮照耀下闪闪发光……我离开大路，折向扎维斯托夫斯基的可怜巴巴的庄园，穿过沿田地通向大宅、两边树木光秃秃的林荫道进了院子，左边有一座年深日久的破房子，里面黑洞洞的……接着我登上结了冰的台阶，好不容易才推开包皮已成碎片的沉重的门。外室的炉子敞着盖，燃过了劲儿，颜色发红，屋里暖烘烘的，没有点灯……大客厅里也没有点灯。

"维肯季·维肯季奇！"

他穿着毡靴无声无息地出现在书房门口，只有月光穿过意大利式三联窗照着他。

"哦，是您……请进，请进……您看我在这儿闲坐着消磨黄昏，没有点灯……"

我走进去，在一张凹凸不平的长沙发上坐下来。

"您瞧，穆莎不见了……"

他沉默了一会儿才用几乎让人听不见的声音说：

"嗯，嗯，我理解您……"

"您理解什么呀？"

穆莎立刻从与书房相邻的卧室里走出来，也是无声无息地，也穿着毡靴，披一条大围巾。

"您带着枪，"她说，"要是您想开枪，那就朝我开，别朝他开。"

她在我对面的一张长沙发上坐下来。

我看了看她的毡靴，又看了看那灰裙下的双膝，在射进窗来的金黄色月光下什么都清清楚楚。我真想大喊一声："没有你我活不下去，就为了你的双膝，为了这裙子、这毡靴，我甘愿舍弃自己的性命！"

"事情很清楚，已经结束了。"她说，"吵闹是没有用的。"

"您太残酷啦！"我好不容易说出这句话来。

"你给我一支烟。"她对扎维斯托夫斯基说。

扎维斯托夫斯基胆怯地凑过去，递给她一只烟盒，然后伸手到衣袋里去摸火柴……

"您对我说话已经用'您'了，"我上气不接下气地说，"当着我的面您就别对他称'你'吧！"

"为什么？"她扬起眉毛举着烟卷儿问。

我的心已经跳到了嗓子眼儿，敲击着太阳穴。我站起身来，趔趔趄趄地走出门去。

1938 年 10 月 17 日

（陈馥 译）

深夜时分

"有多长时间我没到那儿去过了啊!"我对自己说。十九岁以后就没去过。我曾经一度在俄罗斯生活,感觉到俄罗斯是我的,有随意东走西走的充分自由。乘车走三百俄里路并不费事,可是我一再延宕,没有成行。几十年岁月就这样过去了。终于到了不能再拖下去的时刻:要么现在就去,要么永远去不成。必须抓住这唯一的也是最后的机会。好在此刻是深夜时分,不会碰见什么人。

我从桥上走到河对岸去,在七月之夜的月光下,可以远眺四周的景物。

这桥多么眼熟,是原来的,仿佛昨天才见过——古老粗陋,拱着脊背,看上去甚至不像石桥,而像永远不会毁坏的化石。当我还是一个中学生的时候,我以为它在拔都时代就存在了。然而只有大教堂下面那陡坡上残剩的一点儿城墙和这石桥能够说明这座城市有古老的历史。其余的一切不过是陈旧、乡气罢了。奇怪的是,从我还是一个孩子、一个少年的时候起到现在,世上确乎有了变化。从前这条河不能通航,现在呢,无疑经过了一番疏浚清理。月亮在我的左侧,从高空照着河面,在它的摇曳的光影中,在河水的闪烁的波光中,有一只白色明轮船。那轮船静静的,像是空无一人,虽然所有的舷窗都被照得通明,犹如一只只呆滞的金眼睛,而且把光投到水面上,形成一根根流动的金水柱,轮船似乎就停在这些水柱上。这景象我在雅罗斯拉夫尔、在苏伊士运河和尼罗河上都看到过。巴黎的夜晚潮湿、黑暗。在看不透的天上,烟雾弥漫的落日余晖呈粉红色,塞纳河水黑焦油似的从一座座桥下流过,桥上的灯光倒影也在桥下形成流动的水柱,只不过是白、蓝、红三色的,像俄国国旗一样。而我眼前的这座桥上却没有灯,它是干燥的,布满尘土。前方坡上是城市,被它的许许多多花园遮蔽得昏暗,花园之上耸立着消防队的瞭望台。天哪,那真是难以述说的幸福啊!我第一次吻你的手就是在夜间失火的时刻,你捏了捏我的手作为回答,我永远不会忘记你的这个默许。整条街上都是黑压压的人群,在非同寻常的不祥的火光里。当时我在你家做客,忽然听见外面警报声起,大家一齐奔向窗口,然后跑到栅栏门外。火远远地烧着,在河对岸,但是火很大,炽热而迅猛。黑红色的烟团滚滚上升,从其中高高地蹿出深红色的火苗,颤抖着,把靠近我们的大天使堂的圆顶照成红铜色。就在这推推搡搡的人群中间,在由四面八方聚拢来的平民百姓说出的时而惊慌、时而悲悯、时而兴奋的话语中间,我闻到了你那少女的秀发、脖子、布衣的芳香,于是我突然下定决心,连气也不敢喘地握住了你的手……

我过了桥，上了坡，沿着那条铺了路面的路走进城去。

城里没有一星灯火，也没有一个活人。寂然、空旷、平静、凄凉，是俄罗斯草原之夜的凄凉，沉睡中的草原城市的凄凉。只有花园里的树叶在七月均匀的微风中让人难以觉察地、小心翼翼地抖动着。这微风不知来自田野间什么地方，温柔地吹拂着我。我走着，天上一轮大大的月亮也在走，像一面圆圆的镜子滚动着穿透树枝间的黑暗。一条条宽阔的街道躺卧在阴影中，只有阴影遮盖不到的右边一排房屋的白墙被月光照亮了，黑黝黝的窗玻璃反射着阴郁的光。我在阴处，沿着黑影斑驳的人行道向前走，那人行道上像是铺着透光的黑色丝织花边。她有过一件与此相似的晚礼服，非常华丽，长长的，剪裁得极好，与她纤细的身材和年轻的黑眼睛特别配称。她穿上这件晚礼服显得神秘，而且对我冷淡到使我觉得委屈的地步。这是在什么地方？在谁家做客？

我的目的地是老街。我本来可以走另外一条近一点儿的路到达那里，之所以折进这些花园间的宽阔的街道，只是想看看那所中学。等我走到中学所在地，又是一惊：一切还是半个世纪以前的老样子，砖砌的围墙，砖铺的院子，院内有一座大砖楼，一切都像当年我在的时候一样公式化，枯燥乏味。我在大门前流连片刻，想在自己内心唤起回忆的愁绪和悼惜之情，却没有能够做到。我初次走进这大门的时候还是个一年级学生，剪寸头，戴一顶新的蓝色学生制帽，帽檐上端饰有小银棕枝,身上穿一件新的有银纽扣的学生制服大衣。后来我成了一个清瘦的少年,穿一件灰色直领上衣,一条裤脚有套带的时髦长裤。难道这就是我吗?

老街在我看来只是比以前窄了一点儿,此外毫无变化。坑坑洼洼的马路,没有种一棵树,两旁是些落满尘土的商人住宅。人行道也是坑坑洼洼的,不如在街心走,沐浴着月光……今夜几乎同那个夜晚一样,只不过那是在八月末,满城是堆积在各处市场上的苹果的香味儿,而且那么暖和,穿一件腰里系根高加索皮带的斜领衬衫走路真是一种享受……换一个地方,比如在天上,还能记得这个夜晚吗?

我终于没有决心走到你家。你家想来也没有变化,那我就更害怕看见它了。现在换了一些素不相识的人住在那里。你父亲、你母亲、你弟弟都比年纪轻轻就亡故的你长寿,然而他们也都相继辞世。我家里的人也都去世了。不仅是亲人,许许多多在我踏上人生旅途的时候成了我的朋友或者与我友好相处过的人(当时他们也踏上人生旅途不久),都相信这旅途不会有尽头,但是我却眼看着一切开始,流逝,终结,速度如此之快,而且就在我跟前!我在一处重门深锁的商人住宅外的石礅上坐下来,回想我和她相处的那些早已逝去的岁月中她的模样:梳理得简单朴素的几近黑色的头发,明亮的目光,被太阳晒得微黑的嫩生生的脸,轻柔的夏衣覆盖着的贞洁、健壮、自由的少女身躯……那时候我们的爱情刚刚开始,我们的幸福还没有蒙上任何阴影,是无猜无忌、绸缪缱绻、心花怒放的时期……

夏末俄罗斯县城中那些温馨光明的夜晚确有十分独特之处。那么平安，那么祥和！一个老更夫敲着梆子在夜幕下的快乐的城中踱步，只不过为了消遣，因为没有什么可提防的。安心睡觉吧，善良的人们！仁慈的上帝，还有老更夫不时无忧无虑地去仰视的高高的光明的天空，会保佑你们！老更夫走在白日里晒烫了的马路上，只偶尔出于嬉戏的目的用梆子敲出舞蹈的节拍。就是在这样一个夜晚，城里只有这老更夫一个人没有睡觉的深夜时分，你在你家那入秋前已经呈现凋萎景象的花园中等我。我轻轻推开你事先开了锁的栅栏门，溜了进去，无声地匆匆跑过庭院，到了庭院深处的板棚后面，走进黑影斑驳的花园中。远远地，在苹果树下的长椅上，你的衣服现出朦胧的白色。我连忙走过去，怀着一颗快乐得忐忑的心去迎接你的期待的目光。

我俩坐着，在一种幸福的迷雾中坐着。我用一只手搂着你，听着你的心跳，另一只手握着你的手，通过它感触到整个的你。夜已深沉，连梆声也听不到了。老更夫大概躺在某个地方的长椅上，就着温暖的月光，嘴里叼着烟斗打盹儿。我向右边望去，看见月亮已高高地、清白地照着庭院，屋顶闪着磷光。我再向左边望去，看见消失在其他苹果树下的一条长满枯草的小径，而那些苹果树后面，穿过另一座花园，有一颗孤独的绿色星星正从低处窥视我们，它的光是那么微弱，既像恬淡寡欲，又似乎有所期待，无声地述说着什么。不过那庭院，那星星，只是在我无意间映入了我的眼帘，当时世界上只存在一样东西：灰蒙蒙的夜色和夜色中你那闪闪的目光。

后来你送我到栅栏门前，我说：

"假如真有来生，我们能再相见，为了你今世给予我的一切，我一定要跪下去吻你的脚。"

我来到没有阴影的街心，朝我下榻的客店走去。当我回头望的时候，我看见那一点儿白色仍在栅栏门处。

现在我从石磴上站起来，沿着我来的路往回走。显然，除了看看老街，我还有别的目的，是我怕向自己承认的，然而我知道我非达到那个目的不可。我去了，想看一看再走，这回是永别了。

路又是我熟悉的。一直向前，然后向左，经过市场，从市场转到修道院街，往城关走去。

市场好像城中的另一座城。货摊的气味很诱人。小吃摊是一排长桌和长椅，上面搭着天棚，光线暗淡。五金货摊的通道中央上方用铁链子吊着一幅巨眼救主像，他的金属衣饰已经生锈。面食摊前总是一大早就有成群的鸽子跑来跑去地啄食。上学途中可以看到数不清的鸽子！都是肥肥的，嗉子鼓鼓的，啄几下跑几步，娴雅而又有点儿作态地走着"之"字，晃着身子，一律不停地伸缩着头颈，像没看见你似的；可是只要你一靠近它们当中的任何一个，它们就都飞起来，拍着翅膀，发出哨音。夜间这里有许多可恶又可怕的大黑老鼠忧心忡忡地飞快地跑来跑去。

修道院街通向野外，人们从城里回乡下去要走这条路，死后下阴间也要走这条路。在巴黎某条街上有一家人，两天两夜与众不同地做道具似的在大门上挂起丧仪用的黑纱和锡箔纸，两天两夜在大门洞里搁一张蒙着黑布的桌子，上面摆着印有黑框的纸供前来吊唁的客人签名。在出殡的那一天，又有一辆带黑色华盖的大马车停在大门口。那马车的木架都涂上了黑焦油，活像装鼠疫病人的棺材。华盖的垂边剪成圆形，上面有大颗大颗象征天穹的白色星星，而顶棚四角都挂着卷曲的黑色缨饰——阴间的鸵鸟羽毛。拉车的马异常高大，一律披着漆黑的有角马衣，马衣上面画着一个个大白眼圈。一个老酒鬼坐在高得不得了的驭座上等着出殡，他也象征性地穿着一套道具似的丧仪制服，戴一顶类似的三角帽，心里却肯定在嘲笑那句庄严的话："愿主让他们安息，永远光照他们。"[1]我们这里全然不同。风从野外顺着修道院街吹来，人们用白布条幅抬着敞开的棺木迎风走去，摇晃着死者那双目紧闭、眼睑鼓起的没有血色的脸和额上的五彩冠冕。她也是这样给抬走的。

到了城关，公路左边矗立着阿列克谢·米哈伊洛维奇皇上[2]时代建立的一座修道院，它的要塞式的大门总是关着，要塞式的围墙里那座大教堂的几个金色葱头圆顶闪闪发光。再往前走就是野外了，另有几堵不高的墙围着一大块方形地，种着一片树林，几条纵横交错的长长的甬道把它分割开来。甬道两旁，在许许多多的老榆树、

---

[1] 在原著中是拉丁语。
[2] 彼得大帝的父亲。

椴树、白桦树下，散布着形式各异的十字架和碑牌。这块地的大门敞开着，我看见了那条主要的甬道，非常平坦，似无尽头。我怯生生地摘下帽子走进去。夜是多么深沉、多么静默啊！月亮已经落到树林后面去了，而视野中的一切依然清晰可见。这一大片有坟茔、十字架、碑牌的树林在透光的阴处构成斑驳的图案。黎明前风已止息，树下的明与暗的斑点都在酣睡。树林深处，从墓地教堂后面，忽然有一团黑黑的东西一闪一闪地飞快地朝我滚过来，我不由得闪到一旁，我的头立时冰凉，而且收缩起来，心脏猛地一蹿，停止了跳动……这是什么？它跑过去不见了，而我的心仍然悬着。我就怀着这颗停止跳动的沉甸甸的心向前走去。我知道应该往哪里去。我沿着甬道一直朝前走，走到尽头，在离后墙几步远的地方站住。我面前的平坦的地上，枯干的小草间，孤零零地卧着一块既长又相当窄的石板，头朝墙。墙外有一颗绿色星星像珍奇的宝石般从天边望过来，和从前的那颗一样光华四射，只是不会说话，一动也不动。

1938 年 10 月 19 日

（陈馥 译）

2

鲁　霞

晚上十点多钟,一辆由莫斯科开往塞瓦斯托波尔的快车在波多尔斯克下面的一个小站上停下来。它本不该在这里停留,看样子是要等另一辆列车先过去。一位先生和一位太太走到头等车厢的一扇放下的玻璃窗前。列车长提着一盏红灯正跨越轨道,那位太太就问他:

"请问,我们为什么停下来?"

列车长说是对面开来的一辆特别快车晚点了。

小站昏暗而又凄凉。天早已黑下来,但是在小站和长满黑森森的树林的野地西边天上,还毫无生气地残留着莫斯科地区夏季久久不退的晚霞。沼泽的湿气通过车窗渗进来。静谧中可以听见一种节奏均匀而也像是发了潮的秧鸡的吱吱叫声。

那位先生趴在车窗上,太太趴在他的肩头。先生说:

"我在这个地方度过假,就在离这儿大约五俄里的一处别墅式的庄园当补习教师。这个地方没有什么意思,矮小的树林,喜鹊蚊子加蜻蜓。简直没有什么景物可看。在庄园里也只能从阁楼上眺望远方。庄园的宅子自然是俄国式的别墅，而且年久失修，因为主人家道中落。屋后是个有点儿像园子的园子，园子后面有一片湖水，不如叫沼泽，长满了水葱和睡莲，泥泞的岸边照例有一只平底船。"

"还有一位百无聊赖的别墅女郎，你陪她在这水面上荡舟。"

"不错，一样不少。不过这位女郎并非百无聊赖。我多半在晚上陪她荡舟，很有诗意不是？西边天通夜泛着绿色，透明透亮。地平线上，就像现在这样，总有一点儿无焰的火在隐隐地烧着，烧着……桨只有一支，形状像铁铲，我像野人那样用它划着，左一下右一下。对岸有低矮的树林，显得阴暗，可是树林后面通夜都有这种奇怪的微光。四下里静得没法想象，只有蚊子在哼哼，蜻蜓飞来飞去。我从来没有想到蜻蜓夜里还飞，原来是有事可做。真让人害怕。"

对面那辆列车终于隆隆地响起来，被灯光照得通明的车窗连成一条金色的带子，一阵风似的呼啸而过。这辆列车立刻开动。列车员走进包房来拧亮了灯，动手铺床。

"你跟这位女郎怎么样了呢？有一段真正的罗曼史？你怎么从来没有告诉过我？她长得怎么样？"

"她瘦瘦高高的，穿一件黄色印花布无袖长衫，光脚蹬一双农民手织的花毡绳鞋。"

"也是俄国式的？"

"我看多半是穷人式的。没有衣服穿，所以穿无袖长衫。她还是个画家呢,上过斯特罗加诺夫美术学校。她本人就可以入画,甚至可以入圣像画。一根长长的黑辫子垂在背上,黝黑的脸上有些小黑痣,鼻子薄而直,再加上黑眼睛、黑眉毛……头发既枯又硬,有些拳曲。在一件黄色无袖长衫和白色薄纱衬衫的两只长袖衬托下,她显得很美。踝骨和脚尖也都是干瘦干瘦的,黝黑的细皮包着突出的骨头。"

"我知道这种类型的人。我有一个女同学就像这样。肯定挺神经质。"

"可能。她的脸就长得像她母亲,而她母亲是一位有东方血统的公爵小姐,患严重的忧郁症,吃饭的时候才露面。她一出来就坐到餐桌边去,一言不发,干咳几声,连眼睛也不抬,手不停地摆弄刀叉。如果她开口说话,那是既突然,声音又大得让人吓一跳。"

"她父亲呢?"

"一个沉默寡言的退役军人,也是瘦瘦高高的。只有儿子正常,而且可爱,我就是这儿子的补习教师。"

列车员走出包房之前说床铺好了,并且道了晚安。

"她叫什么名字?"

"鲁霞。"

"这算什么名字?"

"很简单,就是玛鲁霞。"

"那么你深深地爱上她了?"

"当然,我觉得深极了。"

"她呢？"

先生沉默片刻，干巴巴地说：

"她的感觉一定也是如此。不过我们睡觉吧。这一天下来我累坏了。"

"好哇！白吊我的胃口。哪怕是三言两语你也要讲讲你们的罗曼史是怎么结束的。"

"没有结局。我离开了，事情就完了。"

"你为什么不娶她呢？"

"显然是预感到我会遇见你。"

"说正经的，为什么？"

"因为我开枪自杀，她用匕首自刎……"

这一男一女漱洗完毕就把自己关在窄小的包房里，脱了衣服，怀着旅行的快意躺到干净得发亮的被单下面，枕着从高起一点儿的床头直往下滑的几个同样干净得发亮的枕头。

包房门上端的青紫色孔眼静静地向黑暗中望着。太太很快就睡着了，先生却睡不着，躺在铺上吸烟，在想象中望着那个夏天……

那女郎的身上也有许多小黑痣，这个特点很迷人。因为穿一双软鞋，又没有后跟，她走起路来整个身子在黄色无袖长衫下面波浪似的一起一伏。无袖长衫宽大轻便，她那细长的少女身躯在里面活动十分自如。有一天，雨水湿透了她的鞋子，她从园里跑进小客厅来，他连忙迎上前去给她脱下鞋子，并且吻她那双湿漉漉的瘦脚——

这样的幸福是他一辈子从未体验过的。开向阳台的门外，清新好闻的雨哗哗地越下越急，越下越密。屋里阴下来，其他人都在睡午觉。正当他俩热情迸发以至于忘乎所以的时候，一只有大红冠子、黑羽毛闪着金属的绿光的公鸡忽然也从园里跑进来，用它的爪子一路敲击着地板，把他俩吓了一大跳。公鸡一见他俩从沙发上跃起身来，像是很知趣似的，连忙垂下闪光的尾巴，躬身跑回雨地里去了……

起初她总是出神地看他，他一开口跟她说话她就脸红，而且可笑地喃喃起来。吃饭的时候，她常常把话锋转向他，大声地对她父亲说：

"爸爸，别劝他，白费劲。他不爱吃甜馅儿饺子。他也不爱吃凉拌菜，不爱吃面条，看不上酸牛奶，讨厌奶渣。"

上午他辅导那个叫彼佳的男孩，她做家务——全部家务都靠她一个人做。一点钟吃中饭，中饭后她回自己的阁楼上去。如果不下雨，她也可能到园里去，有一棵白桦树下摆着她的画架，她一面挥开蚊虫一面写生。后来她就常到阳台上来（中饭后他坐在阳台上一把歪歪斜斜的藤椅里看书），把手反背在后面站在那里，含着说不清的微笑不时地看他一眼。

"能不能告诉我，您在钻研什么学问？"她问。

"法国革命史。"他说。

"哎呀，我的上帝！原来我们家来了一位革命者！"

"您怎么不画画了？"

"我就要完全放弃了。我看我没有那份天才。"

"把您的画拿一张来给我看看。"

"您以为您懂绘画?"

"您太爱面子了。"

"有这问题……"

一天,她终于邀他去湖上荡舟了。她忽然坚决地说:

"我们这个热带地方的雨季好像是结束了。咱们出去玩玩。我家的小划子确实够朽的,底上有好多窟窿,不过我和彼佳已经用水葱把那些窟窿堵死了……"

白天很热,太阳火辣辣的,长在湖边夹杂着毛茛开的小黄花的青草,散发着闷人的湿热,数不清的灰绿色小蛾子在青草上低低地盘旋。

他也染上了她那种以玩笑的口吻说话的习惯,走到小船边的时候他说:

"您终于屈尊理我了!"

"您终于考虑好怎么回应我了!"她勇敢地说,并且跳上了船头,把青蛙吓得四散而逃,扑通扑通钻进水里。忽然间,她跺着双脚高高提起无袖长衫尖声叫道:

"蛇!蛇!"

刹那间他瞥见她露出的黝黑而发亮的双腿,一把抄起搁在船头的桨向那条在船底蠕动的蛇戳去,然后把它挑起来,远远地扔到湖里去了。

她吓白了脸,是印度教教徒的那种苍白,脸上的痣颜色更深,

头发和眼睛也似乎更黑了。她松了一口气,说:

"哦,真恶心!难怪'恐怖'这个词是由'蛇'派生来的[①]。我们这儿到处都有蛇,园子里,宅子附近……您想得出吗,彼佳敢用手去抓呢!"

她还是头一回这样随便地跟他说话,他俩也是头一回这样相互对视。

"您真行!把它戳得够呛!"

她已经完全恢复常态,笑了笑,从船头跑到船尾去,高高兴兴地坐下来。她惊恐的时候表露出的美震撼了他的心,现在他温情脉脉地想:嗯,她简直还是个小姑娘!然而他却装出一副无所谓的样子,小心地跨进船里,用桨抵住凝胶似的湖底,把船头掉过去朝着前方,在密密层层的水草上面,向着毛刷般的绿水葱,向着用自己的厚圆叶子严实地盖着水面的开花的睡莲行进,一直把船撑到水上,这才在船中央的一块木板上坐下来,一左一右地划着。

"好吧?"她大声问。

"好极了!"他回答说。接着他摘下帽子,转过身去对她说,"请把我的帽子扔在您身边,不然我会把它甩进这水塘子里。这水塘子,对不起,毕竟在流动,而且水里尽是蚂蟥。"

她把帽子放在了她的膝头上。

[①] 俄语中"恐怖"(ужас)与"蛇"(уж)词形相像。

"别操心,随便扔在哪儿好了。"他又说。

可她把帽子抱在胸前说:

"不行,我要看住它!"

他的心又温存地颤动了一下,但他再一次回避自己的心,更加起劲地把桨插进水葱和睡莲间的闪闪发光的湖水里。

脸上、手上都是蚊子,四周的一切——湿热的空气,摇曳的阳光,在天上和一片片水葱和睡莲之间的水面上散射着柔光的白色卷云,都像是镀了一层暖色的白银。到处水都浅得可以看见长满水草的湖底,然而这并不妨碍倒映在水里的浮着白云的天空显得那么深邃高远。忽然间,她又尖叫了一声,小船倾斜了,原来是她把叮满蚊子的手伸进水里,并且抓住一根睡莲的茎使劲拔,她倒下了,小船也歪了,他总算及时跳起身来扶住了她。她哈哈大笑着仰面倒在船尾,用那只湿手撩起湖水往他眼睛里洒。于是他又抓住她,连自己也不明白自己在干什么,吻了吻她的正在大笑的嘴。她立刻搂住他的脖子,笨拙地吻了吻他的脸颊……

从此他俩就常常在夜间出来划船。第二天中饭后,她把他叫到园里去问:

"你爱我吗?"

他还记得昨天在小船上的亲吻,热烈地回答说:

"就从我们相见的第一天起!"

"我也是。"她说,"不对,起初我恨你,因为我觉得你简直没

起雾的早晨（1897）

［俄］伊万·伊万诺维奇·希什金/绘

把我放在眼里。不过，感谢上帝，都过去了。今天晚上，等大家都上床以后，你再到那边去等我。只是你从屋里出来的时候要尽量小心，妈妈盯得我很紧，她会气得发疯。"

夜里，她拿着一块方格毛毯到湖边来。他高兴得张皇失措，只问了一句：

"拿毯子干吗？"

"真傻！咱们会冷的。好了，快坐下吧，划到对岸去……"

他俩一路上都没有说话。到了对岸的树林跟前，她说：

"好了，现在上我这儿来。毯子呢？哦，我坐着呢。给我围上，我冻僵了，坐下吧。就像这样……等一等，昨天我们吻得没有章法，今天我先吻你，不过慢点儿慢点儿。你搂住我……到处……"

她在无袖长衫下面只穿了一件衬衫。她温柔地、轻轻地触了触他的嘴边。他只觉得头脑里嗡的一下就把她推倒在船尾了。她发狂似的搂住他……

她精疲力竭地躺了一会儿才支起半个身子，脸上挂着疲倦而幸福的微笑，其间含着尚未完全平息的疼痛，说：

"现在咱们是夫妻了。妈妈说我嫁人她就活不成，不过现在我不愿意想这事……我想洗个澡，我特别爱在夜里洗澡……"

她从头上把衣服脱去，在昏暗中露出瘦长的白白的身躯；接着又抬起双手把辫子盘到头上，显出黑黑的胳肢窝和提起的双乳，一点儿也不在乎自己的赤裸。她盘好辫子以后，飞快地吻了他一下，纵身直挺挺地倒在水里,仰着头,用两只脚哗啦哗啦打水。

后来他忙着帮她穿上衣服,用毯子把她裹起来。她的黑眼睛和盘起来的黑头发在昏暗中显得奇幻。他不敢再碰她一下,只吻她的手,幸福得不会说话了。总好像有个人站在岸边树林的阴处听着,那里忽明忽灭地闪着萤火虫的幽微的光。偶尔传来小心翼翼的沙沙声。她抬起头来说:

"等一等,这是什么?"

"别怕,大概是青蛙爬到岸上去,或者树林里的刺猬……"

"万一是大角野山羊呢?"

"什么大角野山羊?"

"我不知道。不过你想想,万一有只大角野山羊从树林里走出来,站在那儿看……我真快活,我忍不住要胡说八道!"

于是他又把她的手贴到自己的唇上,有时像吻一件圣物似的吻她那冰凉的胸脯。对于他来说,她已经变成一个全新的人!一片漆黑的低矮的树林后面那有些发绿的微光仍然没有逝去,模糊地倒映在远处灰白色的水中。岸边的草木满挂着露水,散发出一股浓烈的旱芹气味。看不见的蚊虫神秘地恳求似的哼哼着。可怕的不眠的蜻蜓在小船上空和稍远的地方,在这片闪着夜光的水上嚓嚓地飞过来飞过去。不知什么地方总像是有个东西在蠕动,在穿行,发出沙沙的声响……

一个星期以后,他就尴尬而丢脸地被赶出门去了。这样突如其来的分手,于他不啻五雷轰顶。

那天中饭后,他俩坐在小客厅里,头靠头地欣赏过期《田地》杂志里的图片。他装作在仔细看的样子,低声问她:

"你还爱我吗?"

"你真傻。傻透了!"她耳语道。

忽然传来轻柔的跑步声,门口出现了她的神经错乱的母亲,穿着一件破旧的黑绸袍,一双破旧的上等山羊皮鞋,两只黑眼睛凄惨地闪闪发光。她像出台似的跑进来大声叫道:

"我全明白了!我感觉到了,我发现了!坏蛋,要她跟你绝不可能!"

说着她举起一只穿长袖的手,用彼佳装上火药吓麻雀的古色古香的手枪震耳欲聋地开了一枪。他向烟雾中的母亲扑过去,抓住她那只握得紧紧的手。她挣脱了,用手枪猛击他的额头,把他的一边眉骨打得鲜血直流,又将手枪朝他摔过去,这时候她听见家里人闻声赶来,就更加装腔作势地喊叫起来,两片发青的嘴唇喷着吐沫:

"她得跨过我的尸体才能跟你去!要是她私奔,我当天就上吊,从房顶上跳下去!坏蛋,滚出去!玛丽亚·维克多罗夫娜,你自己选择吧,要妈还是要他!"

女儿低声说:

"要您,要您,妈妈……"

他清醒过来,睁开眼睛——包房门上端的青色孔眼仍旧那样目不转睛地、神秘莫测地、阴森森地从墨样的黑暗中望着他,车厢也仍旧以那种一直向前奔突的速度行进着、弹跳着、摇晃着。那凄凉的小站已经被甩在后面很远很远了。小树林、喜鹊、沼泽、睡莲、蛇、鹤……这一切也是整整二十年前的东西了。对呀，还有鹤，他怎么忘了！在那个美妙的夏天，一切都显得怪诞，时不时地从什么地方飞到湖边来的一对鹤也是怪诞的，尤其怪诞的是这对鹤只许她一个人接近它们。当她穿着她的花毡绳鞋轻柔地跑上前去，突然在它们面前蹲下来，把自己的黄色无袖长衫撒开在潮湿而温暖的岸边草地上，孩子气地盯着它们那有一圈细细的深灰色虹膜的美丽而威严的黑眼珠的时候，它们会弯下细长的脖子，非常严厉而又怀着善意的好奇心俯视她。他用望远镜远远地观察她和它们，清楚地看见它们的闪光的小脑袋，甚至鼻孔，也就是大而有力的嘴上的两个小洞，这嘴一下子能啄死一条蛇呢。它们那拖着蓬松的尾巴的短而粗的躯干上，覆盖着密密的坚韧的羽毛，两只像是有一层鳞甲的腿既长又细，不成比例，而且一只鹤的腿完全是黑色的，另一只鹤的腿却有些发绿。有时候它们几小时几小时地单腿站立在那里，凝然不动，令人费解；有时候又无缘无故地张开两只大翅膀跳跃，或者神气活现地踱步，慢慢地、有节奏地迈腿，先把爪子提起来，握紧三根指头，然后向上一挑，伸开鹰爪样的指头，同时不停地摇头晃脑……不过她跑到鹤跟前去的时候，他已经不能想别的事情，也看不见别的东西，只看见她那撒开的无袖长衫，想着长衫掩盖下的她的黝黑的身躯和身上的黑痣而颤抖得浑身无力，像要死了一样。他俩相处的最后一天，在小客厅里的沙发上最后一次并肩坐着看一本过期《田地》杂志的时候，她也抱着他的帽子，像头回在小船上一样，并且用一双快乐的、光可鉴人的黑眼睛望着他说：

"我现在真爱你，连你这帽子里的气味、你头上的气味，还有你的低级花露水气味，让我觉得比什么都亲切！"

* * *

过了库尔斯克，在餐车里，先生吃罢早饭喝咖啡和白兰地的时候，太太问他：

"你今天怎么没完没了地喝酒？好像已经是第五杯了。还在伤感，还在回忆你的瘦脚别墅女郎吗？"

"还在伤感。"先生苦笑着说，"别墅女郎……Amata nobis quantum amabitur nulla![1]"

"你说的是拉丁语？什么意思？"

"你不必知道。"

"你真无礼。"太太漫不经心地叹了一口气说，两眼向有阳光照射着的车窗外望去。

1940 年 9 月 27 日

（陈馥 译）

---

[1] 此话的含意是：真正的爱情只有一次！

美 人 儿

有一位省税务局官员,是个鳏夫,年纪不轻了,再婚娶了一位军队长官的女儿,年轻而又貌美。男的寡言少语,生性谦和,女的则自视颇高。男的身材瘦长,类似肺痨病患者,戴一副深茶色眼镜,说起话来声音有点儿沙哑,当他想提高嗓门的时候,常常会发出假声。女的个子不高,可是长得结实,身材极好,总是穿得漂漂亮亮,很重视家务,也善于管家,眼睛尖得很。男的像许多省城的官员一样,在各方面都毫无情趣,但是他头一次结婚娶的也是个美人儿。人人都觉得奇怪,为什么嫁给他的尽是这样的女人啊?

第二个美人儿不动声色地敌视第一个美人儿跟他生的、已经有七岁的儿子,表面上却做出根本没有注意到他的样子。做父亲的因为惧内,也装出一副从来没有生过儿子的样子。于是这个生性活泼可爱的孩子在他俩面前渐渐变得不敢说话,或者干脆屏声敛息,好像家里不存在他这个人似的。

这位官员刚举行过第二次婚礼,他的儿子就从他的卧室里给搬到客厅的长沙发上去睡觉。客厅就在餐室隔壁，房间不大，摆着有蓝色丝绒面的家具。可是孩子睡觉不老实，夜夜把床单被子踢到地板上。不久，第二个美人儿就对女仆说：

"这不像话，他会把沙发的丝绒面全都磨平。娜斯佳，把我叫您藏到走廊上的那个过世太太的大木箱里的床垫拿出来，给他铺在地板上。"

于是这个孩子孤零零地过起了一种跟家里任何人都没有关系的、完全独立的生活。他不声不响，没人注意，日复一日独自乖乖地坐在客厅里的一角，拿块石板画小房子，或者低声一个音节一个音节地念他亲妈在世的时候给他买的那本有图画的书，或者两眼望着窗外……他睡在地板上，在长沙发和种了一棵棕榈树的木桶之间。晚上他自己铺开他的被褥，早上自己勤快地把被褥卷起来，收到走廊上他亲妈的大木箱里。那里面还藏着他的其他宝物。

1940 年 9 月 28 日

（陈馥 译）

傻丫头

助祭的儿子，一个中等神学院学生，回到父母所在的村庄来度假。在一个闷热的黑夜，体内一阵强烈的骚动使他醒了过来。他躺在那里胡思乱想了一会儿，浑身烧得更加厉害。原来是前一天午后正餐前，他躲在小河湾边的柳丛里，偷看下了工到这里来的姑娘们怎样把衬裙从汗津津的雪白的身上扯下来，仰起脸，挺直背，叫着笑着跳进耀眼的河水中。后来他实在控制不住自己了，起来摸黑经过穿堂，潜入既暗又像火炉一样热的厨房，伸出两只手摸到厨娘睡的板床边。那厨娘是个孤苦伶仃的穷姑娘，出了名的傻丫头，她吓得连喊也不敢喊。助祭的儿子就这样跟她睡了一个暑假，睡出个男娃娃来。那男娃娃就在厨房里跟着他妈妈一天天长大。助祭和他太太，司祭本人及其全家，小店老板一家和警官夫妇，人人都知道这娃娃是谁的。后来助祭的儿子回来度假，最见不得这个娃娃，因为一想起过去的事，他就羞愧难当：竟然跟傻丫头睡觉！

助祭的儿子毕业了，成绩"优秀"！——助祭逢人就这样讲。

儿子又回到父母家来度假，过了夏天他该进高等神学院了。在他这次回来以后的第一个节日，家里请了些客人来喝茶，以便在人前炫耀炫耀这位未来的高等神学院学生。客人们也说他前程似锦，喝了茶，吃了各式各样的果酱。在众人高谈阔论之际，喜气洋洋的助祭摇好了留声机。那机器先是咝咝地响了一阵，接着就大声喊叫起来。客人们都闭上嘴，露出陶然的微笑，洗耳恭听引人入胜的歌声："沿着马路"。突然间，厨娘的娃娃闯进屋里，笨手笨脚不合节拍地跳起舞来。是他妈妈想让大家产生恻隐之心，这才一时糊涂，怂恿孩子说："乖乖，去跳个舞吧！"这意外事件使得大家不知所措，而助祭的儿子竟恼羞成怒，像只老虎似的朝那个娃娃扑过去，使劲把他扔出房门外，那娃娃就像陀螺似的滚到外室去了。

第二天，助祭和他太太依从儿子的要求，将厨娘赶出了家门。二老本来为人善良慈悲，跟这个厨娘也处惯了，喜欢她唯命是从，好使好唤，曾经一再恳求儿子饶了她。可是儿子执意不肯，做父母的又不敢违抗。天黑前，厨娘流着眼泪，一手拎起自己的小包袱，一手牵起娃娃，走出了大门。

此后，整个夏季她都带着娃娃沿村乞讨。她的衣服鞋子穿破了，天天风吹日晒瘦得皮包骨，但仍不知疲倦地走着。她赤着脚，挎一个粗布袋，拄一根长杖，沿村向各家各户默默地鞠躬。那娃娃跟在她身后，也挎一个布袋，穿着他妈妈的一双像人们扔在河谷里的那种既破又硬的旧皮鞋。

他长得奇丑，脑袋大而平，毛发像野猪的一样红，鼻子塌，鼻孔大张着，眼睛是栗色的，很亮。不过他笑起来很可爱。

1940年9月28日

（陈馥 译）

安提戈涅

六月的一天，一个大学生离开母亲的庄园去探望姨父姨母。他必须去看看他们生活得怎样，失去双腿的将军姨父身体可好。他每年夏天都尽到了自己的责任，今年照例怀着恭顺平静的心情前往。他坐在二等车车厢里不慌不忙地看一本阿韦尔琴科①的新作，把一条年轻浑圆的大腿搁在沙发扶手上，心不在焉地望着车窗外那些举着许多铃兰花状小白瓷碗的电线杆怎样一起一落。他很像一名青年军官，只有带一圈浅蓝色饰条的白色有檐儿便帽是大学生的制帽，其余的一切，如白色直领上衣、湖色紧腿裤子、漆皮长筒靴、有橙色引火绳的烟盒等，都是军人式的。

姨父姨母是阔人。他从莫斯科回自己家的时候，来车站接他的是一辆笨重的长途四轮马车，由两匹干活的马拉着，赶车的也不是马车夫，而是雇工。一到姨父家那边的车站，他就觉得走进了另外

---

① 阿·季·阿韦尔琴科（1881—1925），俄国作家，写过许多幽默短篇小说、戏剧和讽刺小品文。

一个完全不同的生活圈子，富足而快乐，自己也变得漂亮、精神、有风度了。这回同样如此。他情不自禁地拿出花花公子的派头，坐进由三匹暗栗色快马拉的有弹簧的轿式轻便马车中；赶车的是个年轻的马车夫，穿一件黄色绸衫，外面套着蓝色紧腰坎肩。

一刻钟以后，这辆三套马车就飞驶进一个规模宏大的庄园的圆形前院，向着一幢宽大的两层新楼房的石阶飞奔过去，串铃发出柔和细碎的声音，轮胎唦唦地碾过铺在花坛四周的细沙。一个身材高大、留着点儿颊须、穿一件黑条纹红背心和一双半高勒儿皮鞋的男仆走出来拿行李。大学生灵巧地迈了特大的一步，从马车上跳下来，因为姨母摇晃着身子，满脸堆笑地出现在门厅门口，她那肌肉松弛的庞大身躯上套着一件肥肥大大的柞蚕丝衫，大脸盘上的皮肤耷拉下来，鼻子像铁锚一样，褐色眼睛下面有些黄斑。姨母像亲人那样吻了外甥的两颊，外甥装作高兴地弯下身去吻姨母那皮肤发黑的软绵绵的手，脑海里闪过一个念头：一连三天都要这样装蒜，闲下来又不知道该拿自己怎么办！大学生一面装模作样地忙着回答姨母对他母亲的虚情假意的问候，一面跟着姨母走进宽大的门厅，怀着快乐的敌意把那个有一双亮晶晶的玻璃眼睛的棕熊标本看了一眼，它直立在通往二楼的宽大的扶梯口，脊背微微弓着，两只后掌摆着个内八字，露出利爪的前掌殷勤地捧着一只供客人放名片的青铜盘子。突然间，大学生惊喜得竟至停步片刻，原来是有个身材匀称、个子高高的美人儿推着坐在轮椅上的身体肥胖、面色苍白的蓝眼睛将军缓缓向他走来，这美人儿穿一件灰色粗布连衣裙，外罩一条白色围裙，头上系一块白色三角巾，两只灰色眼睛好大，浑身闪耀着青春、健壮、洁净的光芒，一双保养得极好的手很有光泽，脸上的皮肤也是白皙的。大学生在吻将军姨父的手的时候，已经把这美人儿的线条出众的身段和双腿看在眼里。将军开玩笑地对大学生说：

"瞧，这是我的安提戈涅①，我的好引路人，虽然我不像俄狄浦斯那样眼瞎，尤其在看漂亮女人的时候。你们认识认识吧，年轻人。"

大学生向她点了点头。她微微一笑，也只点了点头作为回答。

那个身材高大、留着点儿颊须、穿一件红背心的男仆，领着他经过棕熊身边，登上通往二楼、正当中铺着红地毯的光洁的棕黄色木扶梯，再经过同样的走廊，走进带大理石卫生间的宽大卧室。这卧室跟他以往住过的不一样，窗户不是开向前院，而是开向花园。但是他跟着男仆上楼的时候并没有注意到这些，脑子里还转着刚进庄园大门的时候想到的一句玩笑诗："我的最讲究规矩的伯父。"②不过又多了一个念头：好漂亮的女人！

他哼着歌儿开始刮胡子、洗脸、换衣服，穿上有脚底套带的长裤，而心里一直在想：

"还真有这样漂亮的女人！为了换得这种女人的爱，能付出多

---

① 希腊神话中底比斯王俄狄浦斯的女儿安提戈涅，在父亲双目失明以后，为父亲导盲。
② 见普希金（1799—1837）的诗体小说《叶甫盖尼·奥涅金》第一章第一行。

大的代价啊！可是这样一位美人儿竟去给老头老太推轮椅！"

接着他脑海里就浮现出一些荒唐的想法："干脆在这儿待上一两个月，悄悄跟她接近，相好，让她爱上我，然后对她说：做我的妻子吧，我永远是您的。等我向他们宣布我们相爱、我们决定结合在一起，妈妈、姨妈、姨爹会大吃一惊，大发雷霆，然后是劝说、喊叫、哭闹、诅咒、剥夺遗产权。但是为了您，我什么都不在乎……"

大学生跑下楼去见姨父姨母（他们的房间在楼下）的时候，心里又想：

"我怎么会有这种糊涂想法！找个借口在这儿待下来当然可以……神不知鬼不觉地去向她献殷勤，把自己装扮成一个爱得发痴的情人也可以……但是会有结果吗？即便有结果，以后怎么办呢？怎么摆脱干系？难道真的娶她？"

大学生陪姨父姨母在姨父的大书房里坐了大约一个小时。这儿有一张很大的写字台，一张很大的沙发榻，沙发榻上铺着土耳其斯坦的织物，旁边墙上挂着一块壁毯，壁毯上交叉地挂着两件东方人使用的武器。此外还有几张放烟具的嵌花小几，壁炉架上摆着一幅很大的相片，放在一个带金王冠的紫檀木镜框里，相片上有龙飞凤舞的亲笔签名"亚历山大"。

"姨爹姨妈，我真高兴又跟你们在一起了。"大学生最后说，心里却想着那位护士小姐，"你们这儿太好了！真舍不得离开。"

"谁赶你走呢？"姨父说，"你着什么急？没住腻就待着好了。"

"可不是。"姨母心不在焉地说。

大学生坐在书房里陪姨父姨母说话的时候，心里总在想：她就要进来了，等女仆禀报餐厅里已经摆好茶点，她就会来推姨父过去。不料茶点送到书房里来了，仆人们推进来一张桌子，上面摆着一把坐在酒精灯上的银茶壶，姨母亲自动手倒茶。后来大学生又期待着她会给姨父拿药来……可是她一直也没有露面。

"去她的吧。"大学生这样想着，离开书房走到餐厅里去，仆人们正在那边把窗帘从高高的向阳的窗户上放下来。他不知为什么朝右边大客厅里看了一眼，偏西的阳光把三角大钢琴腿上的那些玻璃杯似的装饰垫倒映在镶木地板上。后来他就向左转，走进小客厅，再往前是一间起居室。他从小客厅走到阳台上，又从阳台上走下去，那里有一个开着五色缤纷的花朵的花圃。他绕过花圃就溜到两旁种着高大荫浓的树木的林荫道上去了……太阳底下仍然很热，还有两个小时才到吃正餐的时间。

下午七时半，门厅里的锣敲响了。他第一个走进点燃光华四射的大吊灯的餐厅，在靠墙的一张小桌旁已经侍立着一个穿一身浆过的白衣服、脸刮得光光的胖厨子，一个穿燕尾服戴白线手套的瘦脸听差，还有一个像法国人那样纤弱的小个子女仆。不一会儿，姨母穿一件有奶油色花边的麦秆黄绸连衣裙，一双紧紧裹着脚、露出踝骨上鼓起的一个个肉瘤的缎面便鞋，像一位满头白发的皇后般摇摇摆摆地走来。护士小姐终于露面，不过她把姨父推到桌边以后，立刻头也不回地迈着平稳的步子出去了。大学生只发现她的眼睛有点儿怪,一眨也不眨。姨父在他穿着浅灰色将军制服的胸前迅速画了几次十字,姨母和大学生站着规规矩矩地画了十字,然后各人在自己的位子上就座,展开光洁的餐巾。面色苍白、洗得干干净净的姨父,披着梳好的稀疏的湿发,越发显出绝症的病态,但是话说得很多,吃得也很多,而且很香。提起战争(当时正进行着俄日战争),姨父耸耸肩说:真不知道我们为什么要挑起这场战争!听差的服务态度冷漠到了欺人的程度,女仆以两只漂亮的脚迈着碎步侍候姨父,厨子上菜的时候架子摆得像个呆傻的木头人。他们吃滚烫的鳕鱼汤、带血的牛排、撒了莳萝的新土豆。他们喝姨父的老朋友戈利岑公爵送来的白葡萄酒和红葡萄酒。大学生说着,应答着,赔笑着,但却像一只鹦哥,脑子里一直转着在楼上换衣服的时候转过的那个念头:她在哪儿吃饭?难道跟仆人们在一起吃?他还期待着她再次出现,来把姨父推走,然后在什么地方与他相遇,让他跟她搭几句话也好啊。她来了,可是把姨父推走以后又不知躲到哪儿去了。

夜里,园中的夜莺小心翼翼地、起劲地唱着,空气、露水、洒过水的花坛上的花的清新气息,从敞开的卧室窗外袭来,床上的细洋布被单也凉了。大学生在黑暗中躺了一会儿,已经决心翻过身去面壁入睡了,却忽然抬起头来,支起半个身子。原来他脱衣服的时候看见床头边的墙上有一道小门。出于好奇,他转了转锁孔里的钥匙,发现后面还有一道门。他推了推,那道门从另一边锁上了。现在门那边有人轻轻走动，不知在干什么，怪神秘的。他屏住呼吸下了床，打开了第一道门，仔细倾听——第二道门那边好像有什么东西在地板上发出轻微的叮叮声……他浑身都凉了，心想：莫非那就是她的房间？他趴在锁孔上（幸亏那边没有插钥匙），看见了灯光，还有一张女用化妆台的边沿，后来有个白色的东西忽然站起来遮住了一切……这无疑是她的房间，不然是谁的呢？他们不会把女仆安排在这里，姨母的老女仆，那个叫玛丽亚·伊利尼什娜的，睡在楼下姨母的卧室隔壁。晚上护士小姐离他这样近，只隔一堵墙，却又不可企及，这立刻成了他的心病。他很久不能入睡，第二天醒得很迟，醒来立刻又感觉到，并且在想象中看见了她的透明的睡衣、趿着便鞋的赤裸的双脚……

"今天离开正是时候！"大学生一面点烟一面这样想。

早晨各人在自己房间里喝咖啡。他穿着姨父的宽大睡衣和绸袍坐在那里喝着，满怀惆怅地敞开绸袍审视自己。

吃中饭的时候，餐厅里阴暗而寂寥。只有姨母和他一起吃。天气不好，窗外的树木在风中乱晃，天上的云层越来越厚……

"好了，亲爱的，我要扔下你了。"姨母一边画十字一边站起身来说，"你自己找乐子吧，我跟你姨爹没有那份精力了，请原谅。午茶前我们都在自己屋里待着。看样子要下雨了，不然你可以骑马出去逛一逛……"

大学生兴致勃勃地回答说：

"您别操心，姨妈，我看书去……"

于是他向起居室走去，那里四壁都是书柜。

他经过小客厅的时候曾经有一个念头，也许还是应该叫人给他鞴马。然而他举目向窗外望去，只见形态各异的雨云，还有令人不快的金属蓝光出现在摇来摆去的树梢上头那些带雪青色的乌云间。他走进有雪茄烟味儿的舒适的起居室，三面墙的书柜下边都摆着皮沙发。他看了几本装帧精美的书的书脊，无可奈何地坐下，陷进松软的沙发里。真闷死人了。要是能随随便便看到她，跟她聊聊……弄清楚她有怎样的嗓音，怎样的性情，是蠢笨还是，相反，很有心计，彬彬有礼地扮演着自己的角色，直到有利的时机到来。这坏妞儿大概很自爱，很懂得自己的价值，而更可能的是蠢……不过她真美啊！我还要在她隔壁房间过夜！他站起来，打开玻璃门，面对着通向花园的石级，听见了风声背后的夜莺的啼啭，这时候一股凉气越过左边的一片小树猛袭上来，他连忙缩回室内。室内光线暗下来，风吹过那片小树，压弯了它们的嫩枝，门窗的玻璃因洒上了细细的雨点而闪闪发光。

"可它们一点儿也不在乎！"他聆听着风声背后从四面八方传来的时近时远的夜莺啼啭说出声来。就在这个时候，他听到有人平静地说了一声：

"您好！"

他回头一看，竟不知所措了，原来她在屋里。

"我来换一本书。"她淡然而又和气地说,"只有书让人快乐。"她说着走到书柜前去,脸上挂着微笑。

他喃喃地回答说:

"您好。我没听见您进来……"

"地毯很软。"她说,并且回过头来用她那双一眨也不眨的灰色眼睛看了他好长时间。

"您爱看什么书?"他大起胆子迎着她的目光问。

"我正看莫泊桑、奥克塔夫·米尔博……"

"哦,这可以理解。女人都喜欢莫泊桑。他总写爱情。"

"还有什么比爱情更好的啊?"

她的语调是谦逊的,眼睛在静静地微笑。

"爱情,爱情!"他慨叹地说,"奇遇是有的,但是……怎么称呼您,护士小姐?"

"卡捷琳娜·尼古拉耶夫娜。您呢?"

"就叫我帕夫利克好了。"他说,胆子也更大了。

"您以为我也该当您的姨了?"

"为了有这样一位姨,我愿意付出高昂的代价!目前我只是您的不幸的邻居。"

"难道说这是不幸?"

"昨天夜里我听见您的动静了。您的房间原来就在我隔壁。"

她淡淡地笑了。

"我也听见您的声音了。偷听偷看可不好。"

"您美得让人无法容忍！"他说，同时直视着她那双色彩不断变化的灰色眼睛、白皙的面庞、白色三角巾下那富有光泽的几近黑色的头发。

"您这样认为？而且不容许我长成这样？"

"是的。单是您那双手就足以叫人发狂……"

于是他涎着脸用左手抓住她的右手。她背靠书柜站着，从他的肩头上向小客厅那边望了望，没有把手缩回，而是噙着怪诞的笑意看着他，好像等着瞧下一步会怎样。他没有放开她的手，而是捏紧了，往下拉，然后用右手搂住她的腰。她又从他的肩头上向小客厅那边望了望，微微仰起头，似乎不想让他吻她的脸，却将挺直的身躯贴到了他的身上。他上气不接下气地凑到她那两片半张着的嘴唇上，把她推向沙发。她皱起蛾眉，摇着头低声说："不行，不行，一躺下我们就什么也看不见什么也听不见了……"她的目光黯淡下去，两条腿慢慢叉开……不一会儿他就把脸埋在了她的肩上。她咬紧牙关又站立片刻，然后轻轻推开他，娉娉婷婷地走到小客厅里，在雨声的伴和下大声而淡然地说：

"哟，好大的雨！楼上的窗户都开着……"

第二天早上，他在她的床上醒来。她在经过一夜睡热了，也压死了的褥子上翻过身去仰面躺着，枕着一只裸露的胳膊。他睁开眼睛，快乐地迎接她那不眨的视线，被她腋下的浓烈气味熏得晕晕乎乎。

有人急匆匆地敲门。

"谁?"她平静地问,并没有推开他,"是您吗,玛丽亚·伊利尼什娜?"

"是我,卡捷琳娜·尼古拉耶夫娜。"

"什么事?"

"请让我进来说,我怕有人听见了跑去吓着将军夫人……"

他跳下床溜进自己屋里以后,她才不慌不忙地转了转锁孔里的钥匙。

"将军大人有点儿不对劲儿,我想得给他打一针。"玛丽亚·伊利尼什娜走进来低声说,"感谢上帝,将军夫人还睡着,赶快去吧……"

玛丽亚·伊利尼什娜的两只眼睛瞪得像蛇眼一样圆,因为她说这话的时候突然发现床边有一双男人的便鞋——大学生刚才是光着脚逃走的。护士小姐也看见了那双鞋和玛丽亚·伊利尼什娜的眼睛。

中饭前护士小姐去见将军夫人,说她必须马上离开,接着就脸不红心不跳地撒了这样一个谎:她收到父亲的来信,得知她哥哥在满洲受了重伤,父亲鳏居,一个人承受着这个令人悲痛的消息……

"唉,我太理解您的心情了!"将军夫人说,她已经从玛丽亚·伊利尼什娜口中获悉全部实情,"有什么办法呢?您走吧。不过请您从车站拍个急电给克里夫佐夫大夫,请他马上来帮忙,等我们找到另外一位护士小姐再说……"

后来她又去敲大学生的房门,塞给他一张字条,上面写道:"事已败露，我要走了。老婆子发现您的便鞋在我床边。如果我有对不起您的地方，请别记在心上。"

吃中饭的时候，姨母只是有些黯然，但仍若无其事地和他谈话。

"你听说了吗？护士小姐要回她父亲那儿去了，她父亲一个人，哥哥受了重伤。"

"我听说了，姨妈。这场战争真是灾难，给多少人带来痛苦啊！姨爹究竟怎么啦？"

"感谢上帝，没什么大事。他疑心太重，觉得心脏有问题，其实是胃不舒服……"

下午三点钟，家里派一辆三套车送安提戈涅去车站。他在石阶上和她道别，连眼睛也不抬，好像是为了叫人给他鞴马才跑出来的。他心里难过得直想大声喊叫，她则从马车里伸出一只戴手套的手向他挥了挥，头上的三角巾已经换成了一顶漂亮的宽边帽。

1940 年 10 月 2 日

（陈馥 译）

祖 母 绿

墨蓝色的夜空中静静地飘着白云，满天白云，只有高高的月亮附近的云呈蔚蓝色。凝望着它们，你会觉得不是云在浮动，而是月亮在浮动。月亮近旁还有一颗金泪珠般的小星跟着月亮一起动，月亮平稳地向着无底的高空走，随身带着这一颗小星，越走越高。

她侧身坐在一扇敞开的窗户的窗台上，歪着头仰望——天空中的运动使她感到有点儿晕眩。他站在她的膝旁。她说：

"这是什么颜色呢？我说不清！托利亚，您说得清吗？"

"什么颜色吗，基萨？"

"别这样叫我，跟您说过一千遍了……"

"是，克谢尼娅·安德烈耶夫娜。"

"我是指这云间的天空。多美妙的颜色啊！既可怕，又美妙。真是天上才有，人间没有这样的颜色。像祖母绿似的。"

"既然在天上，当然是天上的啦！不过为什么是祖母绿呢？什么叫祖母绿？我可从来没见过。您只不过喜欢这个词儿罢了。"

"嗯，我不知道，也许不是祖母绿，而是宝石蓝……不过这种颜色肯定只有天堂才会有。你望着这些的时候，怎能不相信有天堂、天使、上帝的宝座……"

"还有柳树上结的金梨……"

"您真不学好，托利亚。玛丽亚·谢尔盖耶夫娜说得对，最坏的姑娘也比任何一个小子好。"

"她的话句句是真理，基萨。"

她穿一件有斑点的印花布连衣裙，一双廉价皮鞋，小腿肚和膝头都很丰润，盘着一条小辫子的圆圆的小脑袋那么可爱地向后仰着……他把一只手放在她的膝头上，另一只手搂着她的肩膀，半开玩笑地去吻她那两片微微张开的嘴唇。她不动声色地避开，把他的手从膝头上拿下去。

"怎么啦？生气了？"

她用后脑勺顶住窗框，他这才发现，她咬着下嘴唇，强忍住眼泪。

"到底怎么回事？"

"唉，别管我……"

"出了什么事？"

她低声说：

"没什么……"

接着就跳下窗台跑开了。

他耸耸肩膀说：

"真是愚不可及！"

1940 年 10 月 3 日

（陈馥 译）

客　人

　　客人按了一下门铃，又按了一下——门后没动静，无人应门。他又一次按按钮，门铃响的时间长，坚决，急切，——听到了沉重的跑动声，有人跑了过来。开门的是个女孩，她个子不高，胖胖的，像一条鱼，浑身散发着厨房的煤烟味儿，头发黏糊糊的，两个肥厚的耳垂上挂着廉价的绿松石耳环。她长着芬兰人的那种相貌，脸上有些雀斑，两只油乎乎的手上满是紫红的血，迷迷怔怔地看着来人。

　　"你怎么不开门？睡着了还是怎么的？"

　　"哪儿啊，在厨房啥也听不见，炉子声音大得很。"她边回答边继续困惑地看着他。只见来人又瘦又黑，牙挺大，留着硬扎扎的黑色大胡子，目光犀利。他手上拿着一件带丝绸里子的大衣，一顶灰色的帽子压在额头上。

　　"谁不知道你们厨房里是怎么回事儿！是不是有个当消防员的干亲家跟你在一块儿？"

　　"根本没有……"

"那就好。你给我小心点儿！"

说着话，他迅速地从走廊朝客厅看了一眼。客厅里阳光充足，有几把暗红色的天鹅绒软椅，墙上挂着颧骨突出的贝多芬画像。

"你是谁？"

"啥意思？"

"你是新来的厨娘吗？"

"对呀……"

"你叫菲克拉？菲奥多西亚？"

"哪儿啊……我叫萨莎。"

"那么老爷不在家吗？"

"老爷在编辑部，太太去瓦西里岛了，去那个……怎么说来着，星期日业余学校了。"

"糟糕。不过没关系，我明天再来。你跟他们说，就说，来了一个可怕的黑脸先生，叫亚当·亚当梅奇。你重复一遍我的话。"

"亚当·亚当梅奇。"

"对了，你这个弗拉芒①的夏娃。你可记清楚了。现在……"

他又仔细四下看看，把大衣扔到长凳旁的衣架上。

"你过来。"

"干啥？"

---

① 地名，在今比利时。

"你这就知道了……"

一瞬间,他把帽子推到脑后,把她压倒在箱子上,撩起她红色的长丝袜和甜菜头颜色的浑圆的膝盖上面的裙摆。

"老爷!我要大声喊了!"

"我会掐死你的。老实点儿!"

"老爷!看在上帝的分上……我是处女!"

"这没什么不好。来吧!"

一分钟后他消失了。她站在炉灶旁小声痛哭起来,然后开始号啕大哭,哭得越来越响,她哭了很长时间,哭得直打嗝,一直哭到早饭的时候,哭到主人按门铃。先回来的是女主人,这位戴着金色夹鼻眼镜的年轻太太精力充沛,充满自信,利落敏捷。她一进门就问道:

"有人来过吗?"

"亚当·亚当梅奇。"

"他留下什么话了吗?"

"没有……他说明天再来。"

"你怎么哭成这样子?"

"是洋葱辣的……"

夜里,厨房收拾得干干净净,新换的搁板垫纸垂着花边,紫铜锅个个刷得锃光瓦亮,桌上点着一盏小灯,炉火还没有熄灭,所以很温暖。吃剩下的饭发出掺着桂叶香的好闻的酸味,有种很家常很温馨的感觉。她忘了把灯熄灭，就在屏风后面沉沉地睡了——她连衣服都没脱，一躺下就睡着了，她入睡时怀着甜美的希望，想象着亚当·亚当梅奇明天会再来，她又可以看见他那双可怕的眼睛，上帝保佑，主人最好还是不在家。

可是第二天早上他没有来。吃午饭的时候先生告诉太太说：

"你知道吗，亚当去莫斯科了。普拉格斯特罗夫告诉我的。昨天他一定是来告辞的。"

1940 年 10 月 3 日

（路轩 译）

狼

那是个温暖的八月的夜晚,黑暗中只勉强看得见多云的天上有些许微弱的星光。在田间一条尘土很厚因而变得软和无声的大路上,驶着一辆大车,大车上坐着一对青年男女。男的是个中学生,女的是某小地主家的小姐。天边有阴沉的闪光,时不时地显现出两匹鬃毛凌乱、挽具简单、正以均匀的步伐跑着的干活的马,还有驭座上那个穿麻布衬衫的小伙子的便帽和双肩,而且在一瞬间照亮了前面收过庄稼的田亩,以及远方的一片凄凉的小树林。昨天傍晚时分,村里人喧狗吠地闹腾了一阵。原来是家家户户正吃晚饭的时候,有一只狼竟斗胆钻到宅院里来咬死一只绵羊,差点儿把它叼走。幸亏男人们听见狗叫,提起棍子及时赶到,夺下那只羊,虽然它已经被咬死,而且肠开肚破了。此刻这位小姐正神经质地大笑,同时划着一根又一根火柴扔到黑暗中去,口里快活地高声喊着:

"我怕狼!"

划着的火柴照亮了中学生那张有些粗蠢的长脸和小姐的兴奋的

宽脸盘。小姐头上按小俄罗斯人的方式严严地包着一块红头巾，身上穿一件大开领红色印花布连衣裙，露出浑圆健壮的脖子。马儿跑着，大车摇来晃去，小姐把一根根火柴划着了扔进黑暗中，仿佛并未觉察那中学生正搂着她吻她的脖子和脸颊，寻找着她的嘴唇。她用胳膊肘儿推开他，他呢，考虑到驭座上还有个小伙子，故意提高嗓门儿随随便便地对她说：

"把火柴还给我，等会儿我没法抽烟了。"

"就给，就给！"她一面大声说一面又划着一根，亮了一下，接着是天边的闪光，随后那温暖的黑暗就变得更加黑了，让人总觉得车轮在向后转。小姐终于让中学生长长地吻了一下嘴唇，这时候他俩突然给甩了一下，像是大车撞到什么东西上了，赶车的小伙子猛地勒住了马。

"有狼！"小伙子大声喊道。

右边远远地有熊熊的火光映入眼帘。大车就停在刚才由天边的闪光不时地照亮的那片小树林对面。在远处的火光映衬下，这片小树林显得很黑，而且在颤动，小树林前面的田地也在那冲向天空的火苗造成的摇曳的暗红色光影中颤动着。火虽然在远处烧，因为起劲地吐着滚滚黑烟，似乎离大车只有一俄里；火越烧越烈，只见高上去，向两边蔓延开来，热浪好像已经触到了脸颊、双手，甚至可以看见着火的屋顶那通红的骨架悬在漆黑的地上。而在一堵墙似的树林跟前，站着三只染上深红色的大灰狼，它们的眼睛里，时而闪着有穿透力的绿光,时而闪着透明透亮,如滚烫的红果酱一般的红光。两匹马大声打了个响鼻就发狂似的向着左边新翻耕的田地奔突,赶车的小伙子向后紧拉缰绳,大车在土块上颠簸着碾过去,吱吱嘎嘎响得厉害……

在河谷上面某个地方,马儿又乱窜起来。这回是小姐跳起身来,及时夺过那吓得发傻的小伙子手里的缰绳。她向驭座上冲过去的时候,不知被什么铁器划破了脸,嘴角上就终生留下一道细细的伤痕。当别人问她这是怎么回事的时候,她总是得意地微笑。

"那是很久以前的事啦!"[1]她说,脑海里又浮现出很久以前那个夏天,八月间干燥的白昼和漆黑的夜晚,打谷场上的忙碌,香气扑鼻的新麦草垛,还有那个不刮胡子的中学生——晚上她和他常常躺在麦草垛里,看流星划出的瞬间即逝的耀眼光弧。"马给狼惊得飞跑,"她说,"我那时候性子烈,天不怕地不怕,冲上去拉马……"

她后来爱过的人不止一个,都说没有什么比这道伤痕更可爱的了,它就像一丝永恒的微笑。

1940 年 10 月 7 日

(陈馥 译)

---

[1] 见普希金的长诗《鲁斯兰与柳德米拉》第一章第一句。

幽暗的树林(1890)

［俄］伊万·伊万诺维奇·希什金/绘

名　片

　　初秋时节,"冈察罗夫"号轮船航行在变得冷清的伏尔加河上。初秋的寒意已经降临,东岸已经变成深褐色的了,冷风从那里迎面吹来,吹过那恣肆粗鲁的河面,缭乱船尾的旗子、从甲板上走过的人们的便帽、礼帽和衣服,把他们的脸吹得皱起来,拍打着他们的袖子和衣襟。一只孤独的海鸥没有目的、无精打采地追随着轮船,时而鼓着尖翅膀,追着船尾斜飞,时而斜着隐没在远处或侧面,好像在秋天灰色的苍穹和荒凉壮阔的水域之间茫然自失。

　　船上相当冷清,只在下层的甲板上有一群男人,上层甲板上有三个人在溜达,一会儿相遇,一会儿分开。其中两个人是二等舱的,他们要去同一个地方。这两个人都不起眼,他们形影不离,总是一起散步,一本正经地谈着什么事。另一个人则是一等舱的乘客,这是一位成名不久的作家,他很引人注意,因为他有种不知是忧伤还是气恼的严肃表情,更重要的是,他的相貌很好:高大魁梧,像身体强壮的人常见的那样微微有点儿驼背,穿着讲究。他那深色的头发、莫斯科旧式商人中时而可以见到的东方脸型，都有种独特的美。他确实是出身于那个阶层的，尽管已经跟那些人没有任何共同之处了。

他一个人迈着有力的步伐走来走去。他穿着昂贵结实的鞋，黑色的哔叽大衣，戴着英国式的方格软帽。他来回走着，时而迎风，时而顺风，呼吸着秋天的伏尔加河的萧瑟气息。他时而走到船尾，站在那里看船身后翻着奔腾的灰色水花铺展开来的河水，时而猛然转身，迎风走向船头，头藏在被吹得鼓胀的帽子里，听着轮桨有节奏的敲击声，看着河水好像大块的翠玉，哗啦哗啦不断地从轮桨里涌出来。终于，他急急刹住步子，皱着眉微笑了：通往下面三等舱的楼梯上出现了一顶廉价的黑帽子，这帽子逐渐升高，帽子下面出现了一张瘦瘦的可爱的脸，那是他昨天晚上偶然遇到的一个女子。他迎着她大步走过去，她上了甲板以后，也有点儿不稳地迎着他走来，脸上也带着微笑。她被风吹着跌跌撞撞，身子歪向一边，一只瘦瘦的手扶着帽子，她的连衣裙很单薄，可以看到两条细腿的轮廓。

"夜里睡得还好吗？"他边走过来边粗声大嗓地问道。

"好极了！"她过于开心地答道，"我总是睡得好像土拨鼠一样沉……"

他把她的手握在自己的大手里，望着她的眼睛。她也望着他，竭力做出快乐的样子。

"您怎么睡到这么晚，我的天使，"他亲昵地说，"规矩人已经在吃早饭了。"

"我一直在幻想！"她回答，她那活泼的态度跟她整个人的样子很不协调。

"想了些什么？"

"想得可多着呢！"

"哦，要小心哦！'幼小的孩子就这样在夏天戏水时溺毙，河对岸走着一个车臣人。'[①]"

"我就在等这个车臣人！"她还是那么活泼而开心地回答。

"我们最好去喝点儿伏特加，再吃份鱼汤。"他说道，心中暗想，她恐怕连吃早饭的钱都没有。

她优雅地跺跺脚：

"是啊是啊，伏特加，伏特加！这鬼天气真冷！"

于是他们快步走向一等舱的餐厅，她走在前面，他跟着她，已经用有点儿贪婪的目光打量她了。

夜里他回想着跟她相识的经过。昨天他跟她在船舷旁偶遇，相识。当时轮船正在暮色中开往一处幽暗的高岸，河岸之下已亮起点点灯火了。后来他跟她一起坐在甲板上，顺着头等舱的舱室有一条长凳，他们在有透明的白护窗板的窗下坐了一会儿，但是时间不长，此后他后悔了一夜。夜里他吃惊地搞清楚了自己的心思：他已经想得到她了。为什么呢？是出于在旅途中总是被萍水相逢的陌生女伴

[①] 引自普希金的长诗《高加索的俘虏》。

吸引的习惯吗？现在，当他和她一起坐在餐厅，在清冷的朝霞中碰杯，就着鱼子酱吃热面包的时候，他已经明白她为什么那么吸引他，并迫不及待地要把事情做到底了。因为这一切——伏特加，她的开放的态度——都是和她这个人截然相反的，他的内心骚动得越来越厉害。

"好了，再喝一杯就打住！"他说。

"真该打住了，"她学着他回答道，"这伏特加很好！"

当然，她之所以打动他，是因为昨天当他说出自己名字的时候，她因为意外地与一位著名作家结识而一时手足无措，——感到和看到别人的局促总是令人愉快的，况且女人局促的样子总是显得可爱，如果她长得不太丑、人也不太蠢的话，你和她之间就会很快形成一种亲密的关系，让你更大胆地对待她，并且你好像就已经拥有了对她的某种权利似的。但让他来劲儿的不仅是这个。看来，作为男人的他也让她很着迷，而她打动他的地方则恰恰是贫寒和单纯。他已经学会了大大咧咧地对待女崇拜者们，刚一认识就马上直接过渡到一种很随便的、好像逢场作戏的态度，用这种假装随便的方式问她们：您是谁？来自哪里？结婚了吗？昨天他就是这样问她的，当时他一边望着船周围的浮标——暮色中它们在黑乎乎的水面上投下的五颜六色的长长的倒影，看着木筏上熊熊燃烧的火堆，闻着从那儿传来的烟味儿，心想："应该记住：这烟味儿里好像夹着鱼汤味儿"，一边问她：

"能否知道您的名字?"

她马上说出了自己的名字和父称。

"是正从什么地方回家吗?"

"我是从斯威亚日斯克的姐姐家出来的,她的丈夫突然死了,您知道,她很难受……"

起初她很难为情,眼睛一直看着远处的什么地方。慢慢的,她的回答比较自如了。

"您也结婚了吗?"

她奇怪地笑了起来。

"结婚了。而且,唉,时间已经不短了。"

"'唉'什么?"

"因为傻,冒冒失失早早就出嫁了。还不等反应过来,一辈子就要过去了!"

"嗯,还远着呢。"

"唉,不远了。生活的滋味我还一丁点儿都没体验过呢。"

"现在体验也不晚。"

这时候她忽然嘲笑地晃晃脑袋:

"体验就体验!"

"您丈夫是做什么的?当官的?"

她挥挥手:

"哎呀,他是一个很好的,很善良的人,但是可惜,一点儿都没意思……是我们县自治委员会的秘书……"

"一个多么可爱而不幸的女人啊!"他想着,掏出了烟盒。

"想抽支烟吗?"

"太想了。"

于是她笨拙但大胆地抽起烟来,以女人那种方式很快地噏着。他再次心动,她和她的放肆模样让他怜惜,这种怜惜夹杂着柔情,还有利用她的天真和晚熟与缺乏经验寻欢的愿望。他已经感觉到,这种缺乏经验一定伴随着极端的大胆。此时,坐在餐厅里,他急切地看着她瘦瘦的双手,因为憔悴而更动人的脸庞,浓密的、松松束起来的黑发——当她摘掉黑色的帽子,把布连衣裙外面的灰色小大衣从肩头甩掉的时候,她把这头黑发甩了甩。昨天她那么坦率地跟他谈论自己的家庭生活,谈论自己不再年轻,今天的言谈举止又忽然变得这么大胆,与她的形象形成触目惊心的反差,这些都打动了他,刺激着他。因为喝了伏特加,她的脸上有了淡淡的红晕,连苍白的嘴唇都微微变红了,目光迷离,闪着嘲弄的光。

"您知道吗,"她忽然说道,"我们刚才谈到梦想。您知道我上学的时候最大的梦想是什么吗?是给自己定制名片!那时我们家已经彻底败了,卖掉了剩下的庄园,搬到了城里,我根本没人可送名片。真太傻了……"

他咬住牙,紧紧地握住她的手,隔着薄薄的皮肤他能感觉到她纤细的骨头。但她一点儿也不懂他的心思,却像个有经验的诱惑者似的，自己把这只手送到了他的唇边，含情脉脉地看看他。

"咱们去我那儿吧……"

"走吧……真的，这儿有点儿闷，烟味儿大。"

她甩甩头发，拿起了帽子。

在走廊他抱住了她。她骄傲地，从他的肩膀下含情脉脉地看了他一眼。他爱欲如火，差点儿在她的面颊上咬了一口，她则忘情地从他的肩膀下把嘴唇凑了过去。

船舱那透光的窗栅放了下来，舱室内光线幽暗。她急切地讨好他——这个英俊、强壮、有名的男人，她要充分利用这突然落到她头上的幸福。她宽衣解带，把落到地上的衣服踢开，身上只剩下一件薄内衣和白内裤，露出肩膀和胳膊，显得格外纤细，像个男孩子一样，这楚楚可怜的样子深深地刺痛了他。

"都脱？"她悄声问道，完全像个小姑娘。

"嗯，都脱。"他说，心里更难过了。

她顺从地马上跨过地上的那堆衣服，全身裸露，肤色微微青紫。当一个女人的身体冷得瑟缩着，出了一身鸡皮疙瘩，只穿着一双缀着普通袜带的廉价灰长袜和一双廉价的黑便鞋时，就会呈现出这样的特点。她带着得胜的微醉的表情看着他，把头发向上拢起，做成尖形的发髻。他看着她的一举一动，同时感到身上发冷。她的身体比想象的要好看，年轻。细瘦的锁骨和肋骨突出，与消瘦的脸和小腿相称，但大腿甚至是丰满的。她的肚脐小而深，小腹往里凹着，下面的一蓬三角形深红的毛与头上丰盈的毛发很相称。她把发髻解开，浓密的头发落到她瘦瘦的后背，盖住了突出的脊骨。她俯身去提脱落的长袜，于是一双小小的乳房垂着，像两只小梨，褐色的乳头冻得发皱，楚楚可怜。于是他让她尝到了极致的激情，她的面容跟这种激情是那么不相称，所以更让他又怜又疼，欲火中烧……窗栅是向上斜开的，所以不可能透过缝隙看到里面，但她在激情中一直恐怖地朝那边斜视，听着人们在甲板上紧挨窗户来回走动的脚步声和无心的闲谈，而这使得她更加兴奋。哎呀，人们就在旁边走路、说话，可是谁都不会想到一步之外，在这个白色的船舱中发生的事！

后来他把好像死了的她抱到床上。她咬着牙，闭着眼躺在那儿，那苍白的、依然很年轻的脸上已经有种忧伤而平静的表情。

傍晚，轮船靠近她应该下船的地方。她垂着眼睛，静静地站在他的身边。他怀着爱意吻了吻她凉凉的手，这爱意将一辈子留在他心中的某个角落。而她头也不回地沿着跳板跑下去，混入了码头上乱哄哄的人群。

1940 年 10 月 5 日

（路轩 译）

佐伊卡和瓦列莉娅

冬天在莫斯科,格里沙·列维茨基没事的时候总是待在尼古拉·格里高利耶维奇·达尼列夫斯基家,夏天则经喀山大道去他们家位于松林中的别墅做客。

他二十四岁,该升入医学系五年级了,但是在达尼列夫斯基家只有医生本人叫他"同事",其他人都叫他若尔热或若尔日克。因为孤独和多情,他总是会和某个熟人的家庭打得火热,很快成为这家的自己人,每天登门的熟客,如果功课不太忙,他甚至一天到晚不走。现在他跟达尼列夫斯基家的关系就是这样。很快,不仅女主人,就连孩子们——胖女孩佐伊卡和大耳朵的格里什卡,都把他当作一个无家可归的远亲那么对待了。他表面上朴实,善良,殷勤,不大爱说话,可是随时准备对每一句针对他的话做出回应。

一个穿护理服的上年纪的女人负责给达尼列夫斯基的病人们开门,让他们走进宽敞的前厅。前厅里铺着地毯,摆着样式沉重的老家具。那女人戴上眼镜,手拿铅笔,严厉地看看她的记录本,给有的人预约下次看病的日子和时间，把另一些人领到接诊室高大的门前，让他们在那儿等好一阵子，而后被叫到隔壁的诊室，由一个穿着雪白大褂的年轻助理进行询问和检查，这之后才能见到达尼列夫斯基本人。他的诊室很大，靠后墙摆着一张高床，他会让一些病人爬上去躺下。他们因为害怕，躺的姿势畏畏缩缩，很不舒服。一切都令病人紧张：不仅是助手和前厅的那个女人，不仅是前厅里的那个老立钟——它那圆盘形的铜摆总是闪闪发亮，神气活现，不慌不忙地从一头踱到另一头，还有在这阔气、宽敞的房子里那种森严的规矩，候诊室里那种静默的等待——每个病人都大气也不敢出，他们都觉得这座房子极其不凡，一定永远是死气沉沉的，至于达尼列夫斯基本人，这个又高又壮、有点儿粗鲁的医生，一年也不一定会微笑一次。但他们错了：前厅右边的双层门通向这套房子的居住区域，那里差不多总是很热闹，有很多客人，餐厅的桌子上总是烧着茶炊，女仆小跑着一会儿送来茶杯茶碗，一会儿添几罐果酱，一会儿添面包干和白面包。而达尼列夫斯基甚至在接诊的时间也常踮着脚穿过前厅跑到那里，当病人在等他，以为他正为某个重病人忙得不可开交的时候，他却坐在那儿喝茶，对客人这么说："让他们等会儿吧，这些鬼东西！"这一天，他就这样坐在那儿，嘲笑地打量着列维茨基：他身材干瘦，有点儿驼背，他的腿有点儿弯，肚子凹进去，薄薄的脸皮上长着些雀斑，眼睛是琥珀色的，头发很卷，颜色发红。达尼列夫斯基说：

"您承认吧，同事，您有某种东方血统吧？比方说高加索血统或犹太血统？"

列维茨基一如既往地当即回应：

"完全没有，尼古拉·格里高利耶维奇，没有犹太血统。有波兰血统，也许有你们乌克兰血统，——因为乌克兰人也有姓列维茨基的。听爷爷说，好像还有土耳其血统，不过谁知道是不是真的。"

于是达尼列夫斯基开怀大笑：

"你看看，我还是猜到了！嘿，太太小姐们，你们小心点儿，他是土耳其人，可不像你们以为的那么老实。而且你们也知道，他跟土耳其人一样多情。现在轮到谁了？现在您那热忱的心中装的是哪位女士？"

"达利亚·达吉耶夫娜。"列维茨基脸上很快涌起淡淡的红晕，带着憨厚的微笑回答。他常常这样脸红和微笑。

这个达利亚·达吉耶夫娜露出迷人的羞怯模样，瞬间连那双乌黑发亮的眼睛都好像丢到什么地方去了。她是个容貌姣好的姑娘，上唇和面颊上有一层淡青色的绒毛，伤寒初愈，此时戴着丝绸的包发帽，半躺在软椅里。

"嗯，这对谁都不是秘密，完全可以理解，"她说，"要知道我也有东方血统……"

格里沙暧昧地吼了一嗓子："嘿，对上了，对上了！"而佐伊卡冲到隔壁房间，顺势跌坐在沙发里，斜着眼靠在沙发背上。

确实，冬天里列维斯基暗恋上了达利亚·达吉耶夫娜，而在她之前他对佐伊卡也有点儿意思。她才十四岁,但身体已经发育得相当成熟了,特别是从后面看的时候,虽然方格短裙盖着的那两个裸露的发紫的膝盖还像孩子一样圆圆嫩嫩的。一年前她从学校被接回家,在家里也没让她学习——达尼列夫斯基发现她有某种脑病的萌芽——于是她过着无忧无虑的生活,无所事事,却从来不觉得无聊。她对所有人都十分亲热,简直是倾慕。她额头突出,长着一双水汪汪的蓝眼睛,目光天真快乐,好像总是为什么事情而吃惊,嘴唇总是润润的。尽管长得胖,她的举止却有种优美的风情。绑在麻花辫上的红色蝴蝶结让她显得格外妩媚。她经常像孩子一样天真无邪,无拘无束地坐在列维茨基的膝头,他托着她的身体,承受着柔软的重量,把眼光从她格子短裙下裸露的膝盖移开的时候自然有种特别的感觉,而她对那种感觉肯定也有所感应。有时候他忍不住,好像开玩笑地吻她的面颊,她就闭上眼,懒洋洋地、嘲弄地微笑。有一次她小声告诉他一个可怕的秘密:世界上只有她一个人知道妈妈的秘密:妈妈爱年轻医生季托夫!妈妈四十岁了,但她像少女一样苗条,显得非常年轻,而他们俩,妈妈和医生,都那么漂亮,个子那么高!后来列维茨基不再注意她了——因为达利亚·达吉耶夫娜开始出现在医生家。佐伊卡变得好像更快活,更无忧无虑了,但她的眼睛一刻也不离开达利亚·达吉耶夫娜和列维茨基,经常大叫一声扑上去吻她,但是心里却很恨她。当达利亚·达吉耶夫娜得伤寒住院的时候,佐伊卡每天都盼着从医院传来她死了的好消息。然后,佐伊卡等着她离开——也等着夏天，那时候列维茨基不上课了，就会沿着喀山大道去他们的别墅，达尼列夫斯基家已经是第三年在那儿消夏了。她在暗暗地猎捕他。

夏天到了，他开始往别墅跑，每周来两三天。但很快爸爸的侄女瓦列莉娅·奥斯特罗格拉特斯卡娅从哈尔科夫来做客了。佐伊卡和格里沙都从没见过她。他们派列维茨基一大早去莫斯科的库尔斯克车站接她，从车站回来的时候他没骑自行车，而是和她同乘车站的马车。他的样子很疲惫，眼睛凹陷，快乐兴奋。看得出，在库尔斯克车站他就爱上她了，当他从马车上把她的东西拿下来的时候，她已经在指挥他了。不过，当她迎着妈妈跑上台阶的时候，她立刻把他忘了，其后一整天也没再注意他。佐伊卡捉摸不透她：在自己的房间整理东西的时候和随后坐在凉台上吃早饭的时候，她时而滔滔不绝，时而忽然不说话了，顾自想着心事。她是一个真正的小俄罗斯美女！于是佐伊卡喋喋不休地黏上了她：

"您带山羊皮靴子和乌克兰格子布衣服了吗？您会穿它们吗？可以叫您瓦列奇卡[①]吗？"

但就算不穿戴小俄罗斯的服饰她也很漂亮：她身材结实匀称，长着浓密的黑发，两条丝绒般的眉毛几乎连在一起，目光严厉，深肤色的人常常如此。她有着黝黑明艳的面颊，光亮洁白的牙齿，丰

[①] 瓦列奇卡是瓦列莉娅的爱称。——编者注

满的樱唇。她的手纤小，但同样很结实，均匀地晒成淡褐色。她的肩膀多美呀！透过轻薄的白色衬衣隐约可见内衣粉色的丝吊带，令人遐想！她的裙子相当短，样子很简单，但穿在她身上却非常好看。佐伊卡对瓦列奇卡欣赏极了，甚至没有因为列维茨基而吃醋。列维茨基现在总待在瓦列莉娅左右，再也不肯回莫斯科去了，他庆幸瓦列莉娅让他亲近，她也叫他若尔日了，不时地吩咐他做点儿事。随后天气变得很热，已经完全是夏天了，客人们越来越频繁地从莫斯科来做客。佐伊卡发现，列维茨基退休了，越来越常坐在妈妈旁边，帮她给马林果去核，而瓦列莉娅爱上了妈妈暗恋的对象——医生的助手季托夫。瓦列莉娅肯定有什么事——没有客人的时候，她不再像过去一样换穿那些漂亮的衣服，有时候一天到晚穿着妈妈的便袍，一副嫌弃的样子。她非常想知道，妈妈在爱上季托夫之前跟列维茨基是不是接过吻？格里沙发誓说，有一次在午饭前看见他们游完泳沿着云杉林荫道往回走，头上缠着毛巾，好像穆斯林的包头，列维茨基牵牵绊绊地拉她身上裹的那条湿漉漉的单子，不停嘴地说着什么，她刚停下脚步，他就突然抓住她的肩膀，吻了她的嘴唇。

"我紧贴在树后，他们没看见我，"格里沙瞪大眼睛，眉飞色舞地说，"我都看见了。当时她特别美，只是全身都是红的，那时天还特别热，再说她，当然，在水里泡了很长时间。她总共在水里待了两个来钟头，游来游去，这个我也偷看过，她全裸着，就像那伊阿得斯①,他说着说着,然后真的像土耳其人一样……"

格里沙发了誓,但是他总喜欢想象一些愚蠢的东西,所以佐伊卡将信将疑。

每逢星期六和星期天,从莫斯科开来的火车甚至早上都人满为患,都是兴冲冲地去别墅做客的人。有时候会下起美妙的太阳雨,于是沐浴着雨水的绿色车厢熠熠发光,焕然一新,车头冒出的白烟显得格外轻柔,在明亮的天空背景下,火车背后那挺拔茂密的松树的圆顶形树梢显得分外苍翠挺拔。来客们在站外炎热的沙地上争先恐后地抓辆马车,怀着度假者的兴奋心情,沿着松林中的条条砂石路,顶着头上的条状的云彩疾驰而去。这一带天气干燥,地形微微起伏,覆盖着无边的松林,林中洋溢着度假的幸福气氛。住在别墅的人领着莫斯科来客散步,说这里只差没有熊了,朗诵"黑森林散发着松树油脂和草莓的香味"②,大呼小叫,享受他们夏天的福利,悠闲度日,随意穿衣:斜领衬衫不扎进裤腰,而是用彩色的长腰带系住宽大的下摆,戴亚麻的便帽。当你看到一个留着大胡子、戴着眼镜、穿着这样的斜领衬衫、戴着这样便帽的人,你可能一下子认不出这是一个莫斯科的熟人,一个教授或杂志主编。

尽管有这一切的逍遥,列维茨基却感到双倍的不幸,他从早到晚感到自己很可怜,是一个被欺骗的、多余的人。他白天夜里总在

---

① 希腊神话中的水泉女神。
② 俄国作家阿·托尔斯泰(1882—1945)的诗句。

想着一件事：为什么，为什么她那么快、那么残忍地把他拉到身边，让他成了不知算是她的朋友还是奴隶，然后又成了她的情人，但这个情人只能得到很少的、总是出其不意的、仅限于接吻的幸福；为什么她对他时而以"你"时而以"您"相称？她为什么那么狠心，从认识季托夫的第一天起，就轻轻松松、若无其事地甩了他，甚至对他视而不见？他还为自己这么厚着脸皮赖在庄园而羞愧难当。应该明天就走，去莫斯科，带着这可耻的不幸躲开所有人，连女仆都对这被欺骗的别墅爱情知道得一清二楚！可是想到这里，他就又猛然想起她的樱唇那种柔软的感觉，于是又动弹不得了。如果他一个人坐在凉台上，她偶然经过他身边，她就会用一种过分随便的语气边走边对他说一句特别无关紧要的话，比如："婶婶在哪儿？你看见她了吗？"他急忙作答，那语气好像痛苦得快要号啕大哭起来似的。有一次，当她从旁边走过的时候，看到佐伊卡坐在他的膝头，——这关她什么事？可她突然发疯地瞪起眼睛，喊道："讨厌的孩子，不准上男人的膝盖！"他心头一喜：这是嫉妒！嫉妒！而佐伊卡一有机会就会趁着跑过一个空房间的机会抱住他的脖子，两眼放光，舔着嘴唇，嘴里喃喃地念念有词："亲爱的，亲爱的，亲爱的！"有一次她那么敏捷地用潮湿的嘴捉住了他的嘴唇，让他一整天想起她的时候都无法不想入非非，同时感到恐惧：我这是怎么了！现在我怎么面对尼古拉·格里高利耶维奇和克拉夫季娅·亚历山大罗夫娜！

别墅像个庄园，院子很大。进门右手是空的旧马厩，马厩的顶部是干草棚，接着是仆人住的厢房，厢房与厨房相连，厨房的背后有桦树和椴树。左手起伏不平的土地上长着一大片老松树，林间的小片草地上立着旋转秋千和普通秋千，再过去，已经到了树林的墙边，有一块平坦的槌球场。房子也很大，正对着院门，房子背后是大片杂树林和一个花园，花园里有一条幽暗的宽林荫道，两边种着老云杉树。这条林荫道穿过杂树林，从房子的后凉台直通水塘边的浴棚。主人们无论是自家人闲坐还是和朋友一起，总是坐在前阳台，这个阳台向房子里凹进去，太阳晒不到。在那个星期天的炎热的早晨，只有女主人和列维茨基坐在这个阳台上。这个早晨的客人很多，而有客人的时候总是格外热闹，女仆们穿着雪白的新裙子在院子里跑来跑去，一会儿从厨房跑进房子，一会儿从房子跑到厨房——那儿正忙着准备早餐。来客共五个人：一个黑脸、脾气暴躁的作家，他总是过分严肃和严厉，但又特别热衷于各种游戏；一个长得像苏格拉底的短腿教授，他五十来岁，刚娶了他的一个二十岁的女学生，带着她一起来做客；这位年轻太太是个身材纤瘦的金发女子；还有一位盛装的太太，她又瘦又小，又厉害又爱生气,因此得了个"胡蜂"的绰号；再就是季托夫，达尼列夫斯基叫他"不要脸先生"。现在所有的客人，还有瓦列莉娅和达尼列夫斯基本人，都在树林旁的松树下，那里树影斑驳。达尼列夫斯基坐在软椅上抽雪茄，孩子们，作家，教授的妻子在荡旋转秋千，教授、季托夫、瓦列莉娅和"胡蜂"则跑来跑去，用锤子敲打槌球，互相喊话，争吵。列维斯基和女主人在一旁听着他们闹。列维茨基本来也去了那边,但瓦列莉娅马上就把他赶走了:"婶婶一个人在给樱桃去核呢,你快去帮她。"他尴尬地笑着站在那儿看了一会儿,看她手拿球棒向着球弯下腰去,她的柞蚕丝的裙子悬在穿着轻薄的黄丝长袜的紧绷的小腿之上,胸脯把透亮的衬衣撑得紧紧绷绷,衬衣下的一对浑圆的肩膀依稀可见,黝黑的皮肤被衬衫上粉色带子映着,也泛出粉色。然后他就去阳台了。在那天早上他特别可怜,而女主人像平时一样平静从容,她很有神采,容貌年轻,目光明亮,但也暗暗地怀着痛苦听着松树下的欢闹。她斜眼看了看他。

"现在怎么也洗不干净手了,"她用猩红的手指把镀金的小叉子插进樱桃,说道,"您呢,若尔日,总是那么邋遢……亲爱的,为什么您还穿着制服,多热啊,只穿件衬衣,扎个腰带就很好嘛。再说您已经十天没刮胡子了。"

他知道他的凹进去的腮帮上已经长满了红色的硬胡子,知道他把自己唯一的白制服搞得非常脏,他的学生制裤磨得发亮,他的皮鞋没有擦。他知道自己窄胸瘪肚、坐姿不佳,于是红着脸回答道:

"确实,确实,克拉夫季娅·亚历山大罗夫娜,我蓬头垢面,像个逃犯一样,我太不像话了,不知羞耻地利用您的善心,看在上帝的分上,请您原谅。我马上整理好,而且,我早该回莫斯科去了,我在您家做客时间太久了,让大家都厌烦了。我打定主意明天就走。我的一个朋友让我去他家,在莫基列夫,他说那是一个非常漂亮的城市……"

他朝着桌子更低地佝偻下身子，因为槌球场那边传来了季托夫对瓦列莉娅指手画脚的吆喝：

"不行，不行，小姐，这不合规则！击球的时候您不能把脚放在球上——您犯规了。两次击球也不对……"

吃早饭时候他觉得在座的人人都在刺激他：他们吃喝，说话，调侃，大笑都是冲着他来的。早饭后大家都去云杉林荫道，林荫道上厚厚地落了一层滑溜溜的松针，女仆们把毯子、枕头之类拖到那里，大家就在树荫下休息。他走过炎热的院子去空马厩，沿着墙边的梯子爬上幽暗的顶棚，那儿放着陈年的干草，他扑倒在干草上，极力想做出某种决定。他趴着，盯着一只苍蝇看起来，那苍蝇就停在他眼前的草上，起初前腿交叉迅速地击打，好像在洗脸，然后不知为何开始不自然地拼命去咬后腿。忽然，有人很快地跑进顶棚，把门打开又关上，他回过身，借着耳窗投进的光，他看见了佐伊卡。她向他蹦过来，陷进干草里，她喘了口气，也翻身趴下，好像害怕地看着他的眼睛，小声说：

"若尔日克，亲爱的，我应该告诉您一件事——您一定非常感兴趣，棒极了！"

"什么事，佐伊奇卡[①]？"他微微抬起身，问道。

[①] 佐伊奇卡是佐伊卡的爱称。——编者注

"您会看到的,不过您先吻我这儿——必须的!"

她用两腿敲打干草,露出丰满的大腿。

"佐伊奇卡,"他开口说,因为心里非常痛苦,无力控制病态的欲望,"佐伊奇卡,只有您一个人爱我,我也很爱您……可是不行,不行……"

她更用力地敲打双腿:

"行,行,必须的!"

说着把头扑到他的胸前。他看到她红色的蝴蝶结下面那栗色头发的青春光泽,听到它们窸窸窣窣的声响,不由把脸贴了过去。突然她小声尖叫了一声"哎呀!",从后面抓住了自己的短裙。

他跳了起来。

"怎么回事?"

她一头扎进干草里,号啕大哭:

"什么东西狠狠地咬了我那个地方……您看看,快看!"

她把裙子撩到背上,从丰满的身体上扯下内裤:

"那儿怎么了?出血了吧?"

"真的什么也没有,佐伊卡!"

"怎么会没有?"她叫道,然后又大哭起来,"吹吹,吹吹,我疼得很!"

他吹了吹,又在她柔软丰满、凉凉的屁股上贪婪地吻了几下。她跳起来,美得发疯,含泪的眼睛闪着光:

"我骗您呢，骗您呢，骗您呢！那个可怕的秘密就是：季托夫把她甩了！彻底甩了！我跟格里沙在客厅全听见了：他们在阳台上走，我们坐在圈椅后的地板上，他特别不客气，对她说：'小姐，我可不是被人牵着鼻子走的人。再说我不爱您。要是您做得好，我会爱的，但目前无可奉告。'很棒吧？她活该！"

说完她跳起来，冲到门口，顺着梯子爬下去了。

他看看她的背影：

"我是个恶棍，十恶不赦！"他大声说，同时嘴唇上还留着她的身体的感觉。

晚上庄园里很安静，变成了平静的居家气氛，因为六点钟客人们走了……暮色降临，厨房后开花的椴树散发出的药味儿，厨房正在准备晚饭，从那里飘来烟的甜味儿和饭的香味儿。这一切——昏暗，气味——营造出的安宁幸福，某种隐约的痛苦——感到她在这里，就在他的近旁……对她的柔肠寸断的爱，她的冷漠无情和拒人千里之外……她在哪儿呢？他离开前阳台，听到松树下传来秋千均匀的、有节奏的"吱吱"声，就朝那里走去。是的，她在那儿。他停下，看着她高高地荡上荡下，把绳子拉得越来越紧，尽力荡到最高，假装没看见他。伴着轮子的尖叫，她令人心惊地向上飞去，消失在树枝间，然后蹲着身子，像被击中一样疾冲下来，裙摆高高飘起。真想把她抓住！抓住，掐死，强暴！

"瓦列莉娅·安德烈耶夫娜！当心点儿！"

她好像没听到，荡得更用力了……

晚饭的时候阳台上点起一盏炽热明亮的灯，大家在灯下一边吃饭一边以客人为题目取笑，争论。她也不自然地，尖刻地笑话他们，贪馋地吃着蛋糕和酸奶油，仍然没有朝他看一眼。只有佐伊卡一言不发，总是斜眼看他，眼睛里闪现出跟他一个人分享着什么秘密的神情。

大家早早地散去，各自睡了，房子里所有的灯都熄灭了，到处是一片黑暗和死寂。饭后他马上悄悄地溜回到自己的房间——他房间的门就开在前阳台。他开始把衣服塞进自己的背囊，他想：我把自行车悄悄推出去，骑车去车站。在车站旁树林的砂地上找个地方躺一夜，等着头班火车……不过不行，不能这样。天知道会出什么事——竟像个孩子似的半夜出逃，不辞而别！应该等到明天——应该好好地走，好像什么事都没有："再见，亲爱的尼古拉·格里高利耶维奇，再见，亲爱的克拉夫季娅·亚历山大罗夫娜！谢谢！谢谢关照！是的，是的，我要去莫基廖夫，据说那是一个非常美的城市……佐伊奇卡，祝您健康，亲爱的，快快乐乐地长大吧！格里沙，让我来握握你那只'诚实的'手！瓦列莉娅·安德烈耶夫娜，万事如意，如有得罪请多包涵……"不，"如有得罪请多包涵"这话不合适，好像在暗示什么……

他觉得没有一点儿入睡的希望，就轻轻地走下了阳台。他决定走到通往车站的大路，用三俄里的步行消耗自己。但是在院子里他停下了脚步：幽暗的天色，温馨的宁静，由于无数小星星的聚集变成乳白色的天空……他的思绪飘飘然起来，越飞越高，飞向繁星深处，那里的蓝色深得可怕，似乎眼看就要崩解了……安宁，静默，玄妙广大的虚空，世界的没有生命、没有目的的美……他独自一人面对这一切，在天地之间的深渊……他开始在内心无言地祈祷，祈求某种上天的慈悲，祈求对自己的怜悯，同时怀着痛苦的喜悦感受着自己与天的联系，他已经似乎有点儿抽离出自我，离开了肉身……他努力地克制着这种感觉，看了看房子：星光在黑乎乎的窗玻璃上反射出细碎的光——她的窗户也一样……她是在睡觉，还是在辗转难眠、昏昏沉沉地一心只想着季托夫？是的，该轮到她失眠了……

他绕过这座在黑暗中轮廓模糊的大房子，朝着后阳台和阳台与林荫道之间的空地走去。林荫道旁的两排高高的云杉在黑暗中一动不动，尖形的树梢刺向星空，煞是吓人。黑暗中，云杉下散落着停着不动的黄绿色的萤火。阳台上有什么东西发出朦胧的光……他停下细看，忽然因为惊吓和意外哆嗦了一下：从阳台传来一个不高的、平稳的、不带感情的声音：

"您大半夜的溜达什么？"

惊慌间他动弹了一下，立刻看清楚了：她躺在摇椅上，身上盖着银色的旧披巾——达尼列夫斯基家所有的客人，如果留下过夜的话，都会在晚上的时候盖上这种披巾。由于慌张，他也问道：

"您又为什么不睡觉？"

她没有回答，沉默片刻，站起身，无声地下了阳台，一边整理

着从肩头滑落的披肩,一边走到他跟前:

"你来……"

他和她一起走向黑暗的林荫道,先是他跟在她后面,然后变成并排。那黑暗的,凝然不动的林荫道似乎隐藏着什么。这是怎么回事?他怎么又和她在一起了,只有他们两个人,还是在这条林荫道,而且在这个时候?还是这条总是从她的肩头滑落的披肩,当他为她整理的时候,这披肩的丝线头儿曾撩拨他的指尖……他克制着声音的颤抖,说道:

"您干吗,为什么要那么残酷地折磨我?"

她摇摇头:

"我不知道。别说了。"

他胆子大了些,提高了声音:

"真的,干吗,为什么?您为什么……"

她抓住他举起的手,握紧它:

"别说了……"

"瓦列莉娅,我一点儿都不明白……"

她丢开他的手,朝着林荫道的左边尽头看了一眼,那里三角形的轮廓好像一件大黑袍:

"还记得这个地方吗?我在这儿第一次吻了你。就在这儿吻我最后一次吧……"

她很快地从云杉的树枝下走过去,把披肩往地上猛地一扔:

"到我这儿来！"

刚一完事，她马上厌恶地使劲推开他，依旧躺着，只是把举起和分开的双膝放了下来，两只胳膊耷拉到身边。他直挺挺地躺在她身边，一侧的脸贴着地上的针叶，上面粘着他痛苦的泪水。在夜和森林的凝固的寂静中，晚出的月亮远远地挂在离朦胧的田野不远的天空，一动不动，红红的，好像一片香瓜。

在自己的房间，他用哭得发肿的眼睛看看表，着急了：已经差二十两点了！他急急忙忙，尽量不弄出声音，把自行车搬下阳台，推着它悄悄地很快出了院子。在大门外他跳上车，紧紧地弯起身子，两条腿疯狂地蹬了起来。自行车在坑坑洼洼的林间砂石路上颠簸着，密集的黑乎乎的树干从两侧向他奔来，又在黎明前的天空下一闪而过。"要赶不上了！"他蹬得更紧了，不时用手背擦着额头的汗：从莫斯科开出的邮车两点一刻从车站旁驶过不停车，他总共只剩下几分钟了。突然，在像日落一般熹微的黎明的霞光中，露出了车站的黑影。快到了！他果断地沿着路向左猛拐，沿着铁路骑，又向右猛拐，他赶到了道口，钻进了路口的栅栏，然后他向左猛拐，上了两条铁轨之间。火车已经出现在斜坡下，自行车在枕木上跌跌撞撞地冲下斜坡，迎着明晃晃的火车头撞去。

1940 年 10 月 13 日

（路轩 译）

塔 尼 娅

那时候,她在他的亲戚——小地主卡扎科娃家当女仆,十六七岁,个子不高——当她轻轻地晃着裙子、微微挺起衬衣下面的一对小小的乳房、光脚走路的时候,或冬天穿着毡靴的时候,个子显得尤其小。她的相貌普通,谈不上漂亮,只是挺可爱,她那双农民式的灰色眼睛也只是因为焕发着青春的光彩才显得非常美丽。那时候,他对自己的生命特别挥霍无度,生活放荡不羁,有很多偶然的艳遇和随便的关系,他也把和她的关系当作偶然的关系……

*　　*　　*

她很快接受了在那个不平常的夜晚她突然遭遇的重大的、惊人的事情,她哭了几天,可是一天比一天相信,发生的事情不是痛苦,而是幸福,她越来越觉得他是亲爱的、宝贵的人,很快,他们亲近的次数越来越频繁,在这样的时候她已经叫他彼得鲁什卡了,说起那天夜里的事,她觉得那是他们共同的珍贵往事。

他从开始就将信将疑:

"那时候你难道不是在装睡吗？"

但她只是瞪大了眼睛，说：

"您难道没觉出我在睡觉，啊？您难道不知道小婴儿和小孩子睡觉的样子吗？"

"要是我知道你真的睡了，我怎么也不会动你的。"

"嗯，我一点儿、一点儿都没觉出来，差不多一直到最后！可您是怎么想起来找我的？您来了连看都没看我，只是晚上问了一句：你是不是新雇来的？你是不是叫塔尼娅？后来那么长时间好像都没注意我。这么说，您是装的？"

他回答说，当然是装的。但他没说实话。发生这一切对他来说也是完全没想到的。

那年的初秋他是在克里米亚度过的。在回莫斯科的路上顺路看望卡扎科娃，在她的庄园过了两个星期安宁、简单的生活，度过了十一月初萧索的日子，已经准备离开了。那天，在告别乡村之前，他从早到晚骑着马，扛着猎枪，带着猎狗在空阔的田野和光秃秃的树林中转悠，一无所获，回庄园的时候又累又饿，吃了一小锅的炸肉饼配酸奶油，喝了一小瓶伏特加和几杯茶。卡扎科娃则照例说着她去世的丈夫和两个在奥勒尔服役的儿子的事情。十点左右，和平时一样，整个房子都黑灯了，只有他住的客房后面的小书房还亮着一盏蜡烛。他走进书房的时候，她正手拿着蜡烛跪在他睡床的被子上，把点着的火苗凑近圆木墙壁，沿着缝隙移动。看见他以后，她伸手把蜡烛放到床头的小桌子上，跳起来，赶忙要出去。

"怎么回事？"他急忙问道，"等等，你在干吗？"

"烧臭虫。"她很快地小声说，"我来给您铺床，一看，墙上有个臭虫……"

然后她边笑边跑了。

他朝她的背影看了一眼，没脱衣服，只脱掉靴子，坐在铺着绗过的被子的床上。他还想再抽支烟（他不习惯十点就睡），却一下就睡着了。他曾惊醒了一下，颤动的烛光让他在睡梦中感到不安，就对着它吹了口气，又睡了。当他再次睁开眼的时候，两个朝院子开的窗户和朝花园开的侧窗都被照得亮亮的，这是一个空寂而美丽的秋天的月夜。他摸黑在床边找到鞋子，起身去隔壁的客房，打算从后门出去——他们忘了给他放夜里需要的东西。可是客房从外面插着门闩，于是他借着从院子透进的幽微光亮，向房子的前门走去。去前门要经过大客房和圆木盖的大前室。大客房的高窗下面放着一口古旧的大箱子，窗户的对面则立着一个隔扇，隔扇后面是一个没有窗户的房间，女仆们总是住在这里。隔扇上的门微微开着，里面黑乎乎的。他划了一根火柴，看到了正在睡觉的她。她仰面躺在木床上，只穿着衬衣和棉布短裙，衬衣下面是鼓起的小小乳房，脚上没穿袜子，直到膝盖都裸露着，甩在墙边的右臂和枕头上的脸好像死人一样……火柴熄灭了。他站了片刻——小心地走到床边。

* * *

他从黑暗的前室走到外面的台阶上,左思右想:

"真怪,真没想到!难道她真的睡着了?"

他在台阶上站了片刻,就到了院子里,转悠起来……这个夜晚也有点儿怪。高高的月亮照着空荡荡的大院子,可以看见正房对面已经板结变硬的茅草屋顶——那里是牛圈、车棚、马厩。棚顶的后面,北方的穹顶下,夜间神秘的云朵在慢慢铺展开来,好像死寂的雪山。而中天只有一层淡淡的白色,高高的月亮像钻石一样晶莹,被云罩了一层轻雾,但它时而现身于云间那幽蓝深邃的星空,把屋顶和院子照得似乎格外明亮。于是周围的一切都好像在夜色中变得有些怪诞,好像超越了尘世,没有目的地闪耀着。还有一件怪事,整个这幅秋月之下的夜的世界,他似乎是平生第一次看到。

在车棚旁,他靠着粘满干泥的马车踏板坐下。那是温暖的秋夜,散发着秋天园子的那种气味。不知怎的,他从和这个半大孩子一样的女人的意外结合中得到的感觉与这个欢畅、宁静、祥和的夜晚非常相合……

她回过神来之后大哭起来,好像只是这时候她才明白发生了什么。但也许不是好像,而是确实如此?她的整个身体顺从着他,好像没有生命一样。他先小声叫她:"喂,不要害怕……"她没听见,或者装作没听见。他小心地吻了她发热的脸蛋,——她对亲吻没有任何反应,于是他以为她默许了,给了他权利做这之后要做的一切。他分开她柔和温暖的双腿,——她只是在睡梦中哼了一下,微微伸直身体，把胳膊甩到脑袋上方……

"如果她不是假装呢？"他从踏板上站起来，不安地看看夜色。

他为了她无意识地给他的出乎意料的幸福而满心感激，当她又甜又苦地痛哭的时候，他不仅怀着这感激，而且怀着兴奋和爱意吻她的脖子、胸脯、散发着乡村和少女味道的令人陶醉的整个身体。而她哭着哭着，突然对他报以女人无意识的激情——紧紧地，似乎也感激地抱住他，搂住他的头。在半梦半醒中她还搞不清楚他是谁，但反正这就是那个有一天要和她第一次发生最隐秘最销魂的亲密关系的人。这种属于双方的亲密关系已经发生，再也改不了了，他已经永远把她带走，这个不寻常的夜晚已经让他与她亲密无间，把他们带进一个不可思议的明媚的世界……

当他离开以后，他怎么能只是偶然地想起她？怎么能忘了她那可爱的、朴实的声音，她那时而快乐、时而忧郁，但总是爱慕的、忠诚的眼睛？他怎么可以爱其他女人，而且对其中的几个比对她重视得多！

*　　　*　　　*

第二天她做事的时候总是不抬眼睛，卡扎科娃问她：

"你这是怎么了，塔尼娅？"

她温顺地回答：

"我的苦多着呢，太太……"

等她走出去，卡扎科娃对他说：

"是啊，当然啦：一个孤儿，没有母亲，父亲很穷，是个不务正业的农民……"

黄昏，当她在台阶上生茶炊的时候，他从旁边走过，边走边说："你别多想，我早就爱上你了。别哭了，要死要活的，一点儿都没用……"

她擦擦眼，把冒火的木片送进茶炊，回答道：

"要是您真的爱我，还好点儿……"

此后她不时看看他，好像在用目光胆怯地问：真的吗？

一天晚上，她进来给他整理床铺，他走上去搂住她的肩膀。她惊恐地看了他一眼，满脸通红，小声说：

"看在上帝的分上，走开。当心老太婆过来看见……"

"哪个老太婆？"

"老女仆啊，好像您不知道似的！"

"今天夜里我来找你……"

她像被烫了一下，——她先想到的是害怕老太婆：

"哎呀，这哪行，这哪行！我会吓疯的！"

"好吧，没事，别怕，我不来就是。"他急忙说。

现在她已经像过去一样了，做事又快又周到，一阵风地穿过院子跑到厨房，有时候抓机会悄悄瞄他一眼，那目光已经是羞怯、喜悦的了。有一天早上，天刚亮，他还在睡觉，她被打发进城去买东西。午饭的时候卡扎科娃说：

"怎么办，我让庄头和伙计去磨坊了，派不出人去车站接塔尼娅。你能不能跑一趟？"

他抑制住高兴，假装漫不经心地说：

"行啊，我乐意去。"

上菜的老女仆皱起眉头说：

"太太，您为啥总想让这丫头丢丑？以后全村该咋说她？"

"那你自己去，"卡扎科娃说，"怎么，让她从车站走回来吗？"

将近四点的时候他驾着一辆轻便二轮马车出发了，他用的是一匹高大的老黑马，因为担心误点，一出村子他便开始催马，马车在坑坑洼洼的冻泥路面上颠簸前行。上冻后又返潮的路面非常滑腻。最近几天天气潮湿多雾，这一天雾格外浓。他还在村子里的时候，黑夜就好像降临了，农舍里灯光昏黄，隔着蓝灰色的雾，看起来甚是荒寒。接着他来到野外，天差不多全黑了，因为有雾，简直什么都看不见。冷风和潮气迎面扑来，但风没有把雾吹散，相反，让它寒冷的深灰色的烟幕更浓了，雾散发着潮味，令人窒息，似乎在黑暗之外就是世界和一切生命的尽头，一无所有。帽子，大衣，睫毛，胡子，一切都挂着湿漉漉的小水珠。黑马大步幅地跑着，马车在湿滑的冻泥路上颠簸得厉害，不断撞到他的胸膛。他调整坐姿，抽起烟来，于是香烟那甜丝丝的、芳香的、温暖的、人间的气息和雾、深秋、潮湿荒凉的田野的原始气味混在了一起。周遭上下的一切都黑暗下来，连马的黑乎乎的长脖子和它那对机警的耳朵也几乎看不

松林（1883—1894）

［俄］伊万·伊万诺维奇·希什金 / 绘

见了，他对马的依恋感却越来越强，因为在这荒凉的地方，在四面八方死气沉沉的潮气中，在这看不见摸不着却恶狠狠地将他裹起来的越来越浓、越来越黑的烟幕中，马是唯一的活物。

终于，他进了车站所在的村子，看见了房子，破窗子露出的微弱的灯光，这一切都让他感到亲切舒适，满心欢喜，而车站的所有设施简直像另一个世界，散发着生气勃勃的城市气息。他还没来得及把马拴好，火车就闪着灯光、吐着燃煤造成的灰烟呼啸而至。他带着迎接年轻妻子的感觉跑向站前，马上看到她走过来了。她城里人打扮，跟在拖着两大包东西的车站值班员后面，从对面的门走了出来。车站很脏，昏暗的煤油灯散发出难闻的味道，可是她神采奕奕，顾盼生姿，因为这趟不平常的旅行而精神焕发，值班员不知怎的竟用"您"和她说话。她忽然遇到他的目光，甚至因为慌张而停下了脚步：这是怎么回事，他怎么在这儿？

"塔尼娅，"他赶忙说，"你好，我来接你，没有别人……"

她一辈子从没有过这么幸福的夜晚！他亲自来接我，我从城里回来，我穿得漂漂亮亮，他从来不会想到我这么好看。他总是看见我只穿着旧裙子、寒酸的花布衬衫，现在我的脸好像女裁缝，我戴着丝绸的白头巾，上身穿着新的褐色哈鲁斯布长裙，外罩呢子短上衣，下身穿着白色的棉长袜，脚上是新的半高勒皮靴，还钉着铜鞋掌！她内心剧烈地颤抖，跟他客套地寒暄，然后微微提着下摆，像太太小姐一样迈着小碎步，居高临下地表示惊讶："哎呀，天哪，这儿这么滑呀，庄稼人把地踩得真脏啊！"她又喜又怕，连气都喘不上了，把细棉布的白色短裙外面的大裙子提得高高的（以免落座时坐到里面的短裙上，免得压住长裙），上了马车，坐在他的身边，好像跟他平起平坐似的，然后笨拙地调整坐姿，躲开放在脚边的大包。

他沉默地让马出发，赶着它进入了漆黑冰冷、大雾弥漫的夜，在这折磨人的十一月的坑坑洼洼的乡村道路上，时而有农舍的小小灯光在低处的什么地方掠过。她被他的沉默吓着了，一句话也不敢说：他是不是在为什么事生气？他知道她是怎么想的，故意不说话。忽然，当他们出了村，已经钻进完全的黑暗中的时候，他让马跑起正步，用左手抓住缰绳，用右手搂住她穿着结着湿冷水珠的短上衣的肩膀，边笑边喃喃叫她：

"塔尼娅，塔涅奇卡[①]……"

她扑向他，她的丝绸头巾，发烧的柔嫩面蛋儿，睫毛上大颗滚烫的泪珠贴着他的面颊。他放开马，寻到她被快乐的泪水打湿的嘴唇，久久舍不得离开。然后，他好像瞎子一样，两眼一抹黑地下了马车，把大衣扔到地上，然后伸手去拉她的袖子。她一下子就明白了，立刻朝他跳下来，迅速小心地把她所有心爱的衣服——新长裙和新短裙撩起来，摸黑躺到大衣上，这一次已经是全身心地永远献给了他。

* * *

[①] 塔尼娅和塔涅奇卡都是塔吉娅娜的昵称。——编者注

他再次推迟了行程。

她知道这是为了她,也看到了他对自己多么温存,对自己说话的态度就像她是他亲密的人,他在这个家里的秘密朋友。当他来找她的时候,她已经不像第一次那么害怕,哆哆嗦嗦了。他和她的亲近变得比较平静容易,因为她会很快跟上他。她很快地改变了,只有年轻人才能变得这么快。她变得情绪平稳,幸福舒坦,已经可以随便地叫他彼得鲁沙,有时甚至假装他的亲吻让她烦:"哎呀,天哪,您总不让我安生!只要一看见我一个人,马上就过来了!"其实她心里特别高兴:既然我可以这样和他说话,就说明他爱我,说明他完全是我的。还有一个幸福,那就是向他表达自己的嫉妒,自己对他的权利:

"谢天谢地,谷仓的活儿一点儿也没有,要不然那儿就会有女孩子,我就会让您知道,该怎么对她们!"她说。

然后她忽然面露难色,担心地微笑着,试探地加了一句:

"只有我一个女人,您觉得不够吧?"

冬天来得很早。雾天之后刮起了寒冷的北风,把湿滑、坑坑洼洼的道路和整个大地冻硬了,把园子和院子里最后的杂草都冻死了。出现了灰白的乌云,光秃秃的园子躁动不安地喧哗着,好像正往什么地方逃跑,夜里,白色的月亮不时藏进云团里。庄园和村子都显得令人绝望地贫穷和粗野。然后开始下雪,上冻的泥浆被撒上糖霜,变成了白色,庄园和四外的田野变成一片开阔的青白世界。村子里最后一项农活正在收尾——运进地窖过冬前分拣土豆，把烂土豆挑出来。有一天他穿上狐皮大衣，戴上皮帽子，去村子里转。北风撩动着他的唇髭，冻得脸生疼。阴郁的天空笼罩四野，河对岸那倾斜的青白色的田地显得很近。村里家家门口铺着麻袋片，上面堆着土豆，女人和姑娘们坐在麻袋片上干活，她们裹着粗麻披肩，穿着破烂的上衣和毡靴，脸和手冻得发青，他想到她们的裙摆下面的腿上什么都没穿，觉得太可怕了。

他回家的时候，她正站在外间用抹布擦拭沸腾的茶炊，准备把它端到桌子上去。她马上压低声音说：

"您真的去村子里了，姑娘们在拣土豆呢……得，去吧，去逛逛吧，去找个好点儿的吧！"

她忍住眼泪，一下子跑到前室去了。

夜里下了很大很大的雪，她从大厅跑过，经过他身边时，带着忍不住的孩子气的快活，小声逗他：

"怎么样，现在还能逛吗？马上就要来大风雪了，到时候连头都探不出去了。"

"天哪，"他想，"我怎么能鼓起勇气告诉她，我就要走了！"

他急不可耐地想回莫斯科。严寒，暴风雪，在伊维尔钟楼对面的广场上成双成对、叨叨咕咕的鸽子，特维尔大街高高的电灯在风雪中发出亮光……莫斯科大剧院灯火通明，弦乐潮水般地铺展开来。这不，他把披着雪的皮大衣往侍者手上一丢，用手绢擦干被雪沾湿的小胡子，熟门熟路，生气勃勃地走过红色的地毯，走进温暖如春的大厅，参加稠人广众之间的寒暄，进入散发着食物和香烟气味、有侍者们跑前跑后的世界，进入笼罩一切的、时而淫靡时而激越的弦乐的声浪……

吃晚饭的时候他始终无法抬眼看她无忧无虑地跑前跑后，看她已经安心的表情。

已经很晚的时候，他穿上毡靴和已故的卡扎科夫的浣熊皮大衣，戴上帽子，从后门出去——他想呼吸点儿新鲜空气，看看暴风雪。可是门口的遮阳棚下已经积起一个大雪堆，他被绊倒了，灌了两袖子的雪，再往前走就完全如同地狱一般了，只有白茫茫一片，疯狂地横扫一切的风雪。他费力地，磕磕绊绊地绕着房子走到前门，跺着脚，跌跌撞撞地跑进了在暴风雪中发出悲号的黑暗的前室，又走进内室的外间，这里很暖和，大箱子上放着一支点着的蜡烛。她从隔扇后面跳出来，光着脚，还是穿着那件棉布短裙，拍了一下手：

"天哪！您这是打哪儿来的！"

他把皮大衣和帽子扔到大箱子上，弄得大箱子上净是雪，他兴奋至极，疯狂而温柔地抓住她的胳膊。她也同样兴奋地挣脱出来，抓起扫帚敲打粘着雪变成白色的毡靴，把靴子从他的脚上拉下来：

"天哪，里面也灌满了雪！您会冻坏的！"

* * *

夜里，他有时迷迷糊糊地听到风雪单调的喧嚣声，以不变的力度持续攻击房子，一会儿来了一阵狂暴的袭击，撼动着护窗板，把密集的雪片撒在上面，一会儿又变弱了，渐行渐远，喧嚣声令人昏昏欲睡……这夜晚好像没有尽头，异常温馨——床铺的温暖，茫茫大雪中一座孤独的老房子的温暖……

早上，他迷迷糊糊地以为是夜里的风在敲打护窗板，把它们撞在墙上。——他睁开眼，发现不对，天已经亮了，各处的窗户都粘着很多雪，白皑皑的雪一直堆到窗台，天花板上映着雪的反光。风还在咆哮，但小了一些，已经变成白天的刮法了。从沙发床的床头可以看到对面两扇窗户，双层的窗框由于年久而变得发黑，第三扇窗户，床头左边的那扇，是最白最亮的。天花板上白色的反光就来自那里，墙角的炉门里的火哗哗剥剥烧得很旺——多好啊，他睡着了，什么都没听到，而塔尼娅，忠实的、满怀爱心的塔涅奇卡打开了护窗板，然后穿着毡靴走了进来，她全身带着寒气，肩膀和裹着粗麻头巾的脑袋上落着雪，跪下生着了炉子。还不等他想明白，已经端着托盘把茶送来了。她已经摘掉了头巾，把托盘放在床头的小桌上，带着浅浅的微笑瞧瞧他那双清晨格外明亮，因为刚醒来又好像有些懵懂的眼睛，问道：

"您怎么睡那么长时间？"

"几点了？"

她看了看小桌上的表，没有马上回答："到现在我还一下子看不懂几点：十点……十点十分……"

他看看门口,拽着她的裙子把她往自己跟前拉。她推开他的手,躲开了:

"可不行。大家都醒了……"

"来吧,就一会儿……"

"老太婆要来了……"

"没人会来——就一会儿!"

"哎呀,真受不了您!"

她很快把穿着长丝袜的两条腿依次从毡靴里拔出来,躺下,眼睛盯着门口……哦,她头上和呼吸中散发的那种农家的气味,脸蛋儿上苹果一样的凉意!他生气地悄声说:

"接吻的时候你又闭着嘴唇!我什么时候才能把你教会!"

"我不是小姐……等等,我往下躺躺……来吧,快点儿,我害怕死了。"

他们凝视着对方——目不转睛地,忘乎所以地,充满期待地。

"彼得鲁沙……"

"别说话。你为什么总在这个时候说话!"

"要不是这时候,我啥时候能跟您说话呢!我不再闭着嘴唇了……您发誓,您在莫斯科没有女人……"

"别使劲儿挤着我的脖子。"

"一辈子都不会有人这么爱您。您爱上了我,我也好像爱上了自己,喜欢得不得了……要是您把我甩了……"

她的脸还发着烫,就从后门冲了出去。暴风雪迎面扑来,她在房檐下站住,又蹲了片刻,就迎着白色的旋风往前门走去。雪已经没过她光着的膝盖。

外间散发着茶炊的味道。老女仆坐在堆着雪的高窗下的大箱子上,用一个小茶碟喝茶,她斜了一眼,没有停止喝茶,说:

"你这是跑到哪儿去了?搞得全身是雪。"

"我给彼得·尼古拉伊奇送茶去了。"

"怎么,你给他送茶送到下房去了吗?——我知道你送的什么茶!"

"嗯,知道就好。太太起了吗?"

"亏你想起来了!比你起得早!"

"您总没好气!"

她幸福地叹了口气,去隔间拿自己的茶杯,在门后小声哼唱:

我要去花园,

绿色的花园,

在绿园子里玩玩,

跟心上人见面儿……

* * *

白天,他坐在书房,手里拿着一本书,一直听着房子周围的动静,房子已经越来越深地陷在从四面八方吹来的奶白色的雪中,风时而变弱,时而又大起来,声音十分吓人。他心想:只要暴风雪一停,我就走。

晚上他找了个机会跟她说话,让她等到夜深人静的时候再去他那儿,好待一整夜,直到早晨。她摇摇头,但想了想,又说:好。这很可怕,可是更让人动心。

他也有同样的感觉。他心里七上八下也是因为怜悯她:她还不知道这是他们的最后一夜!

夜里他时而睡着,时而不安地醒来:她敢来吗?屋子里漆黑一团,屋外狂风怒吼,护窗板震颤着,炉子里不时发出嚎叫一样的声音……忽然,他一下子惊醒了:他不是听见——她像罪犯一样小心翼翼地在漆黑的房子里走动,不可能听到她的动静——他不是听到,而是在黑暗中感觉到她已经站在沙发床边。他伸出双臂。她默默地钻进他的被子里。他听到她的心跳,感觉到她冰凉的光脚,悄悄地说着他能找到和说出的最热烈的情话。

他们这样躺了很久,胸贴着胸,用力地亲吻,亲得牙都疼了。她知道他不让她把嘴闭起来,于是为了尽量迎合他,就像小寒鸦那样把嘴张大。

"难道你一点儿都没睡吗?"

她快乐地悄声回答:

"一分钟都没睡。一直等着……"

他在小桌上摸到火柴,点亮了蜡烛。她吓得叫道:

"彼得鲁什卡,您这是干什么?万一老太婆醒了,看见光……"

"去她的吧,"他端详着她红红的脸蛋儿,说,"去她的吧。我想看你……"

他搂着她,不错眼珠地看着她。她小声说:

"我害怕,——您为啥这么看着我?"

"因为世界上没有比你更好的人了。这个小脑袋,绕着一根小辫子,就像一个小维纳斯……"

她目光闪闪,满是笑意和幸福:

"维纳斯是谁?"

"就是一个……这件小衬衣……"

"您给我买件细布的吧……真的,您真的很爱我!"

"一点儿都不爱。你身上又有那种不知是鹌鹑还是干大麻的味道了……"

"您为啥那么喜欢我?您说,我总是在这种时候说话……现在……您自己也说起来了……"

她把他搂得更紧了,还想说点儿什么,但已经说不了了……

后来他吹灭了蜡烛,躺在那儿半天没说话,抽着烟,想道:还是得说。很可怕,但必须说!于是他用很小的声音开口说道:

"塔涅奇卡……"

"什么?"她也很神秘地问道。

"我得走了……"

她甚至坐了起来:

"啥时候？"

"反正快了……很快……我有急事……"

她的头扑到枕头上：

"天哪！"

他在什么莫斯科的某个地方有什么事，这让她有种类似景仰的感觉。可是不管怎么说，怎么能为了这些事跟他分开呢？她不作声，脑子飞快而绝望地转着，想找出办法解决这个无法解决的可怕问题。没有办法。她想喊："带上我！"可是她不敢——这难道可能吗？

"我不能永远住在这儿……"

她听着，表示同意：是的，是的……

"我不能带你走……"

她忽然绝望地开口问道：

"为啥？"

他很快地想了想："是啊，为什么？"赶忙回答：

"我没有家，塔尼娅，我一辈子总是从一个地方到另一个地方……我在莫斯科住饭店……我永远不会娶妻……"

"为啥？"

"因为我生来就是这样。"

"永远不娶，谁都不娶？"

"谁都不娶，永远不娶！我向你保证，真的，我必须走，有很重要的急事。圣诞节前我一定回来！"

她把头靠着他，躺了一会儿，热泪沾湿了他的手，然后小声说道：

"行了，我走了……天就要亮了……"

她站起来，在黑暗中给他画起十字：

"圣母保佑您！"

她跑到隔扇背后自己的房间，在床上坐着，手捂着胸口，从嘴唇上擦着泪，前室传来的暴风雪的咆哮声，她小声说：

"上帝，老天爷！圣母！上帝，再刮两天也好啊！"

＊　　＊　　＊

两天后他走了，——外面还刮着旋风，不过已经小了。但他不能再拖长她和自己隐秘的痛苦，卡扎科娃劝他哪怕等到明天再走也好，但他没听。

房子和整个庄园都变得冷清，死寂。根本没法想象莫斯科、在莫斯科的他，没法想象他在那里的生活、他的那些事情。

＊　　＊　　＊

圣诞节的时候他没有来。这些日子真难熬啊！从早到晚没有结果的等待，可怜地骗自己，假装不抱任何希望，这是多么痛苦！在整个圣诞节节期她都穿着最漂亮的衣服——在他去火车站接她的那个难忘的秋夜，她穿的就是这件裙子和这双半高勒的靴子。

在主显节[1]这一天她的期待不知为何特别急切，相信很快他就

---

[1] 圣诞节后第十二天（即1月19日）。

会乘着在车站雇的雪橇从山丘背后驶来,而不是来信让这里派马车去接站。她一整天没有离开外间的大箱子,一个劲儿往院子里看,看得眼睛发疼。房子里空荡荡的,——卡扎科娃去邻居家做客了,老太婆在下房吃午饭,午饭后也留在那儿,跟厨娘起劲儿地搬弄是非。而她甚至没有去吃午饭,说肚子疼……

但是现在天快黑了。她再一次看看结着冰壳、闪着寒光的空院子,站起身来,坚决地对自己说:完了,我再也不需要谁,我再也不愿意等什么了!——从窗户透进冬日的暮光,她穿着漂漂亮亮的衣服,在这黄色的光亮里,在大厅、客厅悠闲地转悠,大声地、无忧无虑地唱歌——带着一段生活结束的轻松,她唱道:

我要去花园,

绿色的花园,

在绿园子里玩玩,

跟心上人见面儿……

正好唱到"心上人"的时候,她走进书房,看到了他的空床,书桌旁的空圈椅——他过去常常拿着书坐在那儿。于是她扑到圈椅上,把头放在桌子上,号啕大哭,喊道:"圣母啊,让我死吧!"

* * *

二月里他来了——那时候她已经埋葬了所有见他的希望,哪怕一辈子再见一次。

一切好像又回到了从前。

看到她的时候,他很吃惊——她瘦了那么多,整个人苍白得厉害,她的目光那么胆怯,那么忧郁。刚开始她也很震惊:她觉得他像换了个人,老了,陌生了,甚至让她不喜欢——唇髭好像变大了,嗓音变粗鲁了,当他在外间脱外衣的时候,他的笑声和说话声大得过分,显得不自然,她不能自然地直视他的眼睛……但两个人都尽量互相隐藏这种感觉,很快,一切好像和过去一样了。

然后可怕的时候又到了——他又要离开了。他对着圣像跟她发誓,说他复活节前一定来,这次来就要住一个夏天了。她相信了,但又想了想,问道:"夏天会怎么样?又是像现在一样?"现在她已经觉得这不够了——她想要的是,要么和过去一模一样,而不是重复,要么跟他共同生活,没有分离,没有新的痛苦,没有白白盼望的羞耻。但她尽量赶走这个想法,尽量想象那夏天的幸福,那时候他们会自由地想在一起待多久就待多久——夜里,白天,在院子里,在田里,在谷仓,他会长长久久地陪在她身边……

*　　*　　*

他再次离开之前的那个夜晚已经有早春的感觉了,明亮,有风,房子外面的院子动荡着,总是传来被风吹得支离破碎的犬吠声:云杉林的坑里有只母狐狸,是卡扎科娃的守林人用夹子捕到后送到主人家来的。狗在坑口上叫着,叫声断断续续,又凶狠又很无奈。

他仰面躺在沙发床上，闭着眼，她在他旁边侧身躺着，把手压在忧郁的小脑袋下。两个人都不说话。最后她小声说：

"彼得鲁什卡，您睡着了？"

他睁开眼，看了看房间。一层薄薄的暮色已经降临，从侧窗射进的金光照着房间的左侧。

"没有。怎么了？"

"您不再爱我了，白白糟践了我。"她平静地说。

"什么叫白白糟践？不要胡说。"

"您会有罪过的。现在我往哪儿藏呢？"

"你干吗要藏到哪儿去？"

"您这就又要，又要回您那莫斯科去了，我一个人怎么过呢？"

"过去怎么过，还怎么过。然后，我不是跟你保证了吗：复活节我来，整个夏天都在这儿。"

"是啊，也许会来……可是过去您没跟我说过这样的话：'你干吗要藏到哪儿去？'您过去真的爱我，说没见过比我更可爱的女人。莫非那时候我真是那样吗？"

是的，你不是那样了。他想，你变得很厉害，全变了……

他耸耸肩：

"我不明白你的意思。给我从桌子上拿支烟……"

她把烟递给他。他抽了起来：

"我不知道你怎么了。你简直不健康……"

"就因为这个,没错,您才不喜欢我了。我有什么病?"

"你没听懂我的话。我是说,你精神不健康。你想想看,出什么事了吗?你怎么就觉得我不再爱你了?干吗总是说什么过去,过去……"

她没有回答。窗户明亮,院子喧哗,传来断断续续的狗吠,凶狠,无奈,好像哭泣……她悄悄地下了沙发床,用袖子按住眼睛,甩甩头,穿着羊毛长袜轻柔地走向通往客房的门。他声音不大,严厉地喊了一声:

"塔尼娅。"

她回过头,用刚能听到的声音回答:

"您有什么事?"

"到我这儿来。"

"干啥?"

"让你过来。"

她驯服地走过来,低着头,不让他看到她满脸是泪。

"那,您干吗?"

"坐下,不要哭。吻吻我——好吗?"

他坐下,她也在他身边坐下,搂着他,小声地放出悲声。"我的天哪,我怎么办啊!"他绝望地想,"又是这些孩子般的热泪,这孩子般的脸蛋儿……她甚至猜不到我有多爱她!可我能做什么?把她带走?去哪儿?过什么样的生活?结果会怎么样?把自己永远拴住，毁掉？"他急忙地小声说起来，同时觉得他的眼泪把鼻子、嘴唇弄痒了：

"塔涅奇卡，我的欢乐，别哭，听着，春天我来，住一个夏天，那时候我跟你真的'去绿花园'——我听见你唱的那首歌了，永远也不会忘，——我们坐着马车去林子里——记得吗，我们坐着马车从车站回来的事？"

"谁也不会让你跟我去的！"她伤心地小声说，头在他的胸前摇晃着，这是她第一次对他说"你"——"你跟我哪儿也去不了……"

但他已经从她的声音中听出怯怯的快乐和希望。

"会去的,会去的,塔涅奇卡！不许再叫我'您'。也不许哭……"

他搂住她穿羊毛长袜的腿，把轻盈的她放在自己的膝上：

"说：'彼得鲁沙，我很爱你！'"

她一边哭得打嗝，一边恍惚地重复道：

"我很爱你……"

那是在可怕的一九一七年的二月，也是他一辈子最后一次去那个村子。

1940 年 10 月 22 日

（路轩 译）

在 巴 黎

当他戴着帽子——走在街上或站在地铁站,——人们看不到他那剪短的有点儿发红的头发已掺入触目的银白色,单看他刮得光光的、容光焕发的瘦脸,挺拔的身姿,穿着长风雨衣的瘦高的身材,他看起来顶多四十岁。不过他明亮的眼睛中透出的神色却是淡漠忧郁的,待人处事的方式也像一个饱经世事的人。有一段时间他在普罗旺斯租赁了一个农场,听过很多尖刻的普罗旺斯俏皮话。在巴黎他说话很少,有时候倒是喜欢嘲讽地甩出一句普罗旺斯俏皮话。很多人知道,还在康斯坦丁诺波尔的时候他妻子就抛弃了他,从那时起他的心里一直有创伤。他从不把这个伤口示人,但有时会忍不住做出一点儿暗示,——当说起女人的时候,他会怏怏地开玩笑说:

"最难的事莫过于选到一个好香瓜和一个正派女人。"[①]

[①] 楷体部分文字在原著中是法语,以下不再一一标注。——编者注

有一次，在一个巴黎深秋潮湿的晚上，他来到一家俄国小饭铺吃饭，那饭铺坐落在帕西街旁的一片最黑暗的小巷里。饭铺附带一个类似食品店的商店，他不自觉地在它宽大的窗前停了下来。透过窗户可以看到窗台上有几只盛着花楸露酒的粉红色圆锥形瓶子，几只盛着茅香露酒的黄色方形瓶子，一个放着干了的炸馅饼的盘子，一个放着灰暗的肉馅的盘子，一盒哈勒瓦①，一听鲱鱼罐头，还可以看到摆着凉菜的柜台，柜台后站着的老板娘有一张不友善的俄国人的脸。商店里光线明亮，置身地面寒冷湿滑的黑暗巷子，这光亮对他很有吸引力。他走了进去，对老板娘鞠躬致意，接着走进了跟商店连着的房间。此时房间里还没有人，在幽暗的灯光下摆着几张小桌子，桌上铺着纸做的桌布。他不慌不忙地把他灰色的帽子和长大衣挂在立式衣架的挂钩上，在角落的一张桌子旁坐下，漫不经心地搓着长着暗红色汗毛的手，开始看上菜单上不厌其详地列出的凉菜和主菜，有的菜名是打出来的，有的是用发涸的紫色墨水写在油乎乎的纸上的。忽然，他坐的角落亮了，他看见一个女人走了过来。这女人三十来岁，一头黑色的直发从中间分开，黑眼睛，穿着带花边的白围裙和黑裙子，态度淡淡的，彬彬有礼。

"晚上好，先生。"她用悦耳的声音说道。

他觉得她很美，以至于局促起来，结结巴巴地说：

"先生……不过您是俄国人吧？"

① 一种酥糖。

"是俄国人。对不起,我习惯跟客人们讲法语了。"

"难道来这儿的法国人很多吗?"

"相当多,他们都肯定要点儿茅香露酒,煎饼,甚至红菜汤。您已经选好了吗?"

"没有,那么多菜……您给推荐一下吧。"

她熟门熟路地报起菜名:

"现在我有舰队鱼汤,哥萨克炸肉饼……可以要用拍松的小牛肉做的丸子,或者,如果您愿意,卡尔斯基羊肉串……"

"好极了,我要鱼汤和炸肉饼,多谢。"

她举起挂在腰间的小簿子,用铅笔头记在上面。她的手很白,手形很精致,裙子是旧的,但一望可知是好家庭出身的。

"您要来点儿伏特加吗?"

"要。外面潮湿得很。"

"要什么凉菜呢?有很好的多瑙河鲱鱼,刚来的红鱼子,淡口儿的卡尔库诺夫酸黄瓜……"

他再次打量她:带花边的白围裙配黑裙子很好看,恰到好处地把年轻结实的女人的胸部突出出来……丰满的嘴唇没有涂口红,但却是娇嫩的,一头黑发简单地编成一条辫子,但一双手保养得很好,皮肤白皙,指甲亮亮的,泛出淡淡的粉色,显然是修过的……

"我要什么凉菜?"他微笑着说,"如果可以,我只要鲱鱼和炸土豆。"

"您要哪种葡萄酒？"

"红酒。普通的，——就是你们最常卖的。"

她在小本子上做了记录，然后把邻桌上的水瓶拿过来放到他的桌子上。他摇摇头：

"不，谢谢，我从不喝水，也不喝掺水的葡萄酒。水会毁了葡萄酒，就像大车会破坏道路，就像女人会让人伤心。"

"您对我们的看法真不错！"她无动于衷地应了一句，就去取伏特加和鲱鱼了。他看着她的背影：端庄的步态，走路时摇摆的黑裙子……不错，礼貌而冷淡，完全是一个朴素而自尊的女招待的待人接物方式。可是她穿的鞋却是昂贵的，高档的。这是从哪儿来的？也许有一位上年纪的有钱的"朋友"。他很久没有像这个晚上这么兴奋了，这都是因为她。最后这个想法让他有些激动。是啊，年复一年，日复一日，你默默地只是等着一个东西——幸运地遇到爱情，实际上只是靠着对这个相遇的希望生活——结果却一直落空……

第二天他又来了，还是坐在那张桌子旁。开始她只顾忙着为两个法国人点菜，大声重复菜名，记在小本子上：

红鱼子酱，"橄榄油"沙拉……两份烤羊肉串……

然后她出去了，回来以后带着淡淡的笑容朝他走来，已经像对熟人那样跟他打招呼了：

"晚上好。很高兴您喜欢我们这儿。"

他高兴地欠身回答：

"祝您健康。很喜欢。请问您怎么称呼？"

"奥莉娅·亚历山大罗夫娜。请问您呢？"

"尼古拉·普拉托内奇。"

他们互相握握手，接着她拿起小本子：

"现在我们有很好的腌黄瓜汤。我们的厨师很棒，在亚历山大·米哈伊罗夫亲王的游艇上干过。"

"好极了，腌黄瓜汤就腌黄瓜汤……您在这儿工作多长时间了？"

"两个多月了。"

"过去在哪儿？"

"过去我在春天百货[①]当售货员。"

"是因为裁员丢掉工作的吗？"

"是的，我不会自愿离职的。"

他高兴地想，这么说，问题不在"朋友"。他又问：

"您结婚了吗？"

"是的。"

"您丈夫是做什么的？"

---

① 商店名。

"在南斯拉夫服役。过去他在白军。您大概也是吧?"

"是的,我参加过大战和内战。"

"这个一下子就能看出来。您大概是一位将军。"她微笑着说。

"前将军。现在我应各种外国出版社的约稿在写这两次战争的历史……您怎么一个人?"

"就是一个人……"

第三天他问道:

"您喜欢看电影吗?"

她一边把一只盛着红菜汤的小碗放在桌子上,一边回答:

"有时候挺有意思。"

"据说现在五角星影院正在放一个很棒的电影。我们一起去看怎么样?您肯定有休息日吧?"

"谢谢。我星期一休息。"

"那好,我们就星期一去。现在星期几?星期六?那么后天是星期一。可以吗?"

"可以。明天您肯定不来了吧?"

"不来。我要去郊外看朋友。您为什么要问?"

"我不知道……这有点儿怪。但我好像已经跟您相处惯了。"

他感谢地看了她一眼,脸红了:

"我对您也一样。您知道,世上幸运的相遇是很少的……"

然后他赶紧转移话题:

"那么就后天。我们在哪儿见面？您住哪儿？"

"在地铁莫特皮卡尔站附近。"

"您瞧，多方便，到五角星一条直路。我八点半在地铁出口等您。"

"谢谢。"

他开玩笑地鞠了个躬。

"是我应该感谢您。把好孩子安顿好，"他笑着说，其实是想知道她有没有孩子，"就出来吧。"

"感谢上帝，我没有这个福分。"她回答道，然后就不紧不慢地把他的盘子收起，端走了。

在回家的路上他又感动又阴郁："我已经跟您相处惯了……"是啊，也许这就是久久等待的幸运的相遇。只是太晚了，太晚了。仁慈的上帝总是把裤子给没屁股的人……

星期一的晚上下着雨，巴黎上空雾气蒙蒙，昏暗泛红。他希望能跟她一起吃晚饭，所以没有吃午饭，他到米埃特街的咖啡馆，吃了夹火腿的三明治，喝了一大杯啤酒，抽了两支烟，就坐上了出租车。他让司机停在五角星地铁入口处，冒雨在边道下了车——那个胖胖的、红脸膛的司机信任地等着他。从地铁吹出澡堂那样重浊的风，顺着台阶从下往上迎面扑来，人们边走边打开雨伞，他身边有一个卖报的正用低沉难听的公鸭嗓喊出各种晚报的名称。蓦然间，她出现在往上走的人群中。他高兴地迎了过去：

"奥尔加[1]·亚历山大罗夫娜……"

她打扮得漂亮时髦，举止放松，与在饭铺时完全两样。她抬起化了妆的黑眼睛看他，以淑女的姿态把挂着雨伞的那只胳膊向他伸过来，另一只手提着晚礼服的长下摆。他更高兴了："她穿着晚礼服，这说明她也想看完电影以后去什么地方。"他把她手套的边儿稍稍卷起，吻了吻那只白皙的手。

"可怜的人。您等了很久吗？"

"不，我才来。我们快上车吧……"

他怀着很久没有过的激动心情随她坐进了散发着潮湿呢子味道的昏暗车厢。转弯的时候车厢猛地晃了一下，内部一下子被街灯照亮了。他不由得扶住了她的腰，感觉到从她面颊散发出的香粉味儿，看到她黑色晚礼服下的一对大膝盖，亮晶晶的黑眼睛和涂着口红的丰满的嘴唇：现在坐在他身边的完全是另外一个女人。

在黑暗的影院里，闪烁的屏幕上几架飞机正展开翅膀，斜着身子，在云间"嗡嗡"地飞上飞下，他们一边看着屏幕一边小声交谈：

"您一个人住还是有个女朋友一起住？"

"一个人住。说实话很可怕。那个小客栈倒是干净暖和，但您知道，是可以跟个姑娘去过上一夜或几个钟头的那种地方……在六层，电梯当然没有，楼梯的红地毯铺到四层为止……夜里下雨的时候凄凉得很……打开窗户，好像一座死城，一个人影都没有。下面

---

[1] 奥尔加是奥莉娅的正式称呼。——编者注

天知道的一个什么地方在雨中亮着一盏路灯……您呢，您肯定是一个人了？也住在客栈？"

"我在帕西区[1]有一套小房子。我也一个人生活。我是老巴黎人了。我在普罗旺斯住过一阵，租了个农场，想避开所有事，所有人，靠双手劳动生活——可没能坚持下来。我雇了个哥萨克当助手，结果他是个酒鬼，一个阴沉的人，喝醉了的时候很可怕。我养过鸡、兔子，都养死了。有一次我差点儿被骡子咬了，——这牲口特别凶，也特别聪明……最主要的是孤独极了。还在康斯坦丁诺波利的时候我妻子就抛弃了我。"

"您开玩笑吧？"

"一点儿没有。这是一段很平常的故事。谁因为爱情结婚，谁就会有美好的夜晚和糟糕的白天。我甚至两样都很少。她跟我结婚第二年就抛弃了我。"

"现在她在哪儿？"

"不知道……"

她很久没说话。银幕上一个卓别林的模仿者穿着一双大得离谱的破皮鞋，歪戴着圆顶礼帽，正撇着两只脚傻跑。

"是啊，您真的很孤独。"她说。

"确实。不过没办法，得忍耐。忍耐是穷人的药。"

---

[1] 巴黎的帕西区（Passy）位于塞纳河右岸。另有帕西街（小说开头）。

"很苦的药。"

"是啊,是不好受。我甚至,"他苦笑着说,"我有时候甚至会看一眼《俄罗斯画报》,您知道,那上面有一个专栏,刊登征婚和征友广告:'来自拉脱维亚的俄罗斯姑娘闺中寂寞,愿与一位对人体贴、住巴黎的俄国男士通信,随信请附照片……某夫人,栗色头发,不时尚但可爱,孀居,带一个十岁男孩,认真寻求一位抱着严肃目的,四十岁以上,不酗酒,有经济保障,从事司机或其他职业,喜欢舒适家庭生活的男士通信,文化水平可以通融……'我完全理解她——可以通融。"

"但是您难道没有朋友、熟人吗?"

"朋友没有。而熟人没什么好处。"

"谁为您做家务呢?"

"我的家务很简单。我自己煮咖啡,早饭也自己做。晚上有个上门服务的女佣来。"

"可怜的人!"她握握他的手臂,说道。

他们就这样坐了很久,手臂挨着手臂,被幽暗和挨着的座位连在一起,假装在看屏幕——一束乳白中夹着淡蓝的光从后墙的放映室射出,经过他们的头顶投在银幕上。卓别林的模仿者正惊慌逃窜,破帽子已经丢了,整个人连同一辆已经成为碎片的、带有茶炊一样烟囱的老掉牙汽车疯狂地飞向一根电报杆。扬声器里的音乐震耳欲聋,他们坐在楼上,楼下好像一个烟气腾腾的坑,那里的人们在边拍巴掌边歇斯底里地大笑。他侧身对她说:

"我们到蒙巴纳①找个地方坐坐好不好,这儿真无聊,空气也很坏……"

她点点头,开始戴手套。

他们又坐进昏暗的轿车,被雨水打湿的玻璃精光闪烁,路灯光和黑暗的高处那些鲜红和银白交替出现的广告不时把水珠照得好像五颜六色的小钻石。他一边望着窗户,一边再次把她的手套边儿卷起来,长时间地吻她的手。她那双长着乌黑浓密的睫毛的眼睛望着他时也格外明亮,她带着爱意和忧郁把脸和散发着唇膏的甜味的丰满的嘴唇向他凑了过来。

在穹顶咖啡馆他们先吃了牡蛎,喝安茹葡萄酒,然后点了松鸡和波尔多红酒。当喝咖啡和黄色的沙尔特寥斯甜酒的时候,两个人都微醺了。他们抽了很多烟,烟灰缸里满是她的粘着口红的烟蒂。说话的时候他看着她飞红的面庞,心想,她是个十足的美女。

"不过您说实话,"她从舌尖捏下几粒烟丝末,说道:"这些年您有过人吧?"

"有过,但您能猜出是怎么回事。露水夫妻……您呢?"

"有一次非常痛苦的经历……不,我不想谈这个。他是个孩子,其实就是个吃软饭的……但您跟妻子是怎么分开的?"

"说来羞耻。也是一个孩子,一个漂亮的希腊男孩,非常有钱。

---

① 巴黎的一个区(Montparnasse),位于巴黎南部。

才一两个月的时间,原来那个对白军、对我们所有人崇拜得五体投地的纯洁的女孩子就变得认不出了。她开始和他在最贵的乐佩拉酒馆吃饭,收他送的大花篮……'我不明白,你怎么能吃他的醋?你整天忙,我跟他在一起很开心,对我来说他就是个可爱的男孩,如此而已……'可爱的男孩!她自己才二十岁。忘记她很不容易,——这个昔日的叶卡捷琳诺达尔[①]女孩儿……"

账单送来的时候,她认真地看了一遍,不许他付超过百分之十的服务费。这件事之后他们两人都越发觉得半小时后就分手是不合理的。

"到我那儿去吧,"他伤感地说,"我们坐一会儿,再说说话……"

"是啊,是啊。"她回答,起身挽住他的胳膊,把它拉到自己的身边。

夜班司机是个俄国人,他把他们送到一条僻静的巷子里的一座大楼门口。煤气街灯金属般的灯光下,雨水正打在白铁的垃圾箱上。他们走进明亮的大厅,然后进入狭小的电梯,拥抱在一起,轻轻地亲吻着,慢慢上升。他赶在电灯熄灭前急忙把钥匙插进自己房门的钥匙孔,领她进到门厅,然后来到小小的餐厅,餐厅里有枝形吊灯,但上面只孤零零地亮着一个灯泡。他们已经现出倦容。他建议再喝点儿葡萄酒。

[①] 俄国城市,一九二〇年后更名为克拉斯诺达尔。

"不了，我亲爱的，"她说，"我不能再喝了。"

他请求道：

"我们每人只喝一杯白葡萄酒吧，我的窗外有很好的普伊酒。"

"您喝吧，亲爱的，我去脱衣服，洗漱了。然后睡觉，睡觉。我们不是孩子，我想，您很清楚，既然我同意来您的住处……总之，我们何必分开呢？"

他心慌得说不出话，默默地带她进入卧室，打开卧室和卫生间的灯。卫生间跟卧室之间的门是敞开的。室内灯光明亮，暖意氤氲，同时可以听到急雨有节奏地敲打着屋顶。她马上把长裙从头上脱了下来。

他退出，把两杯冰凉的苦味葡萄酒都喝了，然后忍不住再次走向卧室。从卧室迎面墙上的大镜子里可以清楚地看见亮灯的卫生间。她背朝着他，白皙结实的身体完全裸露着，正在洗手池上俯身洗脖子和前胸。

"不许过来！"她说，然后她披上浴袍，并不遮掩潮湿的前胸、白皙结实的肚子和大腿，走过来像妻子那样拥抱他。他也像拥抱妻子那样拥抱她发凉的身体，吻她潮湿的、散发着香皂味儿的胸脯、眼睛、已经擦去口红的嘴唇……

隔了一天她已辞了工作，搬来他这里住了。

冬天里，有一天他说服她用她的名字在里昂信贷公司申请了一个保险箱，把他们挣的所有钱都存了进去：

"有备无患,"他说,"爱情甚至能让驴子跳舞。我觉得自己像二十岁一样。不过万一出什么事呢……"

复活节节期的第三天他死在了地铁车厢里,——他读着读着报,突然脑袋向椅背一仰,眼睛一翻……

她穿着丧服从墓地回家。那天是一个可爱的春日,巴黎柔和的天空上飘着朵朵春天的云彩,一切都在诉说着青春的生命,永恒的生命——和她的,已经完结的生命。

在家里,她开始整理房间。在过道的壁橱里,她看到了他很久前穿的一件灰面红里的薄军大衣。她把它从衣架上取下来,把脸贴在上面,坐在地上号啕大哭,她哭得全身颤抖,声嘶力竭,不知向谁祈求着怜悯。

1940 年 10 月 26 日

(路轩 译)

加莉娅·甘斯卡娅

一个画家和一个过去的海员坐在一家巴黎咖啡馆的阳台上。正是四月,这位画家赞叹不已:巴黎的春天是那么美,刚换上春装的巴黎女子是那么迷人。

"黄金时代的巴黎的春天当然更美,"他说,"不只因为那时候我年轻,——巴黎本身也完全是另一个样子。你想想:当时一辆汽车都没有。而且那时候巴黎的生活方式难道跟现在一样吗!"

"但不知为什么我想起了敖德萨的春天,"水手说,"你是敖德萨人,比我更熟悉它那种非常独特的美——已经炽热起来的太阳和还像冬天一样清新的海风共存,明朗的天空上飘着来自海上的春天的云。在这样的天气里杰利巴索夫街上的女人总是穿着漂亮的春装……"

画家点起烟斗,叫了一声:"跑堂的,一杯啤酒!"——然后赶快回过头来:

倒下的树（1878）

［俄］伊万·伊万诺维奇·希什金 / 绘

——请原谅，我打断你了。你猜怎么着——说着巴黎，我在想敖德萨。你说得没错，——敖德萨的春天确实很特别。不过不知为何，我回忆起来的时候，总是分不清巴黎和敖德萨的春天，在我的脑子里它们是互相交缠的，你知道，那时候我非常频繁地在春天来巴黎……记得加莉娅·甘斯卡娅吗？你在什么地方见到她以后对我说，你从没见过更美的少女。不记得了吗？但没关系。现在，说起那时候的巴黎，我想到的正是她，还有她第一次穿着水手服朝我走来的那个敖德萨的春天。大概我们每个人都有某个关于爱情的特别珍贵的回忆或者某个和爱情有关的特别沉重的罪孽。加莉娅大概就是我最美好的回忆和最严重的罪孽，虽然，上帝知道，这毕竟是身不由己的罪孽。现在这件事过去很久了，我可以毫不隐瞒地讲给你听……

　　我从少年时代就认识她。她是跟着父亲长大的，母亲不在身边，她很早以前就抛弃了丈夫。她父亲很有钱，论职业是个不成功的画家，所谓业余爱好者，但是他是个狂热的爱好者，除了画画对世界上的什么事都不感兴趣。他成天站在画架后面，他的房子里塞满了画——他在奥特拉特有一个庄园——新的老的都有，他满世界搜罗，只要看到喜欢的画就买。他一半波兰血统，一半乌克兰血统，长得很英俊，高大魁梧，留着很漂亮的古铜色大胡子，有大贵族的风度，既骄傲又彬彬有礼。他内心极其封闭，但装成一个很开放的人，特别是对我们：有段时间，前后有两年，我们这些敖德萨的年轻画家每个星期天都去他家玩乐，而他总是盛情款待，尽管年龄悬殊，他对我们完全像朋友一样，不停地谈画，给我们吃得非常好。那时加莉娅十三四岁，我们很喜欢她，当然，只是当作小姑娘那样喜欢：她可爱，活泼，少见地优雅，淡褐色的发卷顺着两颊垂下，就像个天使，但是她的性格很撩人，有一次她为什么事跑进画室在她父亲耳边嘀咕了些什么，然后眨眼之间就跑了出去，她父亲不禁对我们说：

"哎呀呀，朋友们，看我这姑娘长成什么样子了！我真为她担心！"

后来，我们所有的人，以年轻人特有的粗鲁方式，好像说好了一样，一个也不去他那里了，奥特拉德有什么东西让我们烦了——没错，那是因为他没完没了地谈艺术，说什么他终于发现了一个关于画法的绝妙的秘密。正是在那段时间我在巴黎度过了两个春天，想象自己是爱情方面的莫泊桑第二，回到敖德萨以后，穿得好像一个最俗气的时尚青年：高筒礼帽，灰黄色的及膝大衣，淡黄色的手套，带扣子的半漆皮鞋，非常漂亮的手杖，再加上卷曲的唇髭，也是莫泊桑式的，对女人的态度很卑鄙，很不负责任。在一个四月的晴和日子里，我走在普列奥普拉任斯卡娅街，忽然在街角的李普曼咖啡馆旁遇到了加莉娅。你记得普列奥普拉任斯卡娅街和教堂广场的拐角的那栋五层的楼房吗？咖啡馆就在那儿。那栋房子很出名，因为在春天天气晴朗的日子里,屋檐上不知为何总是落满叽叽喳喳的椋鸟。这真是太美妙太开心了。你想想:春天,到处是很多衣着光鲜、无忧无虑、彬彬有礼的人,椋鸟的欢叫像太阳雨一样一阵一阵地洒落,——再加上加莉娅。她已经不是那种天使般少女的模样了,已经出落成了一个非常美丽纤秀的姑娘。她穿着一袭崭新的浅灰色春装,在灰色的帽子之下,她的半张脸蒙着浅灰色的面纱,一双蓝宝石色的眼睛在面纱后闪闪发亮。于是自然少不了一番惊呼,问询,责备:您怎么把我爸爸忘了,多久没去我们家了!哎呀,真是,很久了,您都长大了。我当即从一个衣着破烂的女孩子手里买了一小把三色堇送给她,她眼中很快地掠过感激的笑意,像所有女人一样,马上把花凑到自己的脸旁。——您想不想坐下聊聊,想不想喝巧克力?——很乐意。——她撩起面纱喝巧克力,兴高采烈地东瞧瞧西看看,一个劲儿地打听巴黎,而我则一直在看她。——爸爸一天到晚地工作,您工作得多吗?还是成天追巴黎的女人?——不,不再追了,我在工作,画了几幅不错的小画。您想不想到我的画室看看?您可以的,您是画家的女儿嘛,我住的地方离这儿很近。——她高兴极了:——当然可以!再说,除了爸爸的画室,我从没去过一个画室!——她放下面纱,抓起阳伞,我挽住她的胳膊,路上她踩了我一脚,笑起来。——加莉娅,——我说,——我可以叫您加莉娅吧?——她很快一本正经地回答：您可以的。——加莉娅，您怎么了？——什么？——您一直很美，但现在简直美得惊人！——她又踩了我一脚，半真半假地说：——说什么呢！——你记得从院子通往我住的顶楼的那个窄楼梯吗？说到这儿她忽然不作声了，闷头走路，不时东张西望，丝绸的内裙沙沙作响。走进画室，她甚至表现出近似敬仰的态度，喃喃地说：您这儿真——好啊，真神啊，这张长沙发这么大！您画了这么多画，都是巴黎的……她从一张画走到另一张画，小声赞叹，强迫自己放慢脚步、仔细观看，那认真劲儿甚至有些过分。看够之后，她感叹道：哎呀，您画了多少精美的作品啊！——您想不想喝一小杯波尔图酒，吃点儿饼干？——我不知道……——我把她挎在胳膊上的阳伞拿掉，扔到长沙发上，握住她的一只戴着白色软羊皮手套的手：可以吻吻吗？——可是我戴着手套呢……——我把手套上的扣子解开，吻了吻那只小手的上部。她放下面纱，一双蓝宝石一样的眼睛隔着面纱毫无表情。她小声说：好了，我该走了。——别，我说，我们先坐坐，我还没有好好看看您。我坐下，拉她坐在我的膝头，——你知道女人的重量是多么美妙吗，就算是轻盈的女人？她似乎有些神秘地问道：您喜欢我吗？我从上到下地看看她，看看她别在新的短上衣上的三色堇，甚至感动得笑了：您呢，我说，喜欢这些三色堇吗？——我不明白。——有什么不明白的？您整个人就像这三色堇。——她低下眼睛，笑道：——把小姐比作花儿，在学校我们把这种比喻叫做抄写员的比喻。——那又怎么样，不然怎么说呢？——我不知道……——她悬着的小巧的脚上穿着漂亮的长袜，轻轻晃动着，孩子般的嘴唇半张着，娇艳诱人……我把她的面纱撩起来，把她的头稍稍偏向一边，吻了吻——她又稍稍推拒了一下。我顺着光滑的、泛出淡淡绿色的丝绸长袜向上摸，找到它的扣钩，再找到吊袜带，把它摘下，吻了吻大腿根玫瑰色的温暖身体，然后又去吻半张的小嘴——她开始轻轻地咬我的嘴唇……

水手讥诮地摇摇头："老色狼！"

"别胡说，"画家说，"我回想起这一切是很痛苦的。"

"好吧，你接着说。"

接下来的情况是，我整整一年没见到她。有一次，也是在春天，我终于去了奥特拉特，甘斯基见到我十分高兴，让我感动，也让我惭愧得要命，因为我们那么混蛋地抛弃了他。他老得很厉害，胡子染上了银色，但还是那么兴致勃勃地谈论着绘画。他骄傲地给我看他的新作——巨大的金色天鹅在蔚蓝的沙丘之上飞翔——这可怜的人尽量不让自己落后于时代。我使劲儿骗他：太好了，太好了，您前进了一大步！他不承认，但高兴得满脸放光，像个孩子一样。——哦，很高兴，很高兴。现在吃早饭吧!——您女儿呢?——进城去了。您肯定认不出她了!已经不是小女孩,而是大姑娘了,最重要的是,样子全变了:长大了,长高了,像一棵白杨树!——真不巧,我想,我来老头儿这里只是因为十分想看到她,结果,好像故意的似的,她却在城里。我吃了早饭,热烈地吻了他那柔软的、喷了香水的大胡子,许诺下个星期天一定来,就出来了——这时迎面碰上了她。她高兴地停下脚步:是您啊?哪阵风把您吹来了?见过爸爸了吗?哎呀,我太高兴了!——我更高兴,我说,爸爸对我说,现在肯定认不出您了,您已经不是小白杨了,而是一棵真正的白杨了,——确实是。真是这样,您甚至好像不是小姐,而是少妇了。她微笑着,把打开的阳伞在肩头转着。这阳伞是白色的,带花边,她的长裙和大帽子也是白色的,带花边的,帽子侧面露出的头发微微泛着红,十分美丽,眼睛里已经没有过去的天真了,脸形变长了……——是啊,我的个子甚至比您高一点儿。——我能摇摇头说:真的,真的……我说,我们去海边吧。——走吧。我们穿过花园之间的小巷去海边。我随口说着闲话,眼睛始终不离开她。我看出她也感觉到这一点了。她收起了阳伞,左手提着带花边的裙子,走路的时候肩膀有节奏地一耸一耸的。我们来到了陡岸上,清新的风吹来。花园已经郁郁葱葱,在太阳下昏昏欲睡了,而大海却像北方的海那样低,冷,波涛翻滚,一个个绿色的大浪腾空而来,又在远处汇入瓦灰色的浊流，总之，是不折不扣的"怒海"。我们站着看海，沉默着，好像等待着什么。看来她和我想的是同一件事——一年前她坐在我膝头那件事。我搂住她的腰，把她整个贴向自己，我搂得那么用力，以至于她的身子都倾斜了，我去捉她的嘴唇——她尽力挣扎，头摆来摆去躲避，躲着躲着忽然让步了，把嘴唇给了我。整个过程都是默默的，我和她都没有出一点儿声音。然后她忽然挣脱，正了正帽子，简单而肯定地说："嗨，您真可恶。真可恶。"

她转过身，头也不回，很快沿着小巷走了。

"那次在画室你跟她有过那事吗？"水手问。

"没到最后一步。我们狂热地接吻，还有别的，可是当时怜惜的感觉阻止了我：她面色潮红，全身发烫，意乱情迷，我看到她已经像孩子一样控制不住自己——又怕，又渴望那可怕的东西。我假装不高兴了：行了，不来了，不来了。您不愿意就算了……我开始温柔地吻她的双手，她渐渐平复下来……"

"可是此后你怎么整整一年没见她呢？"

"鬼知道怎么回事。我怕第二次我不会再怜惜她。"

"你这莫泊桑有点儿差劲。"

也许吧。但是等等，让我讲完。我又有大约半年没见她。

夏天过去了,很多人开始离开别墅回城,虽然住在别墅也很不错——这年秋天的比萨拉比亚特别美:日复一日平静炎热的天气,天空明朗,大海蔚蓝平静,玉米田干燥金黄。我也回到了城里。一天,我又走过李普曼大楼——你猜怎么着,她又迎面走来。她若无其事地走到我面前,迷人地咧着嘴,哈哈大笑起来:"这真是个倒霉的地方,又是李普曼大楼!"

"您为什么这么开心?我看见您高兴极了,可是您怎么了?"

"不知道。离开了海边,在城里到处跑,我整天高兴得忘乎所以。我晒黑了,又长高了一截——是不是?"

我一看,是真的。最主要的是,她说笑和整个待人接物的态度里流露的那种快乐和自在,好像已经结婚的女人。她忽然说:"您那儿还有波尔图酒和饼干吗?"

"有啊。"

"我又想看您的画室了,可以吗?"

"天啊,那还用说!"

"那我们走吧。快点儿,快点儿!"

在楼梯上我抓住她,她又一次后仰,又一次摆头,但没有很大的抗拒。我一边吻她的脸,一边把她带到画室。在画室她神秘地小声说:"可是听我说,这是发疯……我疯了……"

她已经自己把草帽扯下来扔到软椅上。她有点儿发红的头发向上梳，在头顶用一只立式的玳瑁梳子分开，额头上垂着卷曲的刘海，脸晒成均匀的淡黑色，目光痴迷而快乐……我手忙脚乱地开始给她脱衣服，她急切地帮我。我瞬间就把她身上的白绸衬衫脱掉了。你知道吗，当我看见她粉嫩的身体，真的眼前一黑。她美丽的肩膀上晒得微黑，雪白的乳房高高的，一双红色的乳头翘起来。接着，她的两只穿着金色鞋子的纤足从落在地上的裙子中一一迈出。她腿上穿着象牙色的透花长袜和那种巴蒂斯特细纱布的肥裤子，有一步那么宽，这是当时的流行式样。当时我像野兽一样把她扔到长沙发的靠垫上，她的眼睛变黑了，睁得更大了，嘴唇热烈地张开着，——现在这一切还在我的眼前，她的热烈非同寻常……但我们不说这个了。两个星期里她差不多每天都到我这儿来。两个星期后出事了。一天早晨她突然跑来找我，一进门就问："听说你马上要去意大利了？"

"是。怎么了？"

"为什么你对我只字不提？你想偷偷走吗？"

"别瞎想。我现在正要去你们家说这件事呢。"

"当着爸爸的面吗？为什么不私下告诉我？不行，你哪儿都不能去。"

我愚蠢地发火了："不，我要去。"

"不，你不能去。"

"我告诉你，我就要去。"

"当真吗？"

"当真。不过你明白吗，我过一个来月，最多一个半月，就回来。总之，听我说，加莉娅……"

"我不是您的加莉娅。现在我知道您了——彻彻底底地明白了！就算您现在对我发誓说您永远哪儿都不去，现在我也无所谓了。问题不在这儿！"

她把门大敞开，用力一摔，鞋跟咔嗒咔嗒地踩着楼梯急急下楼去了。我想跟着她冲出去，但忍住了：不，让她冷静冷静吧。晚上我再去奥特拉特，告诉她我不想让她伤心，我不去意大利了，我们就会和解的。可是大概五点的时候画家西纳尼突然来了，他的目光疯狂："你知道吗，甘斯基的女儿服毒了！死了！服的是，鬼知道它，一种少见的发作特别快的毒药，她从她父亲那儿偷出来的——你记得吗，这个老傻瓜给我们看过整整一小柜子毒药，还以为自己是列奥纳多·达·芬奇呢。这些该死的波兰人真是疯子！突如其来地，她这是怎么回事——真不明白！"

"当时我真想自杀，"画家沉默片刻，压一压烟斗，小声说，"差点儿疯了……"

1940 年 10 月 28 日

（路轩 译）

亨　利

在一个草木都盖着淡紫色霜雪的奇幻而寒冷的黄昏，马车夫卡萨特金拉着坐在一辆既高又窄的雪橇上的格列博夫，沿着特维尔大街往下，向着布头饭店疾驶而去，中途曾经到叶利赛的店里买了一些水果和酒。莫斯科上空的天还没有黑，明净的西边天泛着绿色，一座座钟楼顶层的空隙间透着亮光。然而在低处青灰色的冷雾中，夜已经降临，刚刚点燃的街灯的火苗是一动不动的、微弱的。

到了布头饭店门口，格列博夫掀开狼皮车毯，同时吩咐那披了一身雪花的卡萨特金一个小时以后来接他，说：

"拉我上布列斯特火车站。"

"是，先生。"卡萨特金说，"您这是要出国吧？"

"出国。"

卡萨特金让他那匹个头挺高的老马，一匹大走马，掉转头来，弄得前车板嘎嘎直响。他不赞许地摇摇头，心里想：

"心甘情愿就不怕折腾！"

宽大而欠收拾的门厅，宽大的电梯，电梯缓缓上升的时候很有礼貌地站在一旁的杂役瓦夏——他穿一身制服，满脸褐色雀斑，一双眼睛说不上是什么颜色的。格列博夫忽然舍不得离开他早已熟悉并且习惯了的这一切。"的确，我为什么要走呢？"他照了照镜子，看见自己年轻、精神、仪容高贵、目光炯炯、漂亮的唇髭挂着霜、穿着讲究而又轻便……可是尼斯现在天气好极了，亨利是个极好的伙伴……主要的是，你总觉得在别处会有特别幸运的事情发生，会遇见什么人……你在中途一个地方下榻，谁在你之前住过？衣柜里挂过谁的衣服、放过谁的东西？遗留在床头柜上的女用发卡又是谁的呢？再次闻到维也纳火车站上的煤气、咖啡、啤酒气味，在奔驰于塞默灵的冰天雪地间的充满阳光的火车餐车小桌上看到奥地利和意大利酒瓶上的商标，看到挤满餐车的欧洲男人和女人的面孔和服装……然后是夜晚、意大利……早上就沿着海边奔向尼斯，时而穿过隧道中那烟雾弥漫、轰隆作响的黑暗，只有车厢顶棚上的小灯散放着微弱的光；时而停站，那些玫瑰丛中的小站总有一种柔和的鸣声，伴着像熔铸在一起的宝石般懒洋洋地躺在烈日下的小海湾……于是格列博夫沿着布头饭店里铺着地毯的暖和的走廊迅速向前走去。

客房里也是暖和而舒适的。玻璃窗上还留着晚霞的余晖，透着明净的天穹。东西都收拾好了，他又有些伤感起来，舍不得离开这个住惯了的房间，还有整个莫斯科的冬季生活，还有娜佳，还有李……

娜佳就要来和他道别了。他连忙把刚买来的酒和水果藏进箱子里，把大衣和帽子扔在圆桌后面的沙发上，就在这个时候他听见了急促的敲门声。不等他开门，娜佳已经走了进来，并且拥抱了他。娜佳浑身冰凉，带着一股淡淡的香气，穿一件灰鼠皮大衣，戴一顶灰鼠皮小帽，十足的十六岁花季少女，小脸冻得红红的，一双绿眼睛清澈明亮。

"要走了？"

"要走了，娜佳……"

娜佳叹了一口气，跌坐在圈手椅中，同时解开皮大衣，说：

"你知道吗，感谢上帝，昨天晚上我病了……唉，我真想送你上车站！为什么你不让我去？"

"娜佳，你自己也明白，这不行，有些你根本不认识的人要去送我，你在那儿会觉得自己是多余的、孤独的……"

"可是为了能跟你一块儿走，我真甘愿付出生命的代价！"

"我呢？不过你也知道，这是不可能的……"

他紧挨着她坐到圈手椅里，吻她那暖和过来的面颊，感觉到了她脸上的泪水。

"娜佳，你怎么啦？"

娜佳抬起脸来，勉强露出笑容，说：

"我没事我没事……我不愿意像女人那样限制你的自由，你是诗人，你不能没有自由。"

"你真聪明。"格列博夫说,娜佳的认真劲儿和孩子气的侧面——那清纯、柔美、泛着热烈的红晕的脸颊，张开成三角形的嘴，以及挂着泪珠的竖起的眼睫毛所表露出的天真的狐疑神情，感动了他。"你不像别的女人，你自己就是诗人。"

娜佳跺了跺脚，说：

"不许跟我提别的女人！"

接着她目光黯然地以身上的毛皮和口中的气息爱抚着他，对他耳语说：

"就一会儿……今天还可以……"

*　　　*　　　*

布列斯特火车站的入口在寒夜的墨蓝色中被照得通明。格列博夫跟着急急忙忙向前走的搬运工进了人声嘈杂的候车大厅，并且立刻看见了李——高挑身材，穿一件油亮油亮的黑卷毛羊羔皮直襟大衣，戴一顶黑天鹅绒的大贝雷帽，腮边挂着两绺长长的黑色鬈发，两只手拢在一个挺大的黑卷毛羊羔皮暖手筒里，她用两只美得可怕的黑眼睛恶狠狠地看着他。

"你到底要走了，无赖。"她无所谓地说，同时挽起他的胳膊，和他一道跟在搬运工后面匆匆走去，迅速倒换着自己的两只穿灰色高勒儿皮鞋的脚，"你等着瞧，你会后悔的，这样的女人你再也找不到了，最后只剩下你那个傻女诗人。"

"李,那个傻女人还是个孩子,上帝才知道你想些什么,罪过不罪过?"

"闭嘴。我可不是傻女人。如果真有上帝才知道的什么事,我就浇你一身硫酸。"

有毛玻璃球形电灯泡从上面照着的待发列车,咝咝地喷着带一股橡胶味儿的滚滚灰色蒸汽。国际车厢外面有黄色护板以示区别,里面的狭窄过道上铺着红地毯,厢壁包着色彩绚丽的有压花的皮革,包房门上还镶有厚厚的粒状玻璃,到了这里就是到了国外。穿褐色制服上衣的波兰列车员推开进入一间小小的包房的门,里面很热,床已经铺好,鼓鼓的,点着一盏罩着红绸灯罩的台灯,光线柔和。

"你真走运!"李说,"还有专用厕所。隔壁是什么人呢?也许是个坏女伴儿?"

李转了转隔壁包房的门把,又说:

"锁着呢。你的守护神真幸运!快来吻我吧,就要打第三遍铃了……"

李从暖手筒里抽出一只手来,皮肤白里透青,很秀气,蓄着长长的尖指甲。她扭着身子猛然抱住他,有失分寸地眯着眼睛,轮番地连吻带啃他的嘴唇和双颊,并且低声说:

"我崇拜你,崇拜你,无赖!"

*　　*　　*

漆黑的车窗外,大粒大粒橙红色的火星像个火女巫似的向后飞去，被列车的灯光照亮的白皑皑的雪坡和黑森森的松林一晃而过——它们一动不动，显得神秘而阴郁；它们在冬夜如何生活，让人猜不透。格列博夫盖上小桌下面那个烧红了的炉子，放下严实的窗帘挡住冰冷的窗玻璃，然后敲了敲洗脸池旁边的一道通隔壁包房的门。门从那边打开了，亨利笑盈盈地走过来。她个子很高，穿一身灰色连衣裙，偏红的柠檬色头发梳成希腊发式，面部的线条像英国女人一样纤细，一双带琥珀色的褐色眼睛很活泼。

"道别的话说够了吧？我都听见了。我最高兴的是她想闯进我的包房，还骂我是坏女人呢。"

"你开始吃醋了，亨利？"

"不是开始，而是继续。如果她不这么难斗，我早就要求叫她彻底退休了。"

"问题就在她这个人难斗，马上甩掉她，你试试看！再说，我不也容忍了你那个奥地利人吗？后天你就要跟他过夜。"

"我可不跟他过夜。你很清楚，我这次去首先是为了跟他脱离关系。"

"通过书信也能办到嘛。你完全可以直接跟我走。"

亨利叹了一口气，坐下来，用闪闪发光的手指轻轻理了理头发，把一条腿架在另一条腿上——她穿着一双有银纽襻的灰色麂皮皮鞋。

"不行，我的朋友。"她说，"我想既跟他分手，又继续在他那儿工作。他是个讲实惠的人，会同意和平了结。谁能像我这样给他的杂志提供莫斯科和彼得堡文艺戏剧界的种种丑闻？谁给他翻译整理他的大作？这样的人他找不到了。今天十五号，那么十八号你到尼斯，我二十号，至迟二十一号就到。不说这些了，我们首先是好朋友好伙伴。"

"伙伴……"格列博夫高兴地看着亨利那张泛起红晕的细嫩的脸说，"当然，亨利，我再也不会有比你更好的伙伴了。只有跟你在一起我才总是感到轻松自在，想说什么就说什么，真的像跟朋友在一起一样，不过，你知道吗，倒霉的是我越来越爱你了。"

"可是昨天晚上你在哪儿？"

"晚上吗？在家。"

"跟谁在一起？算了吧。夜里有人看见你在斯特列利纳饭店的单间跟一大群人在一起，是些茨冈人。这可就品位不高了——那些斯乔帕呀、格鲁莎呀，她们都有勾魂的眼睛……"

"那么维也纳的那些酒鬼呢？"

"萍水相逢罢了，我的朋友，他们跟我不是一路人。这位玛莎据说很美，是真的吗？"

"茨冈人跟我也不是一路人，亨利。至于玛莎……"

"对，对，给我描述描述她。"

"叶莲娜·亨利霍夫娜，您认真嫉妒起来了。有什么可描写的？难道说你没见过茨冈女人？她很瘦，甚至难看，压平了的煤焦油似的头发，相当粗糙的咖啡色面孔，没灵气的发蓝的眼白，锁骨像马的，戴一串大黄珠子项链，肚子瘪瘪的……但是配上一件长长的金黄葱皮色绸连衣裙，那一切就变得很美了。还有，当她两手提起沉重的旧式丝围巾，在铃鼓的伴奏下跳起舞来，一双小皮靴在裙摆下一闪一闪，两串长长的银耳坠抖着颤着，那简直是灾难！不过我们吃饭去吧。"

亨利站起身来，略带讽意地笑道：

"走吧。你是改不了的，我的朋友。不过我们都知足吧。瞧，我们多舒服。两间好极了的包房！"

"有一间完全是多余的……"

她系上一块奥伦堡的毛线头巾，他戴上一顶旅行便帽，二人摇摇晃晃地沿着由车厢与车厢连成的像是无尽头的巷道往前走，经过车厢之间那些透着冷风和雪粉的折棚下的咣啷咣啷直响的乘降台。

他一个人在餐车里坐着吸完烟才回来，她先离开。他一回来就感觉到这暖洋洋的包房里有了完全属于家庭的夜晚的幸福气氛。她已经掀开被盖的一角，拿出他的睡衣，在小桌上摆了酒，还有一小筐梨，现在站在洗脸池上端的镜子前面，嘴里噙着发卡，把两只裸露的胳膊举至头顶，挺起两只丰满的乳房，身上只有一件衬裙，脚下是晚间穿的镶北极狐皮的便鞋。她的腰肢纤细，大腿却很丰满，踝骨小巧。他站着吻了她好久，然后他俩才在铺上坐下来，开始喝莱茵酒，一面喝一面还互相亲吻被酒浸凉的嘴唇。

"还有李呢？还有玛莎呢？"她问。

* * *

夜里，格列博夫和亨利躺在黑暗中，格列博夫以含着戏谑成分的伤感口吻说：

"唉，亨利，我太爱在火车上过夜了，爱这摇晃的车厢里的黑暗，爱车窗窗帘外一晃而过的站上的灯火，还有你们这些'人之妻，诱人之网'！这'网'真是个无法解释的既圣洁又邪恶的东西。我写它、试图表现它的时候，人们骂我下流无耻……卑劣的灵魂啊！有一本古书说得好：'作家有任何时代在这种情况下赋予画家和雕塑家的同等权利去勇敢地用文字描写爱情和恋爱的人，只有卑劣的灵魂才会在美好或可怖的事物中看到卑劣。'"

亨利又问：

"李的乳房当然是尖尖的、小小的，举向不同的方向，对吗？这种女人肯定是歇斯底里型的。"

"是的。"

"她笨吗？"

"不……不过我也说不清。有的时候她好像很聪明，朴实而又明理，轻松而又快活，无论什么你一说她就明白。可是有的时候她说话卖弄得厉害，不然就是恶毒下流，充满火药味儿，让我听得像傻子，像聋子一样目瞪口呆……你总说李，烦死我了。"

"我烦你是因为我不愿意再做你的伙伴了。"

"我也一样。我再说一遍：你给那个维也纳的坏蛋写一封信，说你返回的时候再见他，现在你身体欠佳，患流行性感冒之后需要到尼斯去休养休养。我们不分手，也不去尼斯，而是去意大利的什么地方……"

"为什么不去尼斯？"

"不知道。我忽然不想去了。主要的是，我们一道走！"

"亲爱的，这我们已经谈过了。为什么去意大利？你跟我说过你恨透意大利了。"

"不错。我们那些唯美的傻瓜使得我生意大利的气。什么'我只爱十四世纪的佛罗伦萨……'我出生在别廖夫，这辈子在佛罗伦萨只待过一个星期。十四世纪，十五世纪……我恨透了那些安吉利科①，吉兰达约②，十四世纪，十五世纪，甚至贝雅特里齐③和头上包着女人的缠头巾并且戴着桂冠的瘦脸但丁……如果不想去意大利，那就去蒂罗尔，去瑞士，总之，上山，在那些高耸入云、被四周的白雪衬映得变幻着色彩的花岗岩鬼怪当中找一个石砌的小村庄……你想想看，潮湿而刺骨的空气，一些粗陋的石砌小屋，坡度很大的屋顶，挤在一座石砌拱桥旁边，桥下传来湍急的流水声，碧色的小溪翻着白色水花，一群绵羊一只紧挨着一只走过，它们脖子

---

① 安吉利科（约 1400—1455），文艺复兴前期佛罗伦萨画派著名画家。
② 吉兰达约（1449—1494），文艺复兴早期佛罗伦萨的重要画家。
③ 贝雅特里齐（1266/1267—1290），意大利著名诗人但丁为之奉献了自己的大部分诗歌的一位女子。

上挂的小铃铛不住地响,那里还有药房和卖登山杖的商店,非常暖和的小旅馆,旅馆门上装饰着鹿角,像是有意用浮石雕成……一句话,这个千年与世隔绝的山中蛮荒世界所在的峡谷底,是由像巨人一般没有生命的天使——某座终年积雪的雪山生育、婚配、埋葬,而且生生世世从花岗岩后面俯瞰着……那儿的姑娘才美呢,亨利!结结实实的,两颊绯红,黑色的紧身配红色的长毛袜……"

"唉,你们这些诗人!"亨利怀着爱意打了一个哈欠说,"又是姑娘、姑娘……不行,亲爱的,乡下冷。而且我再也不想要什么姑娘了……"

* * *

傍晚到华沙,他们转赴维也纳火车站的时候,迎面吹来潮湿的风,夹着大滴的冻雨。在宽大的轿式马车驭座上,一个满脸皱纹的出租马车车夫没好气地赶着两匹马,他的立陶宛式的胡子脏乱了,皮帽子直往下淌水。街道像外省的。

这天黎明时分,格列博夫拉开窗帘,看见车窗外是一带稀松的灰色雪原,其间有几座小红砖房。接着列车就停下来,而且停了相当长时间。这是个大站,出了俄国国境一切都显得很小,无论是车厢、窄铁轨,还是铁灯柱,而且到处是一堆一堆的煤炭。有个小个子士兵背一杆枪,戴一顶高高的圆筒帽,穿一件灰蓝色短军大衣,正迈过铁路离开机车车库。一个胡子拉碴、又高又瘦的男人,穿一件兔皮领的格子上衣,戴一顶后面插着一根花羽毛的绿色蒂罗尔帽子,在车窗下的木板铺道上走来走去。亨利醒了,低声请他放下窗帘。他放下窗帘,钻进亨利的热被窝里。亨利把自己的头枕在他的肩膀上哭了起来。

"亨利,你怎么啦?"格列博夫问。

"不知道,亲爱的。"亨利低声说,"天亮的时候我常常哭。一觉醒来我忽然那么可怜自己……几个小时以后你就要走了,我一个人留下来,到咖啡店去等我那个奥地利人……晚上又是咖啡店,匈牙利乐队,揪心的小提琴……"

"是啊,还有刺耳的扬琴……所以我说让那个奥地利人见鬼去,我们往前走。"

"不行,亲爱的,不行。跟他闹翻了我靠什么生活?不过我向你发誓,我跟他什么事也不会有了。你知道吗,这回离开维也纳前,我跟他已经把所谓的关系讲清楚了,是夜里在大街上的煤气灯下谈的。你想象不出他脸上的仇恨表情!煤气灯光和敌意把他的脸变成灰绿色的,橄榄色的……而主要的是,这包房已经使我们变得这么亲密,在你之后,我还怎么能……"

"喂,真的吗?"

她把他搂在怀里使劲吻,吻得他喘不过气来。

"亨利,我认不出你了。"

"我也认不出自己了。不过来吧,来吧。"

"等一等……"

"不，不，就现在！"

"我只问一句：你究竟什么时候离开维也纳？"

"今天晚上，就在今天晚上！"

列车已经开动，边防警察踩着过道里的柔软的地毯从包房门口走过，一路碰着皮靴上的马刺。

*　　*　　*

维也纳站到了，又是煤气、咖啡、啤酒的气味。亨利走了，穿得漂漂亮亮，脸上挂着忧郁的微笑，坐上一辆有活动顶篷的四座敞篷出租马车，拉车的是一匹娇弱而神经质的欧洲驽马，赶车的人有个红鼻头，披一件短斗篷，戴一顶光亮的高筒帽，坐在高高的驭座上。车夫掀去马身上的被盖，嘴里发出咕咕的声音，扬起长鞭，那马就活动开摇摇晃晃然而高贵的长腿，翘着被剪短的尾巴，笨拙地跟在一辆黄色电车后面跑去。

已经到塞默灵了，一派国外山区正午时分的喜气洋洋，餐车左面的窗户晒得很热，窗旁铺着雪白的桌布的小桌上有一小束花，还有矿泉水和红葡萄酒，窗外那些披着庄严而悦目的外衣、直插有如天堂的靛蓝色穹苍的雪峰闪着正午耀眼的白光，离开蜿蜒行进在下临狭窄深涧的崖壁上的列车似乎只有咫尺之遥，而深涧中则是一片冬天的并且是清晨的使人发冷的青色暗影。接着是一个山口，长满绿色云杉，覆盖着厚厚的蓬松的新雪，像创世之初那样纯净，向晚寒气逼人，泛着没有生命的红色，渐渐转蓝。后来列车久久地停在意大利国境附近一处漆黑的狭窄通道上，犹如在但丁笔下的地狱的群山间；还有张着做工精湛的大嘴的隧道，入口处有熊熊燃烧的火。往下一切就都与先前不同：玫瑰色的意大利火车站破旧得已经褪色，站上那些头盔插着公鸡羽毛的短腿士兵像公鸡一样傲慢，没有小卖部，只有一个男孩懒洋洋地推着一辆小车从列车旁边走过，小车上也只有橘子和酒瓶。再往前就是广阔天地了，列车一直向下走，速度逐渐加快，伦巴第平原上的风从黑暗中吹进敞开的车窗里来，越来越柔和，越来越温暖，远方散布着可爱的意大利的点点灯火，使人感到温存。第二天完全是夏天了，傍晚前到达尼斯站，月台上是季节性的人流……

在蓝色暮霭中，当数不清的灯火像一条弯弯的钻石项链沿着海岸一直亮到如烟灰色幻影般隐没在西边的昂蒂布角的时候，格列博夫穿一身燕尾服站在滨海路一家旅馆的客房阳台上，想着莫斯科此刻的零下二十度严寒，同时期待着亨利的电报就要送到他房间里来。他在旅馆餐厅里与众多穿燕尾服的男士和穿晚礼服的女士坐在光华四射的吊灯下面就餐的时候，也期待着穿长及腰部的浅蓝色制服上衣、戴白线手套的侍童马上会用托盘恭恭敬敬地给他送上一份电报。他心不在焉地吃着稀菜汤，喝着波尔多红葡萄酒，等呀等。后来他在门厅里喝咖啡、吸烟的时候还在等，而且越来越着急，越来越惊讶，心想：我这是怎么啦，从少年时代算起我也没有体验过这样的心情。但是电报一直没有来。电梯闪着亮光时上时下，侍童们跑前跑后递送着香烟、雪茄和晚报,弦乐队在台上开始演奏了,还是没有电报,时间已经是晚上十点,从维也纳开出的火车应该在中午十二点带来她的电报。他喝咖啡的时候干了五小杯白兰地,身心疲惫又有洁癖的他乘电梯回客房去,厌恶地望着穿制服的侍童,心想:"唉,这个滑头、殷勤、已经彻底堕落的男孩长大以后会变成怎样的一个流氓啊!是谁给这些侍童想出这些丑陋的帽子和上衣,不是浅蓝色就是棕色,还钉上些肩章扣带和穗子!"

第二天早上也没有电报。他按了按铃,一个穿一身燕尾服的年纪很轻的侍役,是个意大利美男子,有一双羚羊的眼睛,给他送来咖啡,并且用法语说:"没有信,先生,也没有电报。"他穿着睡衣在敞开的阳台门边站了一会儿,眯起眼睛望着在太阳照耀下好似有许多金针在跳跃的海面,望着滨海路和一大群游客,听着从下面传来的陶醉在幸福之中的意大利歌声,乐滋滋地想:

"叫她见鬼去吧。事情很明白。"

他去蒙特卡洛赌了好长时间,输了二百法郎,然后返回,为了消磨时光乘坐的是出租马车,花了差不多三个小时,一路听着嘚嘚的马蹄声和长鞭在空中猛甩出的啪啪声……门房看见他,咧开嘴热心地用法语说:

"没有电报,先生!"

他木呆呆地换了衣服去用餐,心里只想着一件事:

"要是现在突然有人敲门,她突然进来,一面走一面心急火燎地忙着解释她为什么没有拍电报，为什么没有在昨天来，我肯定会幸福得死过去！我会对她说，今生今世我还没有爱过什么人像爱她这样，为了这份情，上帝会多多地宽恕我，甚至宽恕娜佳；接受全部全部的我吧，亨利！可是亨利现在正跟那个奥地利人坐在一起吃饭。哦，要是能够狠狠地打她一耳光，用他俩现在正一块儿喝着的香槟酒酒瓶砸破他的脑袋，那该有多痛快啊！"

饭后他在街上踱步，走在熙熙攘攘的人群中，空气是温暖的，有一股廉价意大利雪茄的带甜味儿的臭气。他来到滨海路上，面对着像煤焦油一般黑的大海，望着忧郁地消失在右侧远方的黑黢黢的海湾呈现出的那一串钻石项链。他走进一处酒吧，不停地喝酒：白兰地、杜松子、威士忌。他回饭店的时候脸色煞白，穿着白背心，系着白领带，头上戴一顶高筒礼帽，大模大样地走到门房跟前，勉强动着失去知觉的嘴唇用法语喃喃地问：

"没有电报？"

门房装作什么也没有注意到的样子，用法语热心地回答说：

"没有电报，先生！"

他醉得厉害，以至于刚脱了礼帽、大衣和燕尾服就仰面倒下，晕晕乎乎地飘往飞溅着火星的无底黑暗之中。

第三天中饭后他又沉沉睡去，一觉醒来突然清醒而坚决地审视了自己的可怜而又可耻的行为。他叫侍役把茶送到自己的房间里来，开始收拾衣柜里的东西，装箱，尽量不去想她，也不为这趟无益而又扫兴的旅行后悔。黄昏前，他下楼到门厅里去吩咐给他结账，然后迈着从容的步子出去买了一张经过威尼斯赴莫斯科的夜车票，打算在威尼斯待上一天，夜里三点坐直达车回家，回布头饭店……那个奥地利人究竟是什么模样？根据照片和亨利的口述，他是个身材高大的筋骨人，目光阴沉而果断——当然是做出来的，从宽边帽下面那张歪歪斜斜的脸上看着你……不过何必去想他！生活中什么事情不可能发生啊！明天到威尼斯。再一次听到街头艺人在饭店楼下的滨河路上唱歌弹吉他，与众不同的是一个肩头披着长围巾的黑发女人的歌喉，尖厉而冷漠，伴和着一个戴一顶乞丐帽、从高处看像侏儒的短腿男人的嘹亮男高音……一个搀扶游客上游船的破衣拉花的老头儿，去年曾经搀扶一个西西里女子上船，那女子有一双火辣辣的眼睛，戴着晃来晃去的水晶耳坠，油橄榄色的头发里插着一串黄色的金合欢花……运河里的水有一股腐臭气，游船的船头呈凶恶的狗牙战斧形，船内像棺木一样上了油漆，船尾高高的，上面站着摇橹的人，很年轻，细细的腰间缠着红巾，他俯身向前推那长桨的时候总是把左脚留在身后，动作单调而又典型……

天晚了，黄昏时刻的大海苍白而平静，像一块不闪光的灰绿色合金。海鸥们预感到明天要变天了，在海面上凶恶而凄厉地拼命叫喊。昂蒂布角之外是一片迷茫的青灰色，甜橙似的太阳像个小圆盘挂在那边，逐渐黯淡。他久久地望着这太阳，绝望的愁绪压抑着他。最后他终于振作起来，转身回饭店去。一个报童迎面跑来，用法语喊了一声"外国报纸！"，同时塞给他一份《新时代》。他在一张长椅上坐下来，借着晚霞的余晖心不在焉地翻阅着刚刚印出的报纸。突然间，他跳起身来，仿佛被爆炸震聋震瞎了，原来他看到一则新闻：

> 维也纳十二月十七日电　今天，在国会大厦饭店，著名奥地利作家阿图尔·施皮格勒开枪打死了化名为'亨利'的俄国女记者，她也是许多当代奥地利和德国小说的译者。

1940 年 11 月 10 日

（陈馥 译）

纳 塔 莉

一

这年夏天,我第一次戴上大学生的制帽,有一种这个年龄段的人才会有的、开始过年轻而自由的生活的特殊幸福感。我生长在乡村一个家规很严的贵族之家,虽然从少年时代起就对爱情抱有热切的幻想,却还保持着心灵和肉体的纯洁,听到中学同学们放肆的谈话我都会脸红,他们往往皱着眉头对我说:"梅谢尔斯基,你出家当修道士得了!"这年夏天我可不会脸红了。我回家来过暑假,认为我也和别人一样到时候了,可以破自己的童贞,寻求没有浪漫色彩的爱情。由于有这种认识,又想展示展示自己的有一道蓝圈的大学生制帽,我开始走访邻近的庄园和亲戚朋友,希冀着艳情幽会。于是我来到我舅父的庄园,舅父是个退役的枪骑兵,早已丧妻,膝下只有一女——我的表姐索尼娅……

我很晚才抵达舅父家,索尼娅一个人出来迎接。当我从四轮长途马车上跳下去、跑进漆黑的外室的时候，索尼娅穿着一件法兰绒睡袍走出来，左手高高地举着一支蜡烛，把脸颊伸过来给我吻，然后摇着头，以她一贯的玩笑口吻说：

"哟，总是迟到的年轻人！"

"这回怎么也不能怪我了，"我说，"迟到的不是年轻人，而是火车。"

"小点儿声，都睡了。大家等了一个晚上，急得要死，最后只好不管你了。爸爸骂你轻浮，还骂叶夫列姆是老糊涂蛋（他准是留在车站上等明天的早班车），最后气鼓鼓地睡觉去了。纳塔莉不高兴地走了，仆人们也散了，只有我一个人有耐心，对你忠心耿耿……好了，把外衣脱掉，我们吃夜宵去。"

我一面欣赏着她的蓝眼睛和那只高高举起、裸露到肩头的胳膊，一面回答说：

"谢谢，亲爱的。相信你对我忠心耿耿现在特别让我高兴，你已经是个十足的美女了，我认认真真在打你的主意呢。瞧你的胳膊、脖子，这件软软的睡袍多有诱惑力，底下肯定什么也没穿！"

索尼娅笑了，她说：

"几乎什么也没有。你也不错嘛，很像成年人了。目光活跃，还有两撇俗气的小黑胡子……不过你怎么啦？两年不见你就从一个动辄脸红的小娃娃变成挺招人喜欢的厚脸皮了。我们一定会有很多恋爱游戏可玩儿，就像我们的奶奶们、姥姥们常说的那样。可惜有纳塔莉在，明天早上你就会至死不渝地爱上她。"

"纳塔莉是什么人？"我问，同时跟在索尼娅后面走进点着一盏明亮的吊灯的餐室，窗户都开着，外面是温暖而宁静的漆黑的夏夜。

"纳塔莉姓斯坦凯维奇，是我的中学同学，到我这儿来做客。她才真是个美女呢，我算什么。你想想看：一个可爱极了的小脑袋，一头所谓的'金'发，两只黑眼睛。用波斯话说，不是黑眼睛，而是黑太阳。眼睫毛当然也是黑的，既密又长，脸颊、双肩和其他一切都泛着一层绝妙的金色。"

"其他一切指什么？"我问，我们的谈话越来越使我着迷。

"明天早上我和她去游泳，你就钻进小树丛里等着瞧好了。她的身材像小水妖一样……"

餐桌上摆着几个冷肉饼、一块奶酪、一瓶克里木红葡萄酒。索尼娅坐下来给我和她自己斟酒，并且说：

"别见怪，只有这点儿东西。连伏特加酒也没有。好，上帝保佑，我们就拿葡萄酒碰杯吧。"

"你要上帝保佑你什么呢？"

"快点儿给我找个'上门'夫婿。我已经满二十岁了，又不能嫁到别处去，爸爸一个人跟谁过？"

"好，求上帝保佑！"

我和索尼娅碰了杯，两人慢慢地干了第一杯酒。她再次审视我，看我怎样使用叉子，脸上挂着怪异的微笑。接着她仿佛是自言自语地说：

"你真的长得不错，像格鲁吉亚人，够漂亮的，以前你太瘦，脸发青。总而言之你的变化很大，变得随和，招人喜欢了。就是眼珠子乱转。"

"那是因为你的魅力弄得我心慌意乱。你也和以前不完全一样了……"

于是我笑嘻嘻地把她打量了一番。她坐在餐桌的另一边，稍稍朝我侧着身子，整个人蜷缩在椅子上，盘起一条腿，把一个丰满的膝头搁在另一个丰满的膝头上，晒黑了然而黑得均匀的胳臂在灯下闪光，偏蓝的雪青色眼睛讪笑着，也放射着光辉，密而柔软的栗色头发有些泛红，在睡前编成一根大辫子，敞开的睡袍领口露出晒黑了的浑圆的脖子和有个晒黑的三角形的日益丰满的乳房上端，左边脸颊长了一颗痣，上面有一小撮好看的黑毛。

"舅舅怎么样？"

索尼娅仍旧那样讪笑着从衣袋里掏出一个小银烟盒和一个小银火柴盒，动作有点儿过于老练地点燃了一支烟，然后调整了一下她盘起的腿，说：

"感谢上帝，爸爸真行。他像以前一样腰板挺得笔直，身子硬朗，拄拐棍，把额头上的花白头发梳得蓬蓬松松的，还偷偷染胡子，看赫里丝佳的眼神还挺帅气……不过他的头比以前摇晃得更厉害了，好像总是什么都不同意似的。"说到这里索尼娅笑出声来，接着问

燕麦地（1878）

［俄］伊万·伊万诺维奇·希什金/绘

我想不想吸烟。

我点燃了一支，虽然那个时候我还不吸烟。她又给我和她自己斟上酒，望了望窗外的黑暗，说：

"感谢上帝，目前还好。多美的夏天，瞧这黑夜！不过夜莺不唱了。你来我真的很高兴。六点钟我就叫叶夫列姆去接你，生怕这个老糊涂蛋迟到。我等得比谁都心焦。后来我倒庆幸他们都不等下去，庆幸你晚点了，到家以后我们两个可以单独待一会儿。不知为什么我预感到你的变化一定很大，像你这样的人从来如此。再说，你知道吗，夏天夜里全家只有我一个人等着接待下火车的来客，终于听见马车的串铃声，车驶到台阶下……这是一种享受啊……"

我隔着餐桌拿起索尼娅的手紧紧地握住，已经感觉到她的整个身体吸引着我。她笑嘻嘻而又平静地吐出一串烟圈。我放下她的手，像是开玩笑地说：

"你刚才说纳塔莉……任何纳塔莉也没法跟你比……不过纳塔莉是什么人？从哪儿来的？"

"她是我们沃罗涅日人，家庭环境好极了，从前很阔，现在一贫如洗。她家里的人讲英语、法语，可是没吃的……这小姑娘长得很惹人怜爱，很标致，不过还柔弱。人很聪明，可是深藏不露，一下子弄不清楚她到底是聪明呢还是呆傻……她们家是你堂兄阿列克谢·梅谢尔斯基家的近邻，听纳塔莉说，你堂兄近来常到她家去，并且总抱怨自己单身。但是纳塔莉不喜欢你堂兄。再说，你堂兄是阔人，别人会以为纳塔莉是冲着钱嫁给他，为了父母牺牲自己。"

"嗯。我们还是言归正传吧。别总是纳塔莉、纳塔莉的，我们俩的恋情会怎么样？"

"纳塔莉并不妨碍我们的恋情。"索尼娅说，"你会爱她爱得神魂颠倒，但是你会来吻我。你会到我怀里来哭诉她的冷酷，而我会安慰你。"

"我早就爱上你了，这你是知道的。"

"是的，不过那只是一般的表姐弟恋，而且凶多吉少，你那个时候只不过觉得无聊想寻开心罢了。不过，上帝保佑，我原谅你从前做过的蠢事。尽管有纳塔莉在，明天我就开始跟你恋爱。现在还是睡觉去吧，我要早起安排家务。"

索尼娅站起身来，掩着睡衣，拿了外室里的那一支快要燃尽的蜡烛，领我去我的房间。在房门口，我怀着吃夜宵的时候我一直怀着的惊喜心情（因为我对爱情的期望结了如此幸福的果，这果在表姐家突然落到了我头上），把索尼娅按在门框上长久而贪馋地吻着。她阴郁地闭上眼睛，把手里那支滴油的蜡烛渐渐往下放。她离开的时候满脸通红，并且伸出一个手指威胁地低声对我说：

"注意，明天在大家面前你不许用'火热的目光'看我！千万别让爸爸发现。他怕我怕得要命，而我怕他怕得更厉害。我也不愿意让纳塔莉发现什么迹象。我是很害羞的，别管我对你的态度怎么样。你要是不执行我的命令，马上就会让我反感……"

我脱了衣服，在幸福和疲劳的重压下晕晕乎乎地倒在床上，立刻酣甜地睡去，一点儿也没有料想到我面临着何等巨大的不幸，索尼娅的戏言竟然不是戏言。

事后我不止一次回忆起一个凶兆：那天我跨进房门，划着一根火柴，正准备点蜡烛，突然有一只大蝙蝠向我直扑过来，离我的脸那么近，在火柴的光照下我甚至清楚地看见了它的让人恶心的黑绒毛，以及有一对大耳朵和一个翘鼻子，像死神一样凶恶的嘴脸。后来那蝙蝠讨厌地抖着翅膀，扭来扭去地隐入敞开的窗外的黑暗之中。但是当时我立刻就把它抛在了脑后。

二

我第一次见到纳塔莉是在第二天早上，不过是一瞥。她突然从外室蹦进餐室里来张望了一下，看样子还没有梳洗，只穿着一件有点儿像橙黄色的薄薄的娃娃衫，那衣服的橙黄色、头发的亮金色和黑黑的眼睛闪了一闪就消失了。当时我一个人在餐室里，刚刚喝完咖啡（舅舅先喝完走了），站起身来，偶一回头……

那天早晨我醒得相当早，屋里一点儿声息都没有。舅舅家有那么多房间，有时候我会弄错。我住的那间房靠边，窗户开向园子的阴面。我睡足了觉，痛痛快快地盥洗一番，穿上一身干净衣服——新的红绸斜领衬衫尤其让我心情愉快，再把昨天在沃罗涅日剪过、刚刚洗湿了的黑发梳得好看一点儿,出了房门,从一条走廊转到另一条走廊,最后来到舅舅那个书房兼卧室的房间门口。我知道夏天舅舅在五点左右就起床,于是敲了敲门。因为没有人应答,我推开门往里面看了一眼,高兴地发现这间有意大利式三联窗、窗外耸立着一棵百年银白杨的宽大房间还是老样子:左边一面墙摆满了橡木书橱,其间一个地方安放着一座高高的红木座钟,那铜盘似的钟摆一动也不动;另一个地方有一大堆用细珠装饰的长烟袋,上端挂一只晴雨表;还有一个地方塞进一张祖辈用过的文书桌,能掀开的核桃木桌面板上的绿色呢面已经发黄,上面搁着老虎钳、钉锤、钉子、一架铜质望远镜。靠门这面墙边有一张上百普特重的大木沙发,墙上挂着一大排椭圆相框,里面的肖像都已褪色。窗下是一张写字台和一把圈手椅,尺寸都很大。靠右是一张极其宽大的橡木床,上端挂着一幅画,同那面墙一样宽,背景的漆发黑了,只隐约可见画上的灰色烟云和蓝绿色的诗意的树木,前景是一个侧身站立着的健壮的裸体美女,肤色如石化的蛋白,个头几乎与真人一般大,高傲的面孔、丰腴的脊背、凸起的臀部和结实的双腿后部对着观众,一只手伸开修长的手指诱惑地虚掩着乳头,另一只手掩着肚子下面两道丰腴的褶皱间的阴部。我把这些东西看过一遍之后,就听见身后传来舅舅那有力的嗓音,他拄着拐棍从外室走来。

"小兄弟,"他对我说,"这个时候你在卧室里可找不到我。你们才爱在床上赖到三棵橡树。"

我吻了吻舅舅的宽大枯瘦的手问道：

"什么橡树，舅舅？"

"这是农民的说法，"舅舅说，同时摇晃着他额头上的那撮花白头发，用一双目光仍旧尖利聪明的黄眼睛打量着我，"意思是，太阳已经升到三棵橡树上了，你还把脸埋在枕头里。好了，我们喝咖啡去吧……"

"多好的老人，多好的房子。"我一面这样想，一面跟着舅舅走进餐室，通过敞开的窗户可以看见清晨园里的草木，以及乡村庄园的一片夏季繁荣景象。个子很小的驼背老奶妈在一旁侍候，舅舅用一只有银托的厚厚的玻璃杯喝掺了酸奶油的浓茶，喝的时候伸出一个粗大的手指挡住插在杯子里的一把古色古香的小圆金勺儿那细长的螺旋形勺儿柄。我吃着一片又一片涂了黄油的黑面包，一次又一次拿起滚烫的银咖啡壶给自己斟咖啡。舅舅只关心自己的事，没有问我什么。他谈起附近的地主就连讥带骂，我装出注意听他说话的样子，看着他的胡子，看着从他鼻孔里钻出来的粗毛，实则心急火燎地在等纳塔莉和索尼娅出现，琢磨着纳塔莉究竟是什么样的，昨晚我跟索尼娅那样了以后今天怎么见面？她使我体验到兴奋和感激之情，我还不轨地想着她们的卧室，想着清晨凌乱的女子卧室里干的那些事……也许索尼娅到底还是把我和她之间昨天开始的恋爱讲了一点儿给纳塔莉听了吧？如果是这样，那么我对纳塔莉也会有某种类似恋爱的感觉了，倒不是因为纳塔莉据说是个美女，而是因为她成了我和索尼娅的秘密同谋。再说，为什么不能同时爱两个呢？她们马上就要带着清晨的新鲜气息走进来了，她们会看见我，看见我的格鲁吉亚式的男性美，我的红绸斜领衬衫，并且说起来笑起来，在桌边坐下，姿态优美地拿起这滚烫的咖啡壶斟咖啡，显示出年轻人早晨的好胃口和年轻人早晨的兴奋情绪，睡足觉以后眼睛熠熠生辉，略敷脂粉的脸颊好像也更加嫩了，每一句话都引发出一阵笑声，不太自然，却更迷人……中饭前她们要经过园子到河边去，在浴棚里脱下衣服，她们赤裸的身体有头上的青天和脚下澄澈的河水的反光照着……我的想象力一向很活跃，脑海里已经浮现出索尼娅和纳塔莉抓住浴场那小扶梯的栏杆不灵便地踩着没在水中的梯级往下走的样子，因为梯级上长满了讨厌的绿苔，既冷又滑；索尼娅把她那秀发浓密的头向后一仰，提起双乳，毫不犹豫地跃入水中，她的身体在水下奇怪地变成有些发蓝的白垩色，歪斜着向四面八方伸胳膊伸腿，完全像青蛙一样……

"好了，中饭见，你还记得我们是十二点吃中饭吧。"舅舅摇晃着头说，并且站起身来。他的下巴刮得很光，染成棕色的唇髭和颊须连在一起，个子高高的，身体还硬朗，穿一身宽大的柞蚕丝西服和一双大头皮鞋，用一只长了老人斑的大手拄着拐棍，他拍拍我的肩膀就疾步走开了。我也站起身来，打算经过隔壁房间到阳台上去，就在这个时候纳塔莉突然钻出来，晃了一下就不见了，顿时使我喜不自胜。我惊讶不已地来到阳台上，心里想：的确是个美女！我在阳台上呆立了许久，像是在理清自己的思绪。我那么盼望她们到餐室里来，可是当我在阳台上终于听见她们在餐室里说话的时候，却突然跑到园子里去了，不知是害怕面对她们两个（我和其中的一个已经有了私情），还是更害怕面对纳塔莉，面对半小时以前使我目眩的那一瞬间的印象。我在园中漫步了一些时候，这园子和整个庄园都在临河的低地上。最后我终于控制住自己的情绪，摆出一副平平常常的样子去面对索尼娅的大胆说笑和纳塔莉的亲切戏言——纳塔莉从她的黑色眼睫毛间投给我一瞥在她的金发衬映下尤其震撼人心的熠熠的黑色目光，微笑着说：

"我们已经见过面了！"

后来我们站在阳台上，胳膊肘儿依着柱形石栏杆，怀着夏季的愉快心情感受不戴帽子的头给晒得烫乎乎的滋味。纳塔莉就站在我身边，索尼娅搂着她，像是心不在焉地望着什么地方，以嘲弄的口气唱起："在热闹的舞会上，偶然地……"然后挺直身子说：

"好了，游泳去！我们先游，你等一会儿……"

纳塔莉跑去拿床单，索尼娅慢走一步，趁机悄悄对我说：

"从今天起请你假装爱上纳塔莉了。小心，别弄假成真。"

我几乎要嘻嘻哈哈地大胆说出，已经没必要假装了，而索尼娅瞥了阳台门一眼，又低声说：

"中饭后我到你屋里去……"

等她们回来以后我便向浴棚走去。我先走上长长的白桦林荫道，然后穿过岸边各种各样的老树，那里有一股河水的温暖气息，白嘴鸦在树梢叫着。我一边走,一边重又怀着两种完全相反的感情想着纳塔莉和索尼娅,想着过一会儿我就要在她们刚刚游过的水中游泳了……

中午在穿过敞开的窗户看得见的天空、草木、阳光所造成的幸福、悠闲、自在、平静的气氛中吃那顿拖了很长时间的午餐,有杂拌凉菜、炸小鸡、马林果和李子,我的心暗自发紧,因为有纳塔莉在座,也因为饭后,等屋里安静下来,索尼娅(她出来吃饭的时候头上插了一朵深红色的茸茸的玫瑰花)就要悄悄跑到我那儿去继续昨晚干的事,不是急急忙忙,也不是意思意思了。饭后我立刻回自己屋里去,掩上百叶窗,然后躺在长沙发上等她,同时侧耳倾听大宅里热烘烘的寂静和园子里此刻变得懒洋洋的鸟鸣,闻着从百叶窗的缝隙间透进来的花草的甜香,左思右想:今后我如何在这两种相反的感情中生活——既要与索尼娅幽会,又要面对纳塔莉,而一想到纳塔莉,我心中就充满纯洁的爱的狂喜,热切地向往只用欣喜的爱慕目光去看她,就像早晨她俯身在太阳晒热的柱形石栏杆上的时候我看她那倾斜的苗条身段和尖尖的少女的胳膊肘儿一样。当时索尼娅搂着纳塔莉的肩膀倚在一旁,身上穿一件宽大的带绉边的细麻纱袍子,像个刚出嫁的少妇,而纳塔莉穿一条粗麻布裙和一件小俄罗斯式绣花衬衫,透出青春期的完美体形,几乎像个未成年少女。最大的欣喜在于我甚至不敢想象自己能怀着昨天吻索尼娅的感情去吻纳塔莉!她那双肩绣着红蓝二色花样的既薄又肥大的衬衫袖子,透着细细的胳膊,以及长在泛金色的皮肤上的淡棕红色的汗毛。我看着她的时候心里想：如果我胆敢用嘴唇去碰一下，会有什么感觉啊！纳塔莉感觉到了我的目光，转过她那盘着一根很粗的辫子的金光闪闪的头，一双眼睛的黑色光芒就向我直投过来。我倒退一步，连忙垂下双目，于是又看见透光的裙子下摆显出她的两条腿，还有透明的灰色长袜裹着的纤细、结实、高贵的踝骨……

索尼娅戴着那朵玫瑰花迅速推开我的房门又迅速关上，并且压低嗓门叫了一声："怎么，你睡了！"我跳起身来说："哪里哪里，我怎么能睡！"同时抓住她的双手。她说："把门锁上……"我跑过去锁门，她在长沙发上坐下来，闭上眼睛，说："好了，来吧。"我们立刻没了一点儿羞耻和顾忌。在这种时刻，我们几乎不说话，她露出整个发热的迷人的身躯来任我吻——已经没有限制，不过只许吻。她的眼睛越来越阴郁地闭着，脸烧得越来越红。临走，她理着头发威胁地低声对我说：

"对纳塔莉，我再说一遍，别弄假成真，我的脾气根本不像想象的那么好！"

玫瑰花落在地板上，我捡起来藏在抽屉里，到了晚上它就蔫了，变成紫色的了。

三

从表面上看，我的生活一如往常，而内心却没有一刻的安宁。

我越来越离不开索尼娅,越来越习惯于夜间(现在她要等到夜间家里人都睡了才来)与她的使身心疲惫的狂热幽会,同时越来越痛苦也越来越欣喜地暗自注意观察纳塔莉的一举一动。夏季的生活按部就班地进行着,早晨聚一聚,午前游泳,然后吃中饭,中饭后各自回房休息,下午在园里,她俩坐在白桦林荫道上刺绣,叫我朗读冈察罗夫[①]的小说,或者到阳台右方离大宅不远的一块有橡树遮阴的空地上去熬果酱,四点钟以后到阳台左方另一处阴凉地去喝茶,傍晚时分散步,或者在大宅前面的宽大院子里打槌球,不是我和纳塔莉对索尼娅就是索尼娅和纳塔莉对我,天黑下来才去餐室吃晚饭……晚饭后,舅舅睡觉去了,我们还在阳台上的黑暗中久坐,我和索尼娅又讲笑话又抽烟,纳塔莉却沉默不语。最后索尼娅说:"好了,睡觉!"向她们道过晚安以后,我回自己屋里去,两手冰凉地期待那个不可告人的时刻到来,等大宅里的灯火灭尽,四下里静得连我枕边烛台下那只怀表的不断线的嘀嗒声都听得见,心里既惊异又恐惧地想:上帝为什么要这样惩罚我,一下子赐予我两份爱情?这两份爱情是如此不同而又如此狂热,对纳塔莉的爱慕美得使我的感情备受折磨,而索尼娅又以肉体使我迷醉。我觉得我和索尼娅快要守不住最后一道防线,我更会因为夜夜期待我们的幽会、第二天一整天摆脱不掉那种感觉、旁边又还有个纳塔莉而完全精神失常!

[①] 伊·亚·冈察罗夫(1812—1891),俄国著名作家。

索尼娅已经在嫉妒了，有时候竟大发雷霆，单独和我在一起的时候却对我说：

"我们俩在饭桌上和纳塔莉面前的表现怕是不够平常。我看爸爸已经有所觉察，纳塔莉也有所觉察，奶妈当然认为我们俩肯定在谈恋爱，说不定已经告到爸爸那儿去了。你多和纳塔莉在园子里坐坐，给她念念这本烦死人的《悬崖》[1]，黄昏的时候带她去散散步……我发现你常常傻呆呆地盯着她看，真可怕，有时候我真恨你，真想当着所有人的面揪你的头发，可是我又能怎么样呢？"

最可怕的是，纳塔莉好像感觉到我和索尼娅之间有秘密，不知道她因此在苦恼还是在生气。她本来话就不多，现在更加沉默，打槌球或者刺绣的时候神情也过于专注。我和她似乎已经熟了，亲近起来。有一次，只有我们两个人在小客厅里，她半躺在沙发上翻看乐谱，我开玩笑地对她说：

"纳塔莉，我听说可能我们快成一家人了。"

她瞪了我一眼，说：

"怎么回事？"

"我堂兄阿列克谢·尼古拉耶维奇·梅谢尔斯基……"

她不等我说完就说：

"原来是这样！您的堂兄，对不起，那个吃得肥肥胖胖，长一

---

[1] 伊·亚·冈察罗夫的长篇小说。

身发亮的黑毛、一张湿乎乎的红嘴,说起话来'勒''讷'不分的傻大个儿……谁给您权利对我说这种话?"

我吓坏了,拉起她的一只手说:

"纳塔莉,纳塔莉,干吗对我这么厉害!开个玩笑都不行!好了,原谅我吧。"

她没有把手抽回,说:

"我一直到现在也不明白……不了解您……算了,不谈这些……"

为了别看见她那双使我神往的蜷缩在沙发上的白球鞋,我站起身来走到阳台上去。从园子后边上来一片乌云,天空黯然失色,柔和的夏季喧声在园子上空渐渐传开,越来越近,和风夹着野外的雨的好闻气息,一种毫无缘由、包容一切的幸福忽然充塞了我的心胸,使我感到那么甜蜜,年轻,无拘无束,于是我喊道:

"纳塔莉,出来一会儿!"

她来到门口问了一句:

"什么事?"

"您来呼吸呼吸吧,多好的风啊!一切都有可能变成怎样的欢乐啊!"

她沉默了片刻才说:

"是啊。"

"纳塔莉,您对我真不友好!是不是有什么事对我不满意?"

她自尊地耸耸肩说：

"我能有什么事对您不满意？凭什么？"

当晚，我们三个在阳台上的黑暗中躺在藤椅上，都不说话，墨色的云间只有几颗星星在闪烁，从河上吹来微弱的风，青蛙发出使人瞌睡的低鸣。

"下雨前人发困。"索尼娅压下一个哈欠说，"奶妈说了，新月一出来就要'冲洗'一个星期。"她沉默了一会儿又说，"纳塔莉，您怎么看初恋？"

纳塔莉在黑暗中回答说：

"我就相信一点：男孩儿的初恋和女孩儿的初恋太不一样了。"

索尼娅想了想说：

"女孩儿也有各种各样的……"

接着她断然起身说：

"好了，睡觉睡觉！"

"我在这儿再打一个盹儿，我喜欢黑夜。"纳塔莉说。

我听着索尼娅那逐渐远去的脚步声悄悄对纳塔莉说：

"今天我们好像谈得不大好！"

纳塔莉回答说：

"嗯，是不大好……"

第二天我们见面好像挺平静。头天夜里下了小雨，到早晨就放晴了，中饭后既干燥又炎热。四点多钟喝午茶前，索尼娅在舅舅的书房里算账，我和纳塔莉坐在白桦林荫道上想继续念冈察罗夫的《悬崖》。纳塔莉俯身缝着什么东西，右手晃来晃去，我一面念一面时不时地怀着甜蜜的愁绪把她的左手瞧上一眼，看得见袖子里的胳膊和长在手腕以上的淡棕红色汗毛，这样的汗毛在她后颈窝上也有。我念得越来越起劲，但是一个字也不明白。最后我对她说：

"您来念一会儿吧……"

她直起腰来，放下女红，然后再一次低低地垂下她那妙不可言的头（让我看见了她的后脑勺和后颈肩），把书放在膝头上，快速而音调不稳地念起来。我望着她的双手，望着书下面的双膝，因为疯狂地爱着她的双手、双膝和声音而觉得浑身软绵绵的。黄昏前园中总有些黄鹂鸟叫着飞过来飞过去，一只红灰色的啄木鸟高高地贴在我们对面一棵松树的树干上，那是白桦林荫道上唯一的一棵松树……

"纳塔莉，您的头发颜色真美！辫子的颜色略深一点儿，是成熟的玉米色……"

她继续念着。

"纳塔莉，您看，啄木鸟！"

她抬头看了一眼，说：

"对，对，我看见过它，今天看见过，昨天也看见过……您别打断我。"

我沉默了一会儿又说：

"您看,这多像干了的灰蛆虫。"

"什么?在哪儿?"

我指了指长椅上我俩之间的一块干鸟粪问她:

"对吗?"

然后我拉起她的一只手握了握,幸福得笑着喃喃念叨:

"纳塔莉,纳塔莉!"

她不声不响地看了我许久,然后说:

"可您爱的是索尼娅啊!"

我红了脸,像个被揭发的骗子,但是我连忙激烈地予以否定,使纳塔莉惊讶得微微张开了嘴,说:

"那不是真的?"

"不是真的不是真的!我很爱她,但是像爱姐姐一样,我们从小青梅竹马!"

四

第二天早晨纳塔莉没有出来,吃中饭的时候她也没有出来。舅舅问:

"索尼娅,纳塔莉怎么了?"

索尼娅不怀好意地笑笑,说:

"她一上午穿着她的娃娃衫躺着,头也不梳,从她脸上看得出来她哭过，给她送去的咖啡她没喝完……怎么回事？她说'头疼'。是爱上谁了吧！"

"很简单。"舅舅精神十足地说，同时向我投来一瞥赞许的目光，而他的头却不赞许地摇着。

快到喝午茶的时候纳塔莉才露面，然而她走到阳台上来的步子是轻盈活泼的。她亲切地对我微微一笑，似乎含着一丝歉意。她的头发拢得紧紧的，额发有用发卡卷过的痕迹，衣服也换了，穿一件连衣裙，像是绿色的，样式很简单，却很合体，尤其腰身做得好，脚下是一双黑皮鞋，高跟的。这活泼，这微笑和有些新变化的装束使我惊异，一股新的狂喜之情在我心中油然而生。当时我正坐在阳台上浏览《历史导报》，有几卷是舅舅给我的，她忽然这样活泼地走来，亲切而略带羞涩地对我说：

"您好。我们去喝茶吧。今天我管茶炊。索尼娅病了。"

"什么？一会儿是您，一会儿是她？"

"我只是一大早就头疼。真不好意思，刚刚才梳洗……"

"这件绿衣服跟您的眼睛、头发太相配了！"我说，接着突然红着脸问她，"昨天您相信我说的话了？"

她的脸上也泛起一层薄薄的红晕，她扭过头去说：

"没有马上相信，没有完全相信。后来我忽然明白了，我没有理由不相信您……何况，从根本上来说，您对索尼娅的感情又关我什么事呢？我们走吧……"

快吃晚饭的时候索尼娅出来了,她找了个机会对我说:

"我病了。碰到这种情况我都病得厉害,要躺五天。今天我还能出来,明天就不行了。我不在你别做蠢事。我太爱你了,嫉妒得要命。"

"那么今天你连看也不来看我了?"

"你真傻!"

这既是好消息,也是坏消息;一连五天我可以自由自在地和纳塔莉在一起,可是一连五天索尼娅晚上不到我屋里来了!

约有一个星期是纳塔莉在管家,由她发号施令,穿着白围裙经过院子一趟一趟往厨房走去。我还从来没有见过她这种兢兢业业的样子,看得出,当索尼娅的代理和操持家务给了她很大的快乐,似乎使她得以休息休息,不去暗自注意我和索尼娅之间怎么说话,怎么眉来眼去。起初她在饭桌上表现得有点儿惶惶然,不知道是否一切都妥帖;后来看到老厨子和女仆赫里丝佳(小俄罗斯女人)上菜及时,没有惹舅舅生气,她才露出了满意的神情。吃罢中饭她立刻到索尼娅屋里去(不让我去),在那儿待到下午喝茶的时候,而晚饭后她就一直待在那儿了。她显然避免单独和我相处,我一个人在困惑、寂寞、苦恼中度日。她既然对我温柔起来了,为什么又躲着我呢?是怕索尼娅还是怕自己,怕自己对我的感情?我极愿相信她怕的是自己,而且陶醉于一个越来越坚定的想法:我不会一辈子绑在索尼娅身上,不会一辈子在这儿做客,纳塔莉也不会,过一两个星期我总该离开，到那个时候我的苦难就结束了……等纳塔莉一回家，我就找个借口去结识她的家人……离开索尼娅，而且是怀着鬼胎，怀着希望得到纳塔莉的爱并且向她求婚这个隐秘的幻想离开，当然会使我十分痛苦，——难道我吻索尼娅只是出于情欲？难道我不也爱着索尼娅？可又有什么办法呢？这是早晚会发生的事……我不停地这样思索着，在没有一刻平静、始终有所期待的心境中，我竭力在纳塔莉面前表现得克制而亲切，决心忍耐到底。我痛苦，我寂寞，可是天公似乎还有意与我作对，一连三天雨水有节奏地洒着，雨滴像千千万万只小爪敲着屋顶，屋里阴暗得很，餐室的天花板上、灯罩上爬满了苍蝇，而我耐着性子，一连几个小时坐在舅舅的书房里听他说东道西……

索尼娅开始露面了，起初穿一件便服，出来坐一小时两小时，脸上挂着含情脉脉的微笑，有气无力地躺在阳台上的一把亚麻布躺椅里，使我惊骇地用任性的口吻对我说话，当着纳塔莉的面毫无顾忌地对我撒娇，说：

"坐到我身边来，维季克（我的大名维塔利的爱称），我真痛，真难过啊，你给我讲点儿笑话……月亮确实给冲洗了一阵，好像已经洗完，天放晴了，花儿多香啊……"

我心中暗暗恼火着回答说：

"既然花儿很香，那就又要冲洗了。"

索尼娅打了我的手一下，说：

"不许跟病人顶嘴!"

索尼娅终于出来吃中饭、喝午茶了,不过脸色还是苍白的,而且要求坐圈手椅。晚饭她还是不出来吃,晚饭后也不到阳台上来。有一天,喝过午茶以后,索尼娅回自己屋里,女仆赫里丝佳也把茶炊端到厨房去了,纳塔莉对我说:

"索尼娅怪我一直坐在她身边,说您总是一个人待着。她还没有完全复原,她不在您很寂寞。"

"我觉得寂寞只是因为您不在。"我说,"您不在的时候……"

纳塔莉变了脸色,但是她克制住了自己,勉强微笑着说:

"我们可是讲好了再也不争吵……您最好听我一句话:您在屋里坐腻了,可以出去散步到吃晚饭,晚上我陪您在花园里坐坐。感谢上帝,月亮还要冲洗的说法没有兑现,今天晚上天气一定好极了……"

"索尼娅怜惜我,您呢?一点儿也不?"

"太怜惜了。"她一面把茶具收捡到托盘上,一面难为情地笑着说,"不过,感谢上帝,索尼娅已经康复,您很快就不会觉得寂寞了……"

听到她说"晚上我陪您坐坐"这句话的时候,我的心隐隐地甜蜜地紧缩起来,可是脑海里立刻出现一个念头:算了吧!这只不过是一句宽慰的话!我返回自己屋里,两眼望着天花板躺了许久。最后我起来,到外室里去拿了帽子和不知谁的一根手杖,信步走出庄园，来到大路上。这条大路在庄园和坐落于庄园对面一个光秃秃的高坡上的小俄罗斯村子之间，通向空空的黄昏的田野。这一带地势不平，视野却很开阔，可以看得很远。在我的左边是一片河谷低地，往前也都是空空的田野，逐渐向地平线上升，太阳刚刚落到地平线下面去，晚霞还在那边放光。我的右边是一个仿佛没有人烟的村庄的一排整齐划一的白色农舍，沐浴着霞光。我愁闷地时而看看晚霞，时而看看这些农舍。当我返回的时候，迎面吹来的风时而和煦，时而几乎是燥热的，月亮已经挂在天上，只有一半亮，另一半像透明的蛛网，隐约可见，整个使人联想到一粒橡实，这不是好兆。

因为屋里热，这天的晚饭也是在园里吃的。吃饭的时候我问舅舅：

"您看天气会怎么样？我觉得明天要下雨。"

"为什么，亲爱的？"

"我刚刚到外面去走了走，想到就要离开你们，心里很难过……"

"干吗？"舅舅问。

纳塔莉也抬起眼睛看着我说：

"您要走了？"

我假笑着说：

"我总不能……"

舅舅的头特别厉害地摇晃起来，这回倒正合适。他说：

"瞎说瞎说！你离开几天你爸妈一点儿事也没有。不到两个星期我不放你走。瞧,她也不肯放。"

"我对维塔利·彼得罗维奇没有任何权利。"纳塔莉说。

我大声抱怨地说:

"舅舅,不许纳塔莉这样称呼我!"

舅舅拍了一下桌子说:

"我不许。也别再说你走的话。不过要下雨你倒是说对了,很可能又要变天。"

"野外过于晴朗,"我说,"月亮也太干净,像橡实一样,而且刮南风。瞧,云已经上来了……"

舅舅回头看了看一会儿暗、一会儿被月光照得通明的园子,对我说:

"维塔利,你会成为第二个勃留斯[1]……"

晚上九点多钟纳塔莉到阳台上来了,我正坐在那里等她,沮丧地想着:荒唐!即使她对我有意,也根本不是认真的,变化莫测,瞬间即逝……在逐渐聚集起来,壮丽地布满天空的大堆大堆灰色烟云中间,月亮越升越高,越来越亮,当它那酷似惨白的人脸侧面的发光的一半从云堆里钻出来的时候,万物就被照亮了,披上一层磷光。我忽然感觉到什么,回头一看,是纳塔莉站在阳台门口,反背着手,默默地望着我。我站起来,她若无其事地问了一句:

---

[1] 即雅科夫·维里莫维奇·勃留斯(1670—1735),彼得大帝的战友,在他的关注下编成《勃留斯历》,于一七〇九年出版,并多次再版。

"您还没睡？"

"您不是跟我说……"

"对不起，我今天太累了。我们去林荫道上走走，然后我就去睡觉。"

我跟在她身后走去，她在阳台的石级上停了停，眼睛望着树梢，那后面已经有团团的乌云升上来，其间闪着无声的电火。后来她走进顶上透亮、地下光影斑驳的长长的白桦林荫道。只是为了找点儿话说，我走到她身边说：

"远处的白桦亮得多奇妙啊！没有什么比月下的森林内部和森林深处的白桦树干这种白色丝光更奇幻美妙的了……"

她停住脚步，用一双在暗处发黑的眼睛直视着我问道：

"您真的要走吗？"

"嗯，该走了。"

"为什么这样突然？这样急？我不隐讳，今天您说要走，我感到震惊。"

"纳塔莉，您回家以后，我能不能来见您家里的人？"

她没有说话。我拉起她的双手，怀着极度紧张的心情吻了吻她的右手。

"纳塔莉……"

"对，对，我爱您。"她急促地，干巴巴地说，接着就往回走。我梦游似的跟在她身后。

"您明天就走吧。"她一边走一边头也不回地说,"我过几天回家。"

五

我走进自己的卧室,没点蜡烛就在沙发上坐下来,因为生活中出乎意料地突然发生这既可怕又奇妙的事情而呆若木鸡,连时间地点的概念也全都丢失了。乌云蔽月,屋里屋外一片黑暗,敞开的窗外,园中的一切都在喧嚣着,抖颤着;没有雷声的蓝绿色电光越来越快、越来越亮地明灭着。后来屋里突然给照得雪亮,亮得离奇,并且吹进一股清风,传来一阵可怕的喧响,仿佛园子看到天地着火给吓坏了!我跳起身来,费力地顶着迎面扑来的风抓住窗框,关上一扇又一扇窗户,然后踮起脚尖经过黑暗的走廊跑到餐室去。其实我当时哪里还顾得上暴风雨会把餐室和小客厅里开着的窗玻璃砸碎这种事情,但我还是跑过去了,而且很担心。结果借着那确乎达到非人间的亮度和色度的蓝绿色电光,我发现餐室和小客厅里的窗户全都关着。那电光如敏捷的眼睛一般立时将一切一览无余,并且将窗棂的木条一根一根都大而清楚地显示出来,随即将一切没入浓浓的黑暗之中,只留下一点儿类似白铁色和红色的使人目眩的视觉感,也立刻消逝。仿佛是害怕我不在的时候我屋里会出什么事,我急忙返回,却听到从黑暗中传来气呼呼的低语:

"你上哪儿去了?我真害怕,赶快点灯……"

我划着一根火柴，看见穿一件睡衣，光着脚趿一双便鞋的索尼娅坐在沙发上。

"要不算了算了，别点灯了。"她急促地说，"快过来，搂着我，我害怕……"

我顺从地坐下，搂着她的冰凉的双肩。她低声说：

"来吻我，吻吧，全都拿去吧，我整整一星期没跟你在一起了啊！"

接着她用力把我和她自己掀倒在沙发枕上。

就在这个时候，穿着娃娃衫的纳塔莉，手里拿一支蜡烛，从我那敞着的房门口跑过。她立刻看见了我和索尼娅，却仍旧无意识地喊道：

"索尼娅，你在哪儿？我吓死了……"

她说完就不见了，索尼娅跟着她追去。

六

一年以后，纳塔莉嫁给了我的堂兄，婚礼在我堂兄的庄园教堂里举行，我家和双方的其他亲戚朋友都没有被邀请参加。婚礼之后新郎新娘也没有按惯例拜访任何人就动身到克里木去了。

下一年的一月，在塔季雅娜日那天，沃罗涅日贵族会议组织了一场沃罗涅日大学生舞会。当时我已经在莫斯科上大学，回乡下家里来过圣诞节,那天晚上也到沃罗涅日去了。因为下暴雪,整列火车都变成白色的,喷着雪粉,出租雪橇拉着我从车站到城里贵族饭店的路上,连在风雪中闪烁的街灯也几乎看不见了。但是从乡下进城来,看到城里的风雪和城市的灯光就很兴奋,高兴地想着一会儿就要走进省城那家老饭店的暖和,甚至过于暖和的客房,叫人送上茶炊,开始换衣服,准备去舞会上玩到深夜,跟大学生们畅饮到天明。在舅舅家度过那个可怕的夜晚之后,又经历了纳塔莉出嫁,到如今,我已逐渐恢复常态,至少已习惯于暗自伤心,表面上和别人并无二致。

我到场的时候,舞会刚刚开始,但是宽大的楼梯和楼梯的平台上已经站满不断抵达的人,忧伤而隆重的圆舞曲节奏的军乐从大厅的敞廊上传来,盖过了一切其他声音。我穿一身新制服,刚刚从既冷又湿的外面进来,因而格外文雅,格外客气地穿过人群,踏着铺在楼梯上的红地毯登上楼梯平台,走进挤在大厅门外的已经是热气腾腾的特别多的一群人当中。我不知为什么一个劲儿往前挤,别人肯定以为我是主持人,有急事要到大厅里去。我终于挤过去站在门口,听着乐队在我头顶上奏出时而婉转时而震耳的旋律,看着大吊灯的粼粼波光和几十对以种种姿态在灯光下旋转着的男女。忽然,其中的一对以轻快的滑步似乎是向着我飞过来,越来越近。我不由得倒退一步,吃惊地看到在旋转中微微弓着背的他,高大而粗壮,从油亮的头发到身上的燕尾服都是黑色的,动作像某些臃肿的人跳舞的时候一样轻巧得惊人;她呢,梳着高高的舞会发型,穿一件雪白的舞衣、一双秀气的金色舞鞋，旋转时微微向后仰着身子，垂下眼帘，把一只戴着长齐肘部的白手套的手搁在他的肩上，胳膊弯曲得酷似天鹅的长颈。在一瞬间她的黑眼睫毛正对着我向上扬了扬，黑色的眸子在离我很近的地方亮了一下，臃肿的他就踮着漆皮鞋的鞋尖奋力而灵巧地把她转了一百八十度，在旋转的时候她叹了一口气，微微张开了嘴，舞衣的下摆闪了闪银光，于是他们往回滑去，越来越远。我重新挤进楼梯平台上的人群中，又从人群中挤出去，站了一会儿……斜对着我的小厅还空空的，挺凉快，看得见里面有两个穿小俄罗斯服装的高等女校学生闲站在供应香槟酒的柜台后面，一个是漂亮的金发女郎，另一个是瘦削的黑脸哥萨克美人，几乎比前一个高一倍。我走进去，一面问好一面递上一张一百卢布的钞票。两个姑娘碰了碰头咯咯地笑了，她们从柜台下面一个有冰块的桶里拿出一大瓶酒，犹豫地互相对视了一下，因为开了瓶塞的酒目前还没有。我走到柜台后面去，眨眼工夫就帅气地拔开了瓶塞。然后我嘻嘻哈哈地邀请两个姑娘各饮一杯——开开心[①]——剩下的我一杯接一杯喝到了底。她俩起初吃惊地看着我，后来满怀同情地对我说：

"哎哟，您喝酒以前脸已经白得吓人了！"

我喝完立刻离去。到了饭店，我又叫人给我送一瓶高加索白兰地到客房里来，用茶杯喝，恨不得把心喝炸了……

又过了一年半。五月底的一天，我再次从莫斯科回到家里，由

[①] 在原著中是拉丁语。——编者注

车站送来一份纳塔莉的急电,发自我堂兄的庄园,电文是:"今晨阿列克谢·尼古拉耶维奇因中风猝然辞世。"我父亲在胸前画了一个十字说:

"天哪,真可怕。上帝宽恕,我从来没喜欢过他,但这毕竟让人心里难过。他还不到四十岁呢。他夫人太可怜了,年纪轻轻的就守寡,拖着个奶娃娃……我从来没见过他夫人的面,你堂兄真怪,就没带她来过,听说她很迷人。现在怎么办?我跟你妈都这把年纪了,哪里走得了一百五十俄里,你得去一趟……"

不能拒绝,凭什么拒绝啊?这突如其来的消息又使我陷入半疯狂的状态之中,我也无法拒绝。我只知道一点:我要看见她了!见她的理由很可怕,但是很正当。

我们发了一份回电。第二天,在五月的晚霞照耀下,由堂兄家派来的马车半小时就把我从火车站拉到了堂兄的庄园。马车是沿着汛期进水的草场旁边的高坡走的,我远远地就看见面向晚霞的大宅西墙,大客厅窗户外面的百叶窗都关上了,想到里面有他和她使我恐惧得颤抖了一下。在长满密密的嫩草的院子里,有两辆三套马车摇着串铃正从车棚旁边走过,但是除了驭座上的两个马车夫,再看不见一个人,来客和仆人已经在大宅内举行祭祷了。四下里是五月乡村黄昏时分的一片寂静,还有春天的洁净,清爽,焕然一新——无论野外和河上的空气,院子里的密密的嫩草,一直延伸到大宅后面和南面的繁花似锦的园子,都是如此。在低矮的正门大台阶上，敞开的穿堂门旁，靠墙竖着一具黄色织锦缎面的大棺盖。向晚微寒的空气中有一股很浓的甜甜的梨花香，在花园东南部盛开着的一片梨花给匀净的天空平添一抹乳白色，那上面只有粉红色的木星在放射光辉。这一切是那么年轻美丽，再想到她也是那么美丽而年轻，想到她曾经爱过我，我的心立时给悲哀、幸福以及对爱情的渴望撕裂了，以致我从马车里跳到台阶上的时候有一种如临深渊的感觉——我怎么进这道门，怎么在三年分别之后重新面对已经成了寡妇和母亲的她啊！但是我终于走进星星点点地亮着许多黄色烛火的可怕的大厅。大厅幽暗，充满神香气味，许多人举着蜡烛站在灵柩前，灵柩安置在上方屋角一些有金饰的圣像下面，由一盏红色的大长明灯从上面照着，下面还有三支高高的教堂蜡烛散放着银色流光。我进去的时候，教士们正在念唱，他们围着灵柩转圈，一面摇香炉散香一面鞠躬。我立刻低下头去，害怕看见盖在灵柩上的黄色织锦和死者的面孔，尤其害怕看见她。有个人递给我一支点着了的蜡烛，我拿着，感觉到烛火颤抖着，烤着照着我的苍白的脸。我木然顺从地听着教士们的唱念声和摇香炉发出的金属声，从低垂的眼帘下看着既庄严又闷人的香烟向天花板上飘去。忽然，我抬起脸来，还是看见了她，穿一身丧服，拿一支照着她的一边脸颊和金发的蜡烛，站在最前面。我就像仰望圣像一般再也无法转移我的视线了。终于一切都安静下来，屋里有了蜡烛熄灭的气味，人们小心翼翼地开始移动，走上前去吻她的手，我等着最后一个过去。当我走到她身边的时候,我以狂喜得使我骇然的心情看了看她那一身使她显得格外贞洁端庄的黑衣,以及一看见我就低下去的洁净、年轻、美丽的面孔、睫毛和眼睛,按礼节要求和亲戚关系向她深深地鞠了一躬,吻了吻她的手,以低得几乎听不见的声音说了我该说的话,并且请求她让我立刻走开,到园里那个古老的圆亭中去宿夜。我上中学的时候到这里来都是睡在圆亭里,那儿有我堂兄的一间卧室,是闷热的夏夜我堂兄睡觉的地方。她眼睛也不抬地回答说:

"我马上去安排,叫人送您过去,还有您的晚饭。"

第二天早上,葬礼结束以后,我立刻离开了那里。

告别的时候,我们又只说了几句话,彼此都没有看对方一眼。

七

我大学毕业以后不久,几乎是同时失去了父亲和母亲,回到乡下务农,和一个叫加莎的农民的孤女同居了。她是在我们家里长大的,原来在上房伺候我母亲……现在她和肩胛骨很大、头发白得泛绿的老家奴伊万·卢基奇伺候我。她看上去还有点儿像孩子,个子瘦小,头发很黑,眼睛是油烟色的,毫无表情,沉默得神秘莫测,好像对什么都无动于衷。她的皮肤既细又黑,以至于父亲曾经说:"夏甲[1]

---

[1] 夏甲是《圣经》传说中亚伯拉罕的妾,她有了儿子以后,不为正室所容,携子流浪到阿拉伯旷野上去了。

大概就是这个样子。"她是我感觉非常非常亲的一个人，我喜欢抱起她来吻她，心里想："我生活中就只剩下这一点儿了！"她似乎明白我的心思。她生下一个又小又黑的男孩以后，就不再当女仆，而是搬到我从前的育儿室来住。我想和她举行婚礼，可是她说：

"不，我不需要，在别人面前我只会觉得难为情，我算什么太太！您又何必那样做呢？那样一来您反倒会不爱我了，而且不爱得更快。您应该到莫斯科去，不然您会觉得跟我在一起一点儿意思都没有。现在我不会觉得没意思了。"她眼睛望着在她怀里吃奶的娃娃说，"您走吧，去快快乐乐地生活吧，不过您记住一点：要是您正经爱上了别人，打算结婚，我马上抱着他投水自尽。"

我看了看她，不能不相信她的话。于是我低下头寻思：不错，我才二十六岁啊……爱上别人，跟别人结婚——这事当时我根本无法想象，然而加莎的话再一次使我想到我这辈子完了。

早春时节我出国了，在海外待了约四个月。六月底我经过莫斯科回家，打算到乡下去过秋天，冬天再出门。由莫斯科到图拉途中，我郁闷地想：我又要回家了，回去干什么呢？我回忆起纳塔莉，想到索尼娅当初开玩笑地预言我会有的"至死不渝"的爱情确实存在，只不过我对它已经习惯到像伤残人随着岁月流逝习惯于已被截肢一样……我坐在图拉车站大厅里等着换车的时候，突然发了一份电报，电文是："我从莫斯科来，今晚九点到你们那一站，请允许我顺路来探望。"

纳塔莉在台阶上迎接我,一个女仆在她身后拿着一盏灯。她略露笑容,向我伸出双手说:

"我太高兴了!"

"真奇怪,您还长高了一点儿。"我说,我已经是怀着痛苦的心情吻她的手了。在女仆举起的灯火照耀下,我把她整个人都看在眼里。那玻璃灯罩周围有些粉红色的小蛾子在雨后的温软空气中飞舞,她的一双黑眼睛更加坚定和自信地望着我,身上穿一件绿色柞蚕丝连衣裙,苗条而又朴素,已经是一个风韵十足的少妇。

"是的,我还在长个儿。"她伤感地微笑着说。

大客厅上方屋角供着的那些有金饰的古旧圣像前面,像从前一样吊着一盏很大的红色长明灯,只是没有点着。我连忙把目光从那个屋角移开,跟着纳塔莉走进餐室。在白得耀眼的桌布上摆着一把坐在酒精灯上的茶壶,精致的茶具闪闪发光。女仆端来冷牛肉、泡菜、一小瓶伏特加酒、一瓶拉斐特红葡萄酒。纳塔莉拿起茶壶对我说:

"我不吃夜宵,只喝茶,不过您请先吃一点儿……您是从莫斯科来?为什么?夏天在那儿干什么?"

"我从巴黎回来。"

"是吗!在巴黎待了很久?唉,要是我能上什么地方去就好了!可是我女儿才三岁多……听说您在尽心竭力地务农?"

我空口喝下一小杯伏特加酒,然后请求她允许我吸烟。

"哦,请吧!"

我点上烟以后说：

"纳塔莉，您不必对我拘礼，不必特别关照我，我只是顺路来看看您就悄悄离开。您也别觉得不安，过去的事，时过境迁，不再复返。您不会看不出来，您又使得我神魂颠倒了，不过现在我赞美您绝不会让您觉得局促不安，现在我对您的赞美是平静的，毫无私心杂念的……"

她低下头，垂下睫毛（那头和睫毛的奇妙反差让人永远无法漠然），渐渐地红了脸。

"这是真话。"我说。我的脸白了，但是声音却更加坚定，好像自己要自己相信这是真话，"世事无常。至于我在您面前犯下的可怕的罪，我相信您早已不在乎它，它也比过去更可以理解，更可以原谅了，因为我的罪毕竟不完全是我妄为的结果，即便在当时，由于我太年轻，也由于情况的巧合，是可以不求全责备的。何况事后我已经受到了足够的惩罚——我整个儿毁了。"

"毁了？"

"难道不是吗？您到现在还像那个时候说过的一样不明白，不了解我吗？"

她沉默了一会儿，说：

"在沃罗涅日的舞会上我看见您了……那个时候我还多年轻，可又多不幸啊！话说回来，难道真有不幸的爱情？"她说着抬起脸来，睁得大大的黑眼睛里充满了疑问，"难道世上最悲哀的音乐不

牛蒡（1880）

［俄］伊万·伊万诺维奇·希什金/绘

给人以幸福感吗？您还是谈谈自己吧，您真的在乡下定居了？"

我好不容易问了她一句：

"这么说，您那个时候还爱着我？"

"是的。"

我沉默了，这时候我感觉我的脸像火一样在燃烧。

"我听说，您有所爱，还有一个孩子……是真的吗？"

"这不是爱，而是极端的怜恤，温情，如此而已。"

"都讲给我听听。"

于是我讲了所有的情况，包括加莎对我说的话。最后我说：

"现在您看到了，我彻底毁了……"

"别这么说！"她若有所思地说，"您的一生还在前头。当然，结婚对您来说是不可能了。她显然是那种人，别说不顾自己，连孩子也会不顾的。"

"问题不在结婚。"我说，"上帝呀，我还结什么婚啊！"

她沉思着看了我一眼，说：

"嗯，多奇怪啊！您的预言实现了，我们成了一家人。您现在是我的堂弟了，您有这感觉吗？"

然后她把她的手放在我的手上说：

"您这一路太辛苦了，一点儿东西都没吃。您的脸色很不好，今天就谈到这儿吧。圆亭里的床已经给您铺好了，去吧……"

我顺从地吻了吻她的手，她把女仆叫来，虽然低低地挂在园子后边的月亮照得够亮的,女仆还是拿着一盏灯送我出去,先走进大林荫道,然后沿着旁边的一条林荫小径来到一片宽阔的林间空地上,有一些木柱的古色古香的圆亭就在那里。我在床前靠着一扇敞开的窗户的圈手椅里坐下来吸烟,心里想:真不该突然采取这个愚蠢的行动,不该来,我错误地以为自己会很镇静、有力量……夜格外静,已经很晚了。可能还下了一点儿小雨,空气更加温软。远处,从村里不同的地方传来拖得很长而又小心翼翼的第一遍鸡叫声,与这纹丝不动的温软空气和寂静配合得十分美妙。那一轮明月走到圆亭对面的园后就停住了,似乎等着瞧什么,在远处的树木和近处的多枝杈的苹果树之间照耀着,把自己的光与树木的阴影糅合到一起。透光的地方很亮,像玻璃一样,暗处只有斑驳的光点,很神秘……她穿着一件像丝织品一样闪光的黑黑的长衣走到我窗前来,也是神秘的,无声无息的……

后来月亮就升到了园子上空,直照进圆亭中来。我和她轮流说着,她躺在床上,我跪在旁边握着她的一只手。

"就在那个电光闪闪的可怕的夜晚,我已经只爱你一个人了,除了对你的最狂热最纯洁的情欲,我不再有其他情欲了。"

"嗯,我后来渐渐都明白了。但是每当我回忆那天我们在林荫道上的谈话,还是立刻会想起一小时以后的那些闪电……"

"这世上哪儿也没有和你一样的人。刚才我看着你这件绿衣服,看着这衣服遮盖着的你的膝头,我的感觉是,只要让我吻一下,我情愿去死。"

"这些年你从来没有忘记过我?"

"要说忘记,那也只是像人忘记自己活着,忘记自己在呼吸一样。你说得对,不存在不幸的爱情。唉,你的那件橙色娃娃衫,还有整个的你,简直还是个孩子,在我眼前一晃而过的那个早晨,就是我爱上你的第一个早晨!后来是那件小俄罗斯衬衫袖子里你的一只胳膊。后来是你念《悬崖》的时候低下去的头,我喃喃地唤你:'纳塔莉,纳塔莉!'"

"对,对。"

"后来是舞会上的你,那么高,美得已经那么成熟可畏,我真想当天夜里就在爱的狂喜和毁灭中死去!后来是拿着一支蜡烛、穿一身丧服的你,那么纯洁无瑕。当时我觉得你脸颊边的那支蜡烛已经成圣。"

"现在你又和我在一起了,而且是永远在一起了。不过我们甚至不能多见面,——难道我,你的秘密妻子,能公开做你的情妇吗?"

* * *

十二月她在日内瓦湖畔因早产去世。

1941年4月4日

(陈馥 译)

3

在一条熟悉的街上

春夜,巴黎的街心公园新生的嫩叶投下浓密的暗影,路灯在树影下发出金属般的光亮,走在这样的路上令人心情舒畅,觉得青春焕发。我想起这些诗句:

> 我记得在熟悉的街上,
> 那座老房子
> 那黑暗的高高的楼梯,
> 和亮灯的窗口……

——好诗!真难以置信,曾几何时,我也有过所有这些!莫斯科,普列斯尼亚街,积雪的偏僻街道,商人的小木屋,——还有我,一个大学生,一个现在我已经不相信曾经存在的人……

> 那神秘的灯光

一直亮到夜半……

——那里也曾亮着灯光。还有，刮着暴风雪，风把雪从木屋顶上吹起来，飞腾的雪像雾一样弥漫，在屋顶的阁楼上，红色印花布窗帘的背后，亮着灯光……

啊，散开发辫的女郎，
与我相会在那座老房子，
在那难忘的时刻，
好像奇迹一样……

——这也曾经有过。一个谢尔布霍夫省教堂执事的女儿，离开了自己贫穷的家庭，来莫斯科学习……我走上积雪的小小木台阶，拉动了连着前室的窸窣作响的铁丝上的圆环，于是前室的白铁铃铛丁零丁零地响起来——门后传来从很陡的木楼梯跑下的急促脚步声，门开了——风雪纷纷扑向她，她的披巾和白衬衣……我扑上去吻她，抱住她，为她挡着风，我们通过寒冷黑暗的楼梯往上跑，来到她的房间，房间里也很冷，点着一盏寂寞的小煤油灯……窗户上挂着红色的窗帘，那盏小灯放在床下的小桌子上，靠墙是一张铁床。我把大衣，棉服随便一扔，往床上一坐，把她抱在大腿上，隔着裙子感觉到她的身体，她的骨头……她没有散开的发辫，她的发辫是编起来的，颜色很淡，她的脸是普通老百姓那种类型的，因为饥饿，脸色好像是透明的，眼睛也是明澈的，是农民式的眼睛，嘴唇柔柔的，是柔弱女子常有的那种……

> 她热情似火，不像个孩子，
> 紧紧贴着我的嘴，
> 颤抖着，对我耳语：
> "听我说，我们逃跑吧！"

——我们逃跑吧！往哪儿跑？为什么跑？逃避谁？这热烈的，孩子般的傻气是多么美好！"我们逃跑吧！"我们没有"逃跑"。我们有这柔弱的，世界上最甜蜜的嘴唇，有因为太幸福了而涌入眼睛的热泪，两个年轻身体的深深沉迷，以至于我们互相把头靠在肩膀上。当我解开她的衬衫，亲吻她洁白的、乳头发硬的、好像没成熟的草莓的少女的乳房，她的嘴唇已经像发烧一样灼热了……平静下来之后，她跳下去，点上酒精炉，把淡茶热一热，我们就着白面包和带红皮的奶酪喝茶，感觉到冬天清冽的风在窗帘下吹，听着雪扑打窗户的声音……"我记得一条熟悉的街道上的一座老房子"……我还记得什么？我记得春天我在库尔斯克车站送她上车，我们拿着柳条篮和她那条用皮带扎成一卷的红毯子急匆匆地走在站台上，我们一边顺着已经准备发车的长长的列车跑，一边看挤满了人的一节节绿色车厢……我记得她终于上了其中的一节车厢,我们在车厢口说话,告别,互相吻对方的手,我答应她过两个星期去谢尔布霍夫看她……我再也不记得别的了。再也没有别的了。

1944年5月25日

(路轩 译)

水上餐馆

"布拉格"饭店里亮着枝形吊灯,一支葡萄牙管弦乐队在午餐的喧哗和交谈声中演奏,一个空位都没有。我站了片刻,四下看看,已经打算走了,这时我看到了一个认识的军医,他马上邀请我和他同桌。他的桌子挨着敞开的窗户,可以看到走着叮叮当当的有轨电车的阿尔巴特街,春夜温暖的气息也从窗口流入。我们一起吃饭,先后喝了伏特加和卡赫季亚葡萄酒,谈论了不久前召开的国家杜马,要了咖啡。医生掏出一个老的银烟盒,请我抽一支"大炮",自己也抽了起来,说道:

"是啊,总是杜马、杜马的……我们是不是喝杯白兰地?心里有点儿忧郁。"

我把这话当作玩笑,因为他是个性格平和、有点儿乏味的人(体格健壮有力,与他穿的军服很相称,发红的头发硬硬的,两鬓带霜),但他认真地补充道:

"大概春天让人忧郁。人渐入老境,况且单身,又怀着梦想,总会变得比年轻的时候更多愁善感。您听到杨树的气息，听到电车的铃声多么清脆了吗？对了，我们关上窗户吧，开着窗户不舒服。"他说着站起来，"伊万·斯捷潘内奇，来瓶舒斯托夫①……"

当老侍者伊万·斯捷潘内奇去取舒斯托夫的时候，他尴尬地沉默着。酒来了，给每人斟了一杯，他抓起桌上的酒瓶，喝了点儿白兰地，又喝了口热茶，继续说道：

"再加上想起了一些往事。在您之前诗人勃留索夫来过，他带着个年轻女孩儿，像是个贫穷的女学生。他用他的大舌头、带鼻音的嗓门冲着领班有板有眼、激烈、愤怒地喊了一通，大概是他打电话订了座位，但没有给他留，领班跑到他面前来致歉。然后他趾高气扬地走了。您跟他很熟，但我跟他只是点头之交，我在一个关于俄罗斯古老圣像爱好者的小组里见过他，而且已经是很久以前了，是在伏尔加河岸边的一些城市，我曾在那里服役过几年。除此之外，我无意中听到过很多关于他的传言，所以对这个女孩有几分怜悯，她显然是一个新的崇拜者和牺牲品。她那副样子很让人心软，她不知所措又兴奋地时而看看这个她显然不熟悉的灯红酒绿的环境，时而，当他抑扬顿挫地嚷嚷的时候，忽闪着黑眼睛和睫毛看看他。就是这件事勾起了我的一些回忆。我给您讲讲其中的一件事，这事恰恰是他引起的。好在乐队走了，可以安安静静地坐上一会儿……"

---

① 沙俄时代著名的白兰地品牌。

因为喝了伏特加、卡赫季亚葡萄酒和白兰地，他已经脸红了，红头发的人一喝酒总是会脸红，但他又给自己倒了一杯。

"我记得，"他开始讲，"二十年前的一天，在伏尔加沿岸的一个城市的街道上走着一个相当年轻的军医，其实就是我本人。我去办一件小事，——把一封信投入邮箱。当时我心情轻松安适，无忧无虑，有时候遇到好天气，人就会无缘无故地有这种感觉。那天正是这样一个特别好的天气：九月初的傍晚，风和日暖，干爽舒适，人行道的落叶在脚下发出好听的沙沙声。我正想着什么事，偶然抬眼，看到前面有一个非常苗条、非常清秀的姑娘，她穿着灰衣服，戴一顶淡灰色的、形状弯弯的漂亮的帽子，包着橄榄色软羊皮手套的手上拿着一把灰色的阳伞，走得很匆忙。我一看就觉得她身上有某种我非常喜欢的东西，此外我也感到有点儿奇怪：她为什么行色匆匆，要去哪里？当然，这没什么奇怪的——人们经常有急事，但这还是让我好奇。我自己也不由自主地加快了脚步，几乎赶上她了——我这样做是有原因的。前面的一个角落里有个低矮的老教堂，我看到她直奔教堂而去，尽管那天并不是宗教节日，而且这时候教堂里还不会开始礼拜。此时她跑上了教堂前的台阶，用力推开沉重的门，我也跟着她进去，就在门旁站着。教堂里没有人，她没看见我，迈着轻盈的脚步很快走到宣讲台前，画了个十字，柔曼地跪下，把阳伞丢在地上，头微微后仰，双手握在胸前，眼望着祭坛。想来她的目光一定是热烈祈求的，当人们遇到大难或怀着强烈的愿望而向上帝祈求帮助时，目光就会是这样的。我左边的装着铁条的窄窗中亮着傍晚黄色的天光，这光亮是宁静的，好像也是苍老的，沉思的。前面，那低矮、拱形的教堂深处已经黑了，只有祭坛墙上那圣像身上古拙的金属衣饰闪着金光。她跪在那里，目不转睛地望着圣像，只能看到她纤细的腰，里拉琴形状的臀部，鞋尖触地的精巧的鞋子的鞋跟。然后她几次把头巾按在眼睛上，好像下了什么决心，很快从地上拿起阳伞，婀娜地站起身来，向出口跑过来。她无意中看到我的脸，她明亮的眼中忽然闪过极大的恐惧，但这恐惧的美却让我震惊……"

旁边的饭厅熄灯了，饭店里已经没人了。医生看了一下表。

"不，时间还不晚，"他说，"才十点。您不急着去什么地方吧？那我们再坐一会儿，我给您把这个相当奇怪的故事讲完。它的奇怪之处首先在于，那天晚上，也就是，确切地说，当天更晚的时候，我又一次遇到了她。我突然想去伏尔加河上的夏季餐馆，整个夏天我只去过那里两三次，而且只是为了在一个炎热的白天之后在河上乘乘凉。但我为什么恰恰要在这个已经凉快的夜晚去那里，只有天知道：简直好像鬼使神差似的。当然可以说只是凑巧而已，我只是因为没事干去了那里，这次新的邂逅没有什么奇怪的。当然，这种说法很有道理。但为什么发生了另一件事：我在这个鬼地方遇到她，忽然间，我第一次遇见她时的模糊的猜测和预感就得到了证实？当时她是那么专注，她一定是带着秘密的、惴惴不安的心事去教堂的，在那里她那么热烈地默默祈祷，向上帝祈求着什么。那一定是我们心中最重要、最真挚的东西。我来的时候已经完全把她忘了，一个人无聊地坐在这个河上餐馆。这餐馆很贵，对了，它以商人们常常在此狂饮达旦、一掷千金著称。我没滋没味地喝着日古廖夫斯克产的啤酒，回忆着莱茵河和瑞士的湖泊。去年我在那里过的夏天，我心里想，所有俄罗斯外省的郊外娱乐场所都这么粗俗，特别是伏尔加河沿岸的。您去过伏尔加河沿岸的城市和这种用柱子支撑着建在水面上的餐馆吗？"

我说，我对伏尔加河不太熟悉，没去过那里的河上餐馆，但是不难想象它们的样子。

"是啊，当然，"他说，"俄国的外省到处都相当雷同。只有一样东西是绝无雷同的——就是伏尔加河本身。从早春到冬天这条河上下各处的风光永远是独特的，在各种天气里，在白天或夜晚，都各不相同。比如说，你夜里坐在一个这样的餐馆里，看着窗外。餐馆的三面墙都是窗户，夏夜，所有的窗户都敞开着，你可以直接看到黑夜，看到黑暗，不知怎么，你会深深地感受到它背后的广大水域的荒蛮和壮美；看着千万点散落各处的不同颜色的灯火，听着从旁边经过的木筏的桨声，木筏上或驳船上，运木头的平底船上的汉子互相呼喊，互相预警的呼喊，轮船汽笛音调各异，时而响亮，时而低沉的音乐，以及和它们混在一起的一些蹿得飞快的小汽船的低两度的汽笛声，你会想起所有那些来自强盗和鞑靼人的词——巴拉赫纳，瓦西里苏尔斯克，切博克萨雷，日古利，巴特拉基，赫瓦伦斯克[1]，还那些码头上的一群群生猛的装卸工，以及伏尔加河地区老教堂的所有无出其右的美——你不禁摇头感叹：我们的罗斯真是无比美丽！然后你看看周围，这是什么玩意儿，这餐馆？一个建在木桩上的简易建筑，一个圆木搭的棚子，用斧头砍出来的窗框，里面摆着桌子，桌布虽然是白的，但是不干净，桌子上摆着廉价的笨重餐具，盐瓶里的盐和胡椒粉混在一起，餐巾散发出粗肥皂的气味，后墙上的一排带有刺眼的白铁反射镜的小煤油灯照着木条钉的台子，也就是拉巴拉莱卡琴的、拉手风琴的和歌女用的简陋舞台，黄头发的跑堂，农民出身、长着厚厚的毛发、眼睛像狗熊一样的老板，看到这些你怎么能想到，这里时常一夜之间喝掉上千卢布的木木酒和洛耶地列尔香槟！这一切，您知道，也是罗斯……我是不是让您挺烦了？"

"哪儿的话！"我说。

"那么请允许我讲完。我说这些是为了说明，我是在一个多么野蛮的地方突然再次见到她这个纯洁高贵的女子，而且是和一个什么样的同伴在一起！接近半夜的时候餐馆热闹起来，越来越满：天棚下那个巨大的、非常热的吊灯被点亮了，墙边的灯和台子后那面墙上的小灯也都亮了。出来了一大帮跑堂的，客人也蜂拥而至：当

---

[1] 伏尔加沿岸的地名。

然，都是些商人子弟、小官吏、包工头、船上的船长、在城里巡回演出的一个剧团……跑堂的谄媚地弯着腰，举着托盘跑来跑去，从桌子旁边的人群里发出喧闹声，哈哈大笑声，开始吞云吐雾，巴拉莱卡琴的琴师们走上台子，沿着台边分两排坐下，他们穿着农民服装样式的演出服，打着干净的包脚布，穿着新的树皮鞋，跟在他们后面出场的是脸上涂红擦白的合唱队，他们走到前排，一模一样地把手背在身后，在巴拉莱卡琴滋滋啦啦的伴奏下，面无表情地尖声唱起一支哀怨冗长的歌，是关于一个什么不幸的'战士'，他好像被土耳其人俘虏了很长时间，然后回到家乡：'亲人啊——认——不出他——，问战士——你是——何人……'然后一位什么'著名的伊万·戈拉乔夫'出场了，他抱着一个巨大的手风琴，坐在台子最边上的一把椅子上，把浓密的，像野蛮人一样理成直直的一行的浅色头发一甩：他的脸锃亮，穿一件黄色的斜领衬衫，高领子和下摆的边缘镶着红绸，苏麻花状的红腰带垂下长长的流苏，脚上穿一双漆皮靴筒的新皮靴……他甩一下头发，把有三排琴键、黑色与金色相间的音箱的手风琴放在一只微微抬起的膝盖上，眼睛呆滞地向上盯住一个地方，豪放地捋着键盘从上到下划出一串旋律，接着大开大合地扯动音箱，以令人眼花缭乱的花样按动琴键，释放出咆哮般的声浪。音乐越来越响，越来越坚定，越来越多变，然后他闭上眼，用女人的声音唱出：'晚上我在草地上溜达，想把愁烦赶走……'就在这个时刻，我看到了她，而且当然不是一个人：我正起身招呼跑堂的付酒钱，忽然'哎呀'一声：台子后面的门从外面打开了，她出现在门口，穿着件那种灰绿色的衬衫，同样颜色的束腰风雨衣，——确实，她穿这身衣服惊人地漂亮，像一个高个子的男孩，——在她的身后，扶着她的胳膊肘的人个子不高，穿着腰部收褶的长衫，戴着贵族的大盖帽，肤色发黑，已经有皱纹，有一双神色不安的黑眼睛。我一看，您知道吗，像俗话说的，怒火中烧！我认出这是我的一个熟人，一个把家产败光的地主，酒鬼，淫棍，被从军队开除的前骠骑兵中尉，于是我不假思索绕过一张张桌子很快冲过去，她跟他差不多刚一进门就被我堵住了。伊万·戈拉乔夫还在喊叫：'我在那儿找一朵花，送给亲爱的人……'当我跑到他们跟前的时候，他看了我一眼，还高兴地喊了声：'嗨，医生，您好。'与此同时她的脸变得煞白，但是我推开他，疯狂地对她耳语：'您竟然来这个餐馆！在半夜，和一个堕落的酒鬼，全县城出名的赌徒！'我抓住她的手，威胁说如果她不立刻跟我离开这儿，我就把他掐死。他呆若木鸡，一点儿办法都没有，——他知道我的一双手能折断马掌！她转身，低着头走向出口。我在圆石路面的滨河街的第一根灯柱下赶上她，抓住她的手，——她没有抬头，也没有把手抽出来。在第二盏街灯下，一把长椅旁边，她停下来，靠在我身上，哭得全身颤抖。我扶她坐在长椅上，一手握着她的被泪水打湿的、可爱的、纤细的、少女的手，另一只胳膊搂着她的肩膀。她不连贯地说：'不，不是的，不是的，他是好人……他运气不好，但他善良，好心，没心没肺……'我不作声，——反驳是没用的。然后我叫了一辆路过的马车。她平静下来，我们默默地坐车回城。在一个广场上她小声说：'现在让我下车吧，我步行回家。我不想您知道我住在哪儿。'——她忽然吻了一下我的手，就跳下了车，头也不回，摇摇晃晃地斜穿过广场走了……我再也没见过她，直到现在都不知道她是谁，遇到了什么事……"

我们结了账，在楼下穿上外衣，来到外面，医生跟我一起走到阿尔巴特街的转角，在那儿我们停下告别。街上空荡荡的，很安静——过一段时间才会开始持续到半夜的晚间喧闹，剧院散场，人们到城里城外的各个饭店去吃晚饭。天空是黑色的，在普列契斯坚卡街心花园新生的蓬勃的绿叶下，灯光莹然，空气中散发着柔和的春雨的气息，我们在"布拉格"说话的时候，路面已经被打湿了。

"您知道吗，"医生四下看看，说，"后来我后悔对她的所谓营救。我还有过其他的这一类事……请问，我为什么要介入呢？一个人觉得怎么幸福，不是无所谓的事吗？后果？反正怎么样做都会有后果：一切都会在心中留下残酷的印记，也就是回忆。当想起什么幸福的往事时，回忆尤其残酷，痛苦……好了，再见，今天真是幸会……"

1943 年 10 月 27 日

（路轩 译）

干亲家

莫斯科郊外松林中的别墅区，一个小湖，靠着泥岸的浴棚。

这栋别墅属于最贵的那种，离湖不远，房子是瑞典风格的，宽敞的凉台前有一些很漂亮的老松树和明艳的花儿。

女主人整天穿着漂亮的带花边的晨衣，焕发着三十岁的商人妻子的魅力，流露出夏日生活的安适感。她丈夫每天早上九点去莫斯科的办公室，晚上六点回来，这个强壮的人又累又饿，一回来就赶在吃饭前去游水，在白天晒热的浴棚里轻松地脱衣服，五大三粗的强壮身体散发出健康的汗味儿……

六月底的一个傍晚。凉台的桌子上茶炊还没收走。女主人在给浆果去核，准备做果酱用。一个来别墅小住的客人，她丈夫的朋友，正一边抽烟一边看着她露在外边、细腻浑圆的小臂。（他是俄罗斯圣像画的专家和收藏者，模样斯文，身体干瘦，一小片唇髭修剪得整整齐齐，目光灵活，穿得好像准备去打网球。）看着看着，他开口说道：

"干亲家,可以吻吻您的手吗?我看得难受。"

她的手上都是浆果汁,于是把发亮的胳膊肘送了过来。

他用嘴唇轻轻地碰了碰,期期艾艾地说:

"干亲家……"

"怎么了,干亲家?"

"您知道,有这样一件事:一个人的心从手上掉落了,他就对理智说:再见!"

"心从手上掉落是怎么回事?"

"这是萨迪的诗,干亲家。一个波斯诗人。"

"我知道。但心从手上掉落是什么意思?"

"意思是一个人堕入情网了。我对您就是这样。"

"好像您也对理智说了再见。"

"是的,干亲家。我说了。"

她不知所措地笑着,好像一心忙自己的事:

"那恭喜您了。"

"我是认真的。"

"祝您健康。"

"这不是健康,干亲家,是很重的病。"

"可怜的人。得治。这病很久了吗?"

"很久了,干亲家。您知道从什么时候开始的吗?就从那天,我跟您无缘无故地当了萨维里耶夫家孩子的教父和教母——我不知道是哪个该死的女人撺掇他们让我跟您当教父和教母的……您记得吗，那天刮着好大的暴风雪，您到的时候全身是雪，因为匆忙赶路和暴风雪，精神特别亢奋，我亲自给您脱下貂皮大衣，您穿着朴素的白色丝绸裙子，微敞的胸前戴着镶珍珠的小十字架，您走进大厅，然后戴着卷起的手套抱着婴儿，和我一起站在浸礼盆旁，有点儿不好意思，似笑非笑地看着我……从那时起，我们中间就开始有了某种秘密，某种有罪的亲密，我们好像已经成了亲人，由此生出了特别的欲念。"

"为自己说话……"

"后来我们并排坐着吃饭，我闻到一种奇妙、清新的气息，不知来自桌上盛开的风信子，还是来自您的身上……从那时起我就病了。只有您能医治我的病。"

她斜眼看看他：

"是的，我清楚地记得那天的情形。至于治病，很遗憾，德米特里·尼古拉耶维奇今天在莫斯科住，否则他可以立刻给您介绍一位真正的医生。"

"他为什么在莫斯科住？"

"他早上去车站的时候说，今天他们要开散伙前的股东会。大家都要去度假了，有的去基斯洛沃茨克，有的去国外。"

"他可以坐十二点的车回来。"

"开完会还得在'毛里塔尼亚'喝告别酒呢，肯定一醉方休。"

午饭的时候他忧郁地沉默着,冷不丁地开玩笑说:

"我是不是也坐十点的车去'毛里塔尼亚',喝个烂醉,跟领班的喝个结义酒?"

她深深地看了他一眼:

"坐车进城,把我一个人留在空房子里?您就是这样对美少年念念不忘的吗?"

然后她轻轻地,好像深思熟虑地,把手放在他搁在桌子上的手上。

夜里一点多,他只穿着件睡袍,从她的卧室溜出来,穿过黑魆魆静悄悄的房子,在餐厅钟表清晰地嘀嗒声中回到自己的房间,房间的窗户开在朝向花园阳台上,幽暗中,窗户上映着远远的地平线那边整夜不熄的霞光,夜间的树林散发着清新的气息。他心满意足地仰面倒在床上,在黑暗中摸到小桌子上的火柴和烟盒,贪婪地吸了一口,闭上眼睛,回味着这个意外的艳遇的细节。

早上,从窗口飘入小雨的潮气,雨滴平缓地打着阳台。他睁开眼,满足地感受着日常生活平凡的惬意,想道:"我这就去莫斯科,后天就去蒂罗尔或加尔达湖。"想着想着又睡着了。

出来吃饭的时候,他尊敬地吻了吻她的手,不动声色地在桌旁坐下,打开餐巾……

"别见怪,"她尽量不动声色地说,"只有冷鸡和酸奶油。萨沙,把红酒拿来,您又忘了……"

然后,她不抬眼睛,继续说:

"请您现在就走,对德米特里·尼古拉耶维奇说您也很想去基斯洛沃茨克。我过两个星期去那里,我打发他到克里米亚去看亲戚,他们在那里的米斯霍尔有个很好的别墅……——谢谢,萨沙。您不喜欢酸奶油吗,——是不是想吃奶酪?萨沙,请把奶酪拿来……"

"'您喜欢奶酪吗?'有一次有人问一个伪君子。[①]"他不自然地笑着说,"干亲家……"

"干亲家是好样的!"

他隔着桌子握住她的手,小声问:

"您真的会来吗?"

她带着轻微的嘲笑望着他,语气平稳地说:

"你说呢?我会骗你吗?"

"我太感谢你了!"

他立刻想道:"在那儿她会穿那种漆皮靴子,骑马长服,戴圆礼帽,我肯定马上把她恨死了!"

1943 年 9 月 25 日

(路轩 译)

---

① 引自诗人库奇玛·普鲁特科夫(1803—1863)的讽刺短诗。下句为:"'喜欢,'他回答,'我会找到其中的味道。'"

开　始

"先生们，我第一次堕入情网，或者确切地说，失去纯洁，是在二十岁的时候。那时候我是中学生，正从城里回乡下的家里去过圣诞节假期，那天天色有些灰，但是挺暖和，在圣诞节期间这种天气很常见。火车在深深积雪的松林中穿行，我怀着孩子般幸福宁静的心情，感受着这柔和的冬日，这雪原林海，憧憬着家里等待着我的雪橇。在烧得很热的头等车厢中只有我一个人，这种老式的头等座、二等座各半的混合车厢只有两个隔间，也就是四张高背的红色丝绒的长座位，——这红色的丝绒让人觉得越发热和闷，——和对面窗边的四张同样是红丝绒的小座位，走道把大座位和小座位隔开。我独自一人无忧无虑，心平气和地过了一个多小时。但在离城后的第二站，车厢连接处的门开了，吹进了欢乐的寒气，一个搬运工提着两个带罩子的箱子和一个用苏格兰呢做的行李袋走了进来，跟在他身后的是一位年轻女士，她脸色非常苍白，黑头发，戴着黑色的缎子风帽，穿着卡拉库利羔皮的大衣，女士身后是一个身材高大的男士，一双猫头鹰一样的黄眼睛，戴着鹿皮帽，两个护耳立着，穿着过膝的毡靴，高档的鹿皮大衣。我本来坐在车厢门口的大座位上，他们进来后，作为一个有教养的孩子，我自然立刻站起身来坐到二等座那边，但没有去另一个隔间，而是坐到了靠窗的小座位上，面向头等座，以便观察新来的乘客：要知道孩子对新的面孔，就像狗对陌生的狗一样，总是很注意很好奇。于是就在此时，在这个车厢里，我的纯洁一去不复返了。当搬运工把东西放到刚才我坐的座位上方的网子上，对把一张一卢布钞票塞到他手里的男士说了声'一路平安，大人'，跑着下了已经开动的火车，那位女士立刻仰面躺到了网子下的座位上，后脑勺靠着它的丝绒靠枕，而那位先生用不习惯做事的手笨拙地从网子上把行李包拉到对面的大座位上，从里面拉出白色的枕头，把枕头递给她，但眼睛并不看她。她小声说：'谢谢你，我的朋友。'把枕头塞到脑袋下面，就闭上了眼，而他则把大衣扔在行李包上，站在另一隔间的小座位之间，开始抽一支粗烟卷，把浓重的香烟味散布在气闷的车厢。他伟岸的身躯就这样站着，戴着护耳竖起的鹿皮帽子，似乎目不转睛地看着一棵棵向后迅速退去的松树。开始的时候我也目不转睛地看着他，只有一种感觉：对他恨得要死，因为他完全没有发现我的存在，连看都没看我一眼，好像车厢里没有我这个人似的。连带着我也恨他的一切：老爷式的淡定，像王公又像庄稼汉的伟岸，猛兽式的圆眼睛，疏于打理的栗色唇髭和大胡子，甚至恨他结实宽大的棕色上衣，轻便柔软的过膝毡靴。但是很快我就已经把他忘了：我忽然想起那位女士进来的时候让我不由自主惊呆了的那像死人一样但非常美的苍白。现在她仰面躺在我对面的大座位上。我把眼光转向她——这下子，除了她，除了她的身体和脸，我什么都看不见了，直到我应该下车的时候。她长出一口气，躺得舒服些，向下些，没有睁眼，敞开法兰绒连衣裙外面的裘皮外衣，两脚互蹭，把暖靴踢到地上，露出敞开的麂皮鞋，把缎子风帽从头上摘下，——让我大为吃惊的是，她的一头黑发剪得很短，像男孩子一样，——然后把长裙撩起来，撩到长袜和长裙之间露肉的地方，左一下右一下地从灰色的丝绸长袜里解下了什么东西，把裙摆理顺，打起盹儿来：她的嘴唇微微张着，有些发紫，但仍很娇柔，上唇有一层发黑的绒毛，她的脸上毫无表情，白得几乎透明，把一双黑眉和黑睫毛衬得特别醒目……一个你喜欢的、全身心被她吸引的女人的睡态，——这多么动人，您懂的！我平生第一次看到和感觉到了它，——这之前我只见过姐妹和母亲睡觉，——我目不转睛地看哪，看哪，嘴里发干，看着这像男孩的女人黑色的脑袋，一动不动的脸，它苍白的颜色恰到好处地衬托出两道细细的黑眉毛和闭起来的黑睫毛，看着她半张的嘴唇（它们是如此迷人，令人销魂）上面的发暗的绒毛，我已经明白和领会了一个躺着的女人的身体，她大腿的丰满和脚踝的纤细所意味的所有不可言说的东西，而且在意念中还清楚到可怕地看到了女人身体无与伦比的姣美颜色，那是她在法兰绒裙子下面解长袜的挂钩时无意中被我看见的。火车到了我们那一站，停车的震动出其不意地把我惊醒了，我晕晕乎乎地走出车厢，走进了冬天清新的空气。木头的站房外停着一辆三匹马拉的雪橇，冒着灰色的水汽，铃儿叮当作响。我们的老车夫手里拿着一件浣熊皮大衣等在雪橇旁，不客气地对我说：'妈妈吩咐一定要穿上……'

"我顺从地钻入这件发出皮毛味儿和冬天的清新气味的裘皮大衣里（这件裘皮大衣是祖父的，有一个已经发黄的很大的长毛领子），深深地坐进柔软宽大的雪橇，伴着铃铛喑哑空洞的叨咕，沿着松林中白雪覆盖的、深邃、缄默的道路驰骋起来。我闭上眼，还沉浸在刚刚的经历中，我迷迷糊糊，带着又苦又甜的感觉，满心想的都是这件事，而不再是家里等着我的那些属于过去的亲切的东西，包括雪车、狼崽子——那是我们八月打猎的时候从被打死的母狼的窝里掏来的，现在它待在我们花园中的一个坑里，秋天，当我回家过两天的圣母庇护节假期时，那个坑里已经散发出很冲的野兽的气味。"

1943 年 10 月 23 日

（路轩 译）

"橡树庄"

朋友们，那个时候我才二十二岁，所以是很久很久以前的事了。我刚晋升为近卫军骑兵少尉，在值得纪念的那年冬天请准了两个星期假回梁赞省我的世袭领地去——我父亲过世以后我母亲孤零零一个人住在那儿，可是到家以后不久就坠入可怕的情网。有一天，我到附近一个叫彼得罗夫斯科耶的小村去看祖上留下的一座早已空无一人的庄园，从此就以种种借口往那儿跑，越跑越勤。俄罗斯的乡村直到现在也很荒凉，尤其是冬天，在我那个年代就更别提了！那座空无一人的庄园在彼得罗夫斯科耶村边上，叫橡树庄，因为庄园入口处有几棵橡树，在我那个时候已经是古树了，非常高大。橡树下面有一座年深日久的简陋的木屋，木屋后面是些破破烂烂的杂用房，再往远去是一片荒地，本来是个园子，树砍光了，盖满积雪。庄园主人的大宅也不过是废墟罢了，连窗框都没了。我几乎每天都到橡树下面的这座木屋里去，跟住在那儿的庄头儿拉夫尔说东道西，表面上像谈家务，甚至卑躬屈膝地讨他喜欢，暗地里却把我的可怜兮兮的目光朝他那沉默寡言的老婆安菲萨那边投过去。安菲萨不像一般的俄国家奴，而像西班牙女人，年纪几乎只有拉夫尔的一半大。拉夫尔身材高大，有一张砖红脸，一把深红色大胡子，简直就像穆罗姆绿林好汉的头目。我一早起来胡乱地看一阵书刊，弹一阵钢琴，一面弹一面苦闷地唱："心儿呀，当你渴望不是爱就是毁灭的时候……"吃过中饭就到橡树庄去，在那儿一直待到晚上，不管从萨拉托夫草原没完没了刮到我们那儿来的风有多刺骨，雪有多大。圣诞节周就这么过去了，我归队的日子也快到了，有一天我装得像是无心的样子告诉了拉夫尔和安菲萨。拉夫尔通情达理地说，为皇上效力当然是头等大事，说完不知为什么竟出去了。安菲萨当时在做针线，她忽然把针线活儿放在膝头上，以憎恶的眼神看了看丈夫的背影，房门刚刚关上，她立刻把火辣辣的目光向我投过来，热情地低声说：

"老爷，明天他进城过夜，晚上您到我这儿来话别吧。我一直藏着心事，现在我要说出来：跟您分手我真难过！"

她的表白当然使我大吃一惊，我刚来得及点头表示同意，拉夫尔就进来了。

这以后，明白吗？我心急火燎得没法形容，在明天晚上到来以前不知道拿自己怎么办好了，一心只想着不顾自己的前程，离开团队，在乡下定居，等拉夫尔一死就跟她结合，……其实拉夫尔当时还不到五十岁，可是我竟然认为他已经老了，不久就该死了……这天我一夜没睡，一会儿抽烟，一会儿喝酒，我一点儿也没醉，可是满脑子胡思乱想，直到天亮。冬季昼短，很快天色就暗下来，外面刮着暴风雪，厉害得不得了。在这种时候怎么离开家？怎么跟我妈说？我慌了，不知怎么办好。忽然间我有了主意：悄悄走不就完了！我只说我有点儿不舒服，不想吃晚饭，就想躺下睡觉。等我妈吃完饭回屋去了，天也黑了，我赶紧穿上衣服跑到下房去，叫马夫套一辆轻便雪橇。外面刮着搅雪风，黑得伸手不见五指，但是马认得路，我让它自己走，不到半个钟头就看见我向往的那间木屋顶上迎风呜呜响着的黑黑的橡树，还有小窗户里的灯光。我把马拴在一棵橡树下，给它盖上马衣，然后不顾一切地爬过雪堆，走进木屋的漆黑的穿堂。我摸到房门，跨过门槛，她已经打扮好，涂了脂粉，漂漂亮亮的，坐在铺了白桌布、摆着酒食的桌子旁边的板凳上，睁大两只眼睛在等着我。松明冒着红色烟雾，一切都在这光和烟雾中颤动着，但是可以看见她的眼睛，那么大，那么专注！松明在炉灶旁边一大盆水上端那插松明的灯座里发出哗哗剥剥的声音，急速地闪着深红色的光焰，它洒下的火星落到水盆里咝咝地响，桌上摆着一盘榛子、一盘薄荷饼、一瓶果子露酒、两只杯子，她在桌旁背对着糊满雪花的窗户坐着，穿一件丁香色绸料无袖长衫，平纹布肥袖衬衫，戴一串珊瑚项链，漆黑的中分头梳得溜光，不比任何上流社会的美女差，耳朵上还坠着一对银耳环……她一看见我就跳起身来，转眼间给我脱下落满雪花的帽子和狐皮紧腰长外衣，把我推到板凳上坐下来（带着一股子疯狂劲儿，完全不像我原来想的那么高不可攀），然后就扑到我面前跪下，搂着我，把她那滚烫的脸贴到我的脸上……

"你怎么一直不吭声，现在我们要分手了！"我说。

她绝望地说：

"我能怎么样啊！你每次来，我看得出你痛苦，我的心都在发抖，可是我挺得住，没表露出来！我又能上哪儿去对你表露呢？一时一刻都没能单独跟你在一起，有他在连递个眼色也不行，他眼睛尖得像鹰一样，要是看出来了肯定打死我，绝不会手软！"

接着她又拥抱我，捏我的胆怯的手，并且把我的手放在她的膝头上……我感觉到了那薄薄的无袖长衫下面的她的肉体，就要控制不住自己了，忽然间，她警觉而怪诞地挺直了身子，跳了起来，像发癔症似的望着我说：

"听见了吗？"

我侧耳细听，除了墙外暴风雪的吼叫声以外什么也听不见，就问她："怎么啦？"

"有人来了！马在叫！是他！"

她说完连忙跑到桌边坐下，克制着急促的呼吸，一面用颤抖的手斟酒，一面以平日说话的口气大声说：

"请喝一点儿果子露酒，先生。出去会冻坏的……"

就在这个时候，戴一顶有护耳的羊皮帽、穿一件羊皮筒子的拉夫尔披着一身雪花走了进来，看了一眼，说了一声"您好，先生"，

橡树（1889）

[俄] 伊万·伊万诺维奇·希什金/绘

接着就把羊皮筒子使劲脱下来放在高板床上，又摘下帽子抖了抖，拉起里面一件短皮袄的下摆擦了擦湿了的脸和大胡子，不慌不忙地开言道：

"瞧这天气！我好歹走到了大院村，心想，危险，走不了啦，就到路边客栈去，把马拴在背风的屋檐下，扔了点儿饲料给它，自个儿进屋去喝汤，正好是吃中饭的时候，我就在那儿差不多坐到天黑。后来我寻思，不管怎么着，我还是回去吧，兴许上帝能让我到家，碰上这种鬼天气还进什么城办什么事啊！感谢上帝，我真的到家了……"

我和她沉默着，僵坐在那儿，不安到了极点，知道拉夫尔一下子全明白了，她连眼睛也不抬起来，我偶尔看拉夫尔一眼……说真的，拉夫尔真可以入画。他高大壮实，肩膀宽阔，有彩色鞑靼花纹的短皮袄腰间紧紧地捆着一根绿色腰带，脚下是一双结实的喀山毡靴，砖红色的脸给风吹得像着火了一样，大胡子因为雪粉没化完而闪闪发光，眼睛充满震慑人的智慧……他走到灯座跟前去点着一根新的松明，然后在桌边坐下来，用粗大的手指拿起酒瓶来斟了一杯酒，一饮而尽，眼睛望着别处说：

"先生，我真不知道现在您怎么回去。可您早就该走了，您的马都快让雪压趴下了……我不送您出去您别见怪，我这一天够累的，再说，我也一整天没看见我老婆了，可我有话跟她说……"

我一句话也没说就站起来穿上衣服走了……

第二天清早，天刚亮，有个人从彼得罗夫斯科耶村骑马来报告：夜里拉夫尔用他的绿腰带把他老婆吊死在门楣的铁钩上，可是早上到村里去对农民们说：

"乡亲们，我家出事了。我老婆上吊了，肯定是神经错乱。早晨我醒来的时候，她已经吊在那儿，脸都青了，头耷拉在胸口。她不知为什么打扮得漂漂亮亮的，还搽了胭脂，吊在那儿离地板只差一点儿……正教教友们，给我证明吧。"

农民们看了看他，说：

"瞧你，她这是怎么啦！为什么你的胡子给揪掉了这么多，一张脸从上到下都抓破了，眼睛还在流血？伙计们，把他捆起来！"

拉夫尔挨了一顿鞭子，给发配到西伯利亚的矿上去了。

1943 年 10 月 30 日

（陈馥 译）

克拉拉小姐

那天晚上格鲁吉亚人伊拉克里·梅拉泽在巴尔金家吃饭。他是符拉迪高加索[①]一个富商的儿子,一月来到彼得堡为父亲办事。他总是毫无理由地给人相当阴沉的感觉。他个子不高,身子有点儿弯,瘦而结实,低矮的前额,硬硬的红头发几乎长到眉毛,面孔黝黑,没留胡子,鼻子的形状好像土耳其弯刀,深陷的棕色眼睛,胳膊干瘦,手小而多毛,指甲尖利,结实而圆,穿着外省那种样式过分摩登的深蓝色制服式上衣,浅蓝色丝绸衬衣,戴着闪闪发亮,忽而金色,忽而珍珠色的长领带。他在熙熙攘攘的大厅里,很大的管弦乐声中吃饭,满意地感觉到自己置身于首都冬季的奢华生活之中,——窗外,夜晚的涅瓦大街灯火辉煌,街灯上,川流不息,往来驰骋的电车、马车上都落着厚厚的雪,那雪在灯光下泛出浅灰色。他在柜台前就着肥鳗鱼喝了两杯酸橙露酒,然后专心地吃淡味肉汤,但不时

[①] 俄国城市。

看看在不远处在一张小桌子旁吃东西的一个强壮的黑发女人，在他看来她容貌和穿着都超级漂亮：人高马大，胸丰腿壮，整个身体紧紧裹在缎子的黑连衣裙里；她的宽肩膀上戴着白鼬围脖，乌黑的头发上戴着弯弯的黑帽子，煞是好看；一双黑眼睛上粘着直直的睫毛，炯炯有神，神气活现；涂着橘黄口红的薄嘴唇骄傲地紧抿着；一张大脸上搽了很多粉，白得出奇……梅拉泽吃完了酸奶油松鸡，勾着手指头把侍者叫到跟前，用眼睛瞟瞟她，问道：

"请问她是什么人？"

侍者使了个眼色，说道：

"克拉拉小姐。"

"快点儿把账单给我……"

她也已经优雅地喝完了一小杯加奶的咖啡，要结账了。付钱之后她仔细地点了找回来的钱，不慌不忙地站起来，稳稳当当地朝女更衣室走去。他尾随着她，沿着铺了被踏破的红地毯的楼梯跑下去，直奔出口，在外厅急忙穿上外衣，便冒着纷纷扬扬的大雪，在门口等她。她昂着脑袋，身穿海狗皮的大衣，手上揣着一个白鼬皮毛的大手笼，派头十足地出来了。他拦住她的路，脱下卡拉库利羔羊皮的帽子，鞠了个躬：

"请您允许我送您……"

她停下脚步，文雅、吃惊地看着他：

"您对一位陌生的女士提出这样的请求可有点儿不成体统啊。"

他戴上帽子，不高兴地嘟囔道：

"怎么不成体统了？我们可以去看戏，然后喝点儿香槟……"

她耸耸肩：

"真固执！您大概是从外省来的吧？"

他赶紧说，他是从符拉迪高加索来的，他跟父亲在那里开着大买卖……

"这么说，白天干正事，晚上一个人觉得寂寞？"

"寂寞极了！"

她好像盘算了一下，假装无所谓地说：

"那好吧，我们一起寂寞寂寞吧。如果您愿意就去我家，我那儿也有香槟。然后我们去奥斯特罗夫的什么地方吃晚饭。只是当心，这一切可不便宜。"

"多少钱？"

"在我那儿要五十卢布。在奥斯特罗夫当然得花不止五十。"

他做个鬼脸表示不当回事：

"可以！没问题！"

浑身披着雪的马车夫一路上和着马匹碰撞雪橇前部的节奏吧嗒着嘴，很快把他们送到利果夫卡的一栋五层的楼房。顺着灯光微弱的楼梯爬到五层，面前忽然出现了唯一的一扇门：五层只有这一套住宅。路上他们俩都没说话——开始他兴奋地嚷嚷，夸赞符拉迪高加索，吹嘘他住在"北方饭店"最贵的房间，而且是一层，后来他忽然不说话了，隔着裘皮大衣潮湿的长毛时而搂她的腰，时而搂她的大屁股，已经一心想着这屁股，感到煎熬了；她用手笼挡着雪，护着脸。他们沉默地上楼梯。她不慌不忙地用英国钥匙开了门，在过道打开电灯，照亮了整套公寓，脱下裘皮大衣，摘下帽子，于是他看见她的头发很多，闪着有点儿发深红的光泽，梳得平平的，直直地垂下。尽管因为她动作缓慢，因为这套与世隔绝的房子里很闷热，他已经感到不耐烦，他还是尽量克制，表现得有礼貌，边脱外衣边说：

"很舒服！"

她淡淡地回答：

"只是有点儿小。设备齐全，有煤气厨房，很好的浴室，但只有两个房间：起居室和卧室……"

起居室的地上铺着栽绒地毯，有软和的老家具，门窗上挂着长毛绒布的窗帘，点着一盏高底托儿，有粉红色鹿角形灯罩的很亮的灯。卧室紧挨着起居室，他从门口看见，床头的小桌上也点着一盏粉红色的小灯。她进了一趟卧室，为他拿来一个贝壳烟灰缸，放在长沙发前铺着丝绒桌布的桌子上，然后关上卧室的门，在里面待了好半天。他坐在桌旁的软椅上抽烟，斜眼看看挂在沙发上方的克列维尔[①]的"冬天的日落"，又看看另一面墙上的一幅画着一个肩披尼

[①] 尤里·克列维尔（1850—1924），俄国画家。

古拉时代大衣的军官的大画像，看着他的胡子，情绪越来越阴郁。终于，卧室的门开了。

"好了，现在我们坐坐，聊聊吧。"她穿着一件绣着金龙的长袍和一双露着脚跟的粉色缎子拖鞋走出卧室，说道。

他眼馋地看着她像白蔓菁一样的赤裸的脚跟，她看见了他的眼光，笑了一下，穿过过道去了什么地方一趟，回来时一手拿着一个盛着梨的果盘，另一只手拿着一瓶打开的香槟。"这是我喜欢的，桃红葡萄酒。"她说了这么一句，又离开了，回来时带了两个酒杯，满满地斟了两杯有点儿冒泡的桃红葡萄酒，跟他碰了杯，呷了一口，坐到了他的腿上，从果盘里拿了一个比较黄的梨，马上咬下来一块儿。葡萄酒温吞吞的，过于甜腻，但他因为激动一饮而尽，用湿乎乎的嘴唇猛地亲她丰满的脖子。她用一只散发着西普香水味儿的大手捂住他的嘴：

"不用亲。我们不是中学生。把钱放在桌子上。"

她从他上衣的内兜里掏出一张钞票，从背心里掏出怀表，把两件东西都放在桌子上，一边继续把梨吃完，一边分开腿。他胆子壮了，把裹在她身上的绣着金龙的袍子拉开，露出了她的大乳房，松弛的大肚子下面有浓密黑毛的又大又白的身体。他看看她搽了厚厚的粉的白脸，涂了橘色口红，有很多细纹的嘴唇，粘上去的吓人睫毛，焦油色的平平的头发中间宽宽的灰色分印儿，想道："她已经老了。"但是这个庞大赤裸的白身体，那双圆圆的乳房和不知为何很小的红色乳头，坐在他腿上的软和的大屁股，把他弄得晕晕乎乎。她狠狠地打了他的手一下，鼓了鼓鼻孔，站了起来。

"猴急，像小孩子一样！"她愤愤地说，"我们每人再喝一杯就出去……"

说着她骄傲地去拿酒瓶，但是他瞪着布满血丝的眼睛，整个儿向她扑去，把她摔在了铺栽绒地毯的地上。她手里的瓶子掉了地。她眯起眼，抡圆了抽了他一个大耳光。他发出美美的呻吟，偏过头躲开下一巴掌，压在她身上，一手托起她的屁股，一手很快地解裤子。她用牙咬住他的脖子，抬起右膝，狠狠地照着他的肚子来了一下子，这一下的劲儿很大，以至于他飞到了桌子底下，但他立刻跳起来，从地上抓起酒瓶朝她抬起一半的头砸去。她打了个嗝儿，张开两只胳膊，仰面倒下，大张开嘴——鲜血大股地从嘴里流了出来。他从桌子上抓起怀表和钞票，冲向走廊。

午夜他坐在邮政火车上，早上十点他在莫斯科，一点他在梁赞车站坐上了去罗斯托夫的火车。第二天晚上七点在罗斯托夫车站小吃部的长桌旁，他被捕了。

1944 年 4 月 17 日

（路轩 译）

"马德里"饭店

那天晚上,他在月光下沿着特维尔林荫大街往上走,对面来了一个女子,像是在闲逛,把两只手藏在小小的暖手筒里,一面转着歪戴在头上的黑卷毛羊羔皮小圆帽一面哼着歌儿,到了他跟前,停住脚步问他:

"要我陪陪您吗?"

他看了看那女子,个儿不大,鼻头翘着,颧骨略微宽了一点儿,眼睛在夜色中闪光,笑容可亲,怯生生的,嗓音在静夜寒冷的空气中显得清纯……

"干吗不要?我很乐意。"

"您给多少?"

"做爱一卢布,脂粉费一卢布。"

那女子想了想说:

"您住的地方远吗?不远我就去,完了还有时间再走走。"

"两步路。就在这条街上,马德里饭店的客房。"

"哦,知道!我去过五次。有个骗子带我去过。他是犹太人,可是心肠太好了。"

"我的心肠也好。"

"我看也是。您挺讨人喜欢,我一看就喜欢……"

"那我们走吧。"

路上他不住地打量她,少见这样可爱的小姑娘!于是问她:

"你是单干吗?"

"不,我们总是三个人一块儿出来,我、穆尔和阿内利娅。我们住也住在一起。只不过今天星期六,她们给掌柜的叫走了。没人要我陪一晚上。不大有人要我,人家多半喜欢胖胖的,或者像阿内利娅那样的。虽说阿内利娅瘦瘦的,可是个儿高,胆儿大。她喝起酒来真厉害,还会像茨冈人那样唱歌。阿内利娅和穆尔最讨厌男人,她们两个好得要死,跟夫妻似的住在一起……"

"嗯,嗯……穆尔……你叫什么?可别撒谎,别瞎编。"

"我叫尼娜。"

"撒谎了吧?说真的。"

"好,告诉您吧。波利娅。"

"你干这行大概不久吧?"

"不,早就干了,从春天起。您干吗问这问那的!还不如给我一支烟抽。您的烟肯定高级,瞧您这身穿戴!"

"到地方就给你。冰天雪地的抽烟有害。"

"随您,我们可是总在冰天雪地抽烟,也没什么。对阿内利娅是有害,她有肺痨病……您为什么不留胡子?他也不留胡子……"

"你是说那个骗子吧?给你留下深刻印象了!"

"我到现在还记得他。他也有肺痨病,可是抽烟抽得厉害极了。眼睛发亮,嘴唇发干,前胸塌了下去,两边脸也塌了下去,而且发黑……"

"手上尽是毛,挺可怕……"

"对,对!您认得他?"

"瞧你,我怎么会认得他!"

"后来他到基辅去了。我上布良斯克火车站去送他,可他根本不知道我会去。我到车站的时候,车已经开动了。我跟着车厢跑,他正好把头伸出来,看见了我,朝我挥手,大喊大叫地说,他很快就回来,给我带基辅干果酱。"

"结果没回来?"

"没回来,大概给抓走了。"

"你从哪儿知道他是骗子?"

"他自己说的。波尔多葡萄酒喝多了,伤心劲儿上来了,他就说了。他说,我是个骗子,跟贼一样,可是有什么办法呢,我得养活自己……您是演员吧?"

"差不多。好,到了……"

在进门处的柜台上端点着一盏小灯,一个人也没有。墙上有一块木板，上面挂着客房的钥匙。他取下自己房间的钥匙的时候，她低声对他说：

"您怎么把钥匙留下？会挨偷的！"

他看了她一眼，心里越来越快活。

"谁偷谁上西伯利亚去。你的小脸真俊！"

"您笑话我……"她不好意思地说，"看在上帝分上，快点儿走吧，人家不让这么晚带人进来……"

"没事儿，别害怕，我把你藏到床底下去。你多大了？十八？"

"您真神！什么都知道！我十七。"

他俩踏着破旧的地毯登上很陡的扶梯，然后转进光线很暗又不通风的狭窄的走廊。当他停下来把钥匙插进房门锁孔里的时候，她踮起脚尖看了看门上的号码，说：

"5号！他在三层15号……"

"你再跟我提他一个字我就宰了你。"

她的嘴上漾起一抹得意的微笑，接着她就微微晃着身子走进开着灯的客房外室，一面走一面解开镶黑卷毛羊羔皮领的大衣纽扣。

"您出去的时候忘了关灯……"

"没关系。你的手绢儿呢？"

"您要干吗？"

"你的脸通红，可是鼻子冻青了……"

她明白了，连忙从暖手筒里掏出一团手绢儿擦了鼻涕。他吻了吻她的冰凉的脸颊,又拍拍她的脊背。她摘下帽子,甩甩头发,然后站在那里脱套靴。套靴怎么也脱不下来,她差点儿跌倒,于是抓住他的肩膀响亮地笑出声来,说:

"哟,我差点儿摔一跤!"

他帮她脱下大衣,露出里面的黑色连衣裙(有一股布料和她那热乎乎的肉体的气味),然后把她往房间里一张长沙发那边轻轻推了一下,说:

"坐下,把脚伸过来。"

"不,我自己来……"

"跟你说坐下。"

她坐下了,并且伸出右脚。他单腿跪下,把她的脚放在自己另一条腿的膝盖上,她羞涩地把裙子下摆拉到黑袜子上,说:

"您真是的!我的套靴实在太紧……"

"闭嘴。"

他迅速把她的两只套靴连同里面的皮鞋都拔了下来,然后掀开她的裙子下摆,使劲吻了吻她的赤裸的大腿,满脸通红地站起身来说:

"嘿,快点儿!我不能……"

"不能什么?"她问。只穿着袜子站在地毯上,她的个子小得十分动人。

"真是个傻姑娘!我不能再等了,懂吗?"

"脱衣服吗？"

"不，换衣服！"

他转过身去走到窗口，匆匆地点燃一支烟。双层窗玻璃外面从下往上结了冰，窗外的街灯在月下放射着惨白的光，可以听见沿着特维尔林荫大街往上走的车铃声……不一会儿她就叫他，说：

"我已经躺下了。"

他熄了灯，胡乱脱下衣服，急忙躺到被子下面她的身边。她浑身抖颤着靠过来，幸福地咯咯笑着对他耳语道：

"您千万别朝我的脖子哈气，我怕痒怕得要命，会叫得整座楼都听得见……"

一小时以后她沉沉睡去。他躺在她身边，望着眼前由于有街上的昏暗灯光射进来变得半明半暗的空间，怎么也想不通：她怎么明天一早就要走？上哪儿去？去跟一些贱货住在一间洗衣房上头，每天晚上跟她们一块儿出门，就像上班一样，为的是在哪个畜生的身子底下挣两卢布，可是她像孩子一样浑然不觉，天真到痴愚的程度！他觉得，等到明天早上她准备离开的时候，他会因为太同情她也"叫得整座楼都听得见"……

"波利娅！"他坐起来，碰了碰她的裸露的肩膀。

她吓醒了，说：

"啊呀，天老爷！对不起，我糊里糊涂睡着了……我就……"

"就什么？"

"就起来穿衣服……"

"不,咱们吃夜宵吧。天亮以前我哪儿也不让你去。"

"您说什么呀!不怕警察?"

"胡说八道。我的马德拉酒一点儿也不比你那个骗子的波尔多葡萄酒差。"

"您干吗总在我面前骂他?"

他突然点上灯,灯光刺激了她的眼睛,她把头埋在枕头里。他把盖着她的被子掀开,去吻她的后颈窝,她快活地蹬着两只脚说:

"啊呀,痒痒!"

他把窗台上的一纸袋苹果和一瓶克里木的马德拉酒拿过来,还从洗脸池上取了两只杯子,然后又坐到床上去,说:

"吃吧喝吧。不然我宰了你。"

她狠狠地咬了一口苹果,就着马德拉酒吃起来,挺懂事地说:

"您想想看,说不定真有人会把我宰了。我们干这行,上哪儿去不知道,跟谁走也不知道,那人要么是酒鬼,要么是疯子,扑上来掐死你,再不就拿刀捅死你……您这客房真暖和!不穿衣服坐着都暖和。这是马德拉酒吗?我喜欢!波尔多葡萄酒哪儿比得上,总有一股子瓶塞味儿。"

"倒不是总有。"

"真的有,就是两卢布一瓶的也那样。"

"好,我再给你斟点儿。咱们碰杯吧,干了这杯就亲嘴。干了,干了!"

她喝干了那杯酒,喝得那么急,呛得咳了起来。她笑着一头倒在他的怀里。他抬起她的头吻了吻她规规矩矩闭上的湿润的小嘴。

"你也上火车站去送我吗?"

她吃惊地张大了嘴,问:

"您也要走?上哪儿?什么时候?"

"上彼得堡。不是马上走。"

"感谢上帝!从今以后我只上您这儿来。您乐意吗?"

"乐意。只找我一个人。听见了吗?"

"给我多少钱我也不上别人那儿去了。"

"就是嘛。好,现在睡觉。"

"我有点儿事要办……"

"就在这小柜子里。"

"我怕人看。把灯吹灭一会儿……"

"该吹灯了。两点多了……"

她上床以后又依偎着他,让他搂着,温柔而安静。他又说:

"明天咱们一块儿吃中饭……"

她马上抬起头来问:

"在哪儿吃?我在彩楼饭店吃过一回,那是在凯旋门外,便宜得跟白送似的,给的真叫多——吃不完!"

"嗯,咱们看看再说。吃完饭你就回去,别让你那两个贱货以为你给人宰了，我也有事要办，晚上七点钟以前你再来找我，咱们去帕特里凯耶夫饭店吃饭，你会喜欢那儿——有乐队、三弦琴……"

"然后上电影院，对吗？现在演《僵尸在逃》，好看极了。"

"太好了。现在睡吧。"

"就睡就睡……不过穆尔不是贱货，她太不走运了。没有她我就完了。"

"怎么说？"

"她是我爸的堂妹……"

"哦？"

"我爸本来是谢尔普霍夫货站上的挂钩员，给减震器压碎了胸膛，我妈死的时候我还小，我就成了孤儿，到莫斯科来找穆尔，这才知道她早就不在旅馆当勤杂工了，在地址问讯处人家给了我她的住址，我提着个篮子坐出租马车上斯摩棱斯克市场去，看见她跟这个阿内利娅住在一块儿，晚上一块儿上街……穆尔收留了我，后来劝我也出去……"

"你还说没有她你就完了。"

"我一个人在莫斯科能上哪儿去？当然啦，她毁了我，可她愿意坑我吗？这事儿有什么好说的。没准儿，上帝保佑，我也能在旅馆找个工作，要是有工作我可不会辞了，谁也别想再来找我，有点儿小费我就知足，再说吃穿都是现成的。要是在您这个马德里饭店该多好啊！那就太好啦！"

"让我考虑考虑,说不定在哪儿能给你找个这样的工作。"

"那我真要给您下跪!"

"但愿从此开始田园诗般的生活……"

"什么?"

"没什么,我说梦话呢……睡吧。"

"就睡就睡……我想到哪儿去了啊……"

1944 年 4 月 26 日

(陈馥 译)

第二壶咖啡

她既是他的模特,又是情人,又是主妇——她跟他一起住兹纳闵卡街,他的画室里。她头发是黄色的,个子不高,但身材匀称,年纪很轻,面容姣好,态度温柔。现在他每天早上以她为模特画"浴女",她站在一个小台子上,健壮成熟的胴体全裸着,一只手遮着私处,好像正在森林中的一条小河边犹豫着要不要下水,水中要有大眼儿的青蛙。画了一个来小时之后,他离开画架,眯着眼上上下下地打量画布,漫不经心地说:

"好了,歇会儿。你去煮第二壶咖啡吧。"

她如释重负地呼了一口气,赤脚跺着席子,跑到画室角落的煤气灶那儿。他用小刀从画布上刮掉些什么,煤气灶"呼呼"响着,送出铁锈的酸味儿和咖啡的香味儿,她无忧无虑地唱起歌儿来,响亮的歌声充满画室:

　　昨夜一片金——色的乌——云……

歇息在那巨——岩的胸——前①……

她回过头来,快乐地说道:

"这是画家亚尔采夫教我的。您知道他吗?"

"好像知道。那个瘦高个儿吗?"

"就是他。"

"没什么才,个子倒是高得很。好像死了,是吗?"

"死了,死了。喝酒喝死了。不,他人挺好。我跟他过了一年,就像跟您这样。他第二回就让我失身了。他一下子从画架旁跳起来,把调色板和画笔一扔,把我放倒在地毯上,我吓得连喊都不会。我紧紧贴着他的胸,抓着他的衣服,他那双眼啊,又疯狂又快乐……他像用刀子割我。"

"是啊,是啊,你跟我说过这事。好样的。你那时毕竟是爱他的吧?"

"当然爱了。我很怕他。他喝了酒,对我大吼大叫,可真要命啊。我不出声,他说:'卡奇卡,住口!'"

"真够可以的。"

"他醉了。他的吼声响遍了整个画室:'卡奇卡,住口!'我本来就没出声。然后他哼哼唧唧:'昨夜一片金色的乌云……'接着

---

① 莱蒙托夫(1814—1841)的诗句。

就改词了：'昨天一片乌云，年轻的乌云'——这是说我。笑死人！接着砰的一声，又一脚把我放倒在地上了：'卡奇卡，住口！'"

"好啊。你等一下，我忘了，是你的什么舅舅把你带到莫斯科来的吗？"

"舅舅，是舅舅。我十六岁成了孤儿，他就把我带来了。他把我带到另一个舅舅的酒馆里。我在那儿洗盘子，后来舅妈想把我卖到窑子里去。差点儿卖了，上帝救了我。有一天，一大早夏里亚宾①和科洛文②从'斯特列里尼'出来喝醒酒酒③，看见我跟跑堂的洛奇卡正把烧开了的大肚子茶炊往柜台上抬，他们连喊带笑：'早上好，卡奇卡！我们就是要让你给上酒，不要这个狗崽子小跑堂的！'他们怎么知道我叫卡佳呢！舅舅已经醒了，他出来，打着哈欠，皱起眉说'她不是干这个的，不能倒酒。'夏里亚宾大叫：'我让你烂在西伯利亚！我给你上镣铐！快按我的吩咐做！'舅舅马上害怕了，我也吓得要死，我还不想去，舅舅跟我小声说：'快去上酒，要不我回头扒了你的皮，他们是全莫斯科最有名的人。'我就去了。科洛文把我全身看了一遍，拿出十卢布，让我明天去他那儿，他想画我。他给了我他的地址。我去了，他又不想画了，就让我去找格罗乌谢夫大夫，他跟所有画家都好得要命，常去警察局给喝醉的和

---

① 夏里亚宾（1873—1938），俄罗斯歌唱家。
② 科洛文（1861—1939），俄罗斯画家。
③ 指宿醉后第二天早上再喝点儿酒，据说有助于醒酒。

死了的画家开证明，他自己也画点儿。这么着，他就开始把我转手了，不让我回酒馆了，我就这么留下了，除了身上的衣服，什么都没带。"

"怎么个转手法？"

"就是一个一个画室地转。开始我穿着衣服，戴块黄头巾摆姿势，画我的都是女画家，古夫什尼科娃啦，契诃夫的妹妹啦——她，说实在的，在我们这行一点儿都不成，太业余，——后来就让我到马里亚文[①]跟前去了。他让我光着身子，背对着他跪坐在脚跟上，头上顶着件衬衣，好像正在脱，就画起来。后背和屁股画得特别好，线条有劲儿，可惜把脚后跟和脚趾画砸了，它们压在屁股下面，画得歪歪斜斜的，丑得很……"

"好了，卡奇卡，别说了。响第二遍铃了。给我把咖啡壶端来。"

"哎呀，先生，我光顾着说话了！这就来，这就来……"

1944 年 4 月 30 日

（路轩 译）

[①] 马里亚文（1869—1940），俄罗斯画家。

铁　毛

"不，我不是修士，我的长袍和僧帽只说明我是上帝有罪的奴隶，是一个流浪者，已经在世上跋涉六十年了。我生在远远的北方。那儿是俄罗斯偏僻古老的地方，全是森林、沼泽和湖，村子很少。野兽多，鸟儿没数儿，你能看见大耳朵的猫头鹰——它落在黑魆魆的云杉树上，鼓着像琥珀那样的眼睛。也有长嘴的驼鹿，也有特别漂亮的鹿——在林子里用哭声和叫声召唤它的女朋友。冬天很长，雪很大，过路的狼就打窗户下走过去。夏天，大爪子的熊就在森林里到处游晃，林妖在密林里吹口哨，吹笛子，嗷嗷叫；夜里，淹死的女人在湖上升起白雾，光着身子躺在岸上，引诱人通奸，放荡个没够，有不少不幸的人就知道淫荡，跟她们过夜，白天睡觉，欲火中烧的，别的啥也不管，不过日子，……世界上啥也不如淫欲的力量大——人也好，爬行动物也好，野兽也好，鸟也好，特别是熊和林妖！

"我们那儿的熊叫铁毛，林妖就叫林子。他们俩都爱女人，口味重得很。一个女人（甚至是姑娘）去林子里捡柴、采果子——一转眼，就怀上了：她就哭，承认说，林子把我强奸了。有的抱怨熊：铁毛遇见我了，跟我犯浑了——我能对抗得了吗！我看见他朝我走来，我脸朝下趴下，他找到我，闻来闻去，——看看是不是死了？——他掀起我的袍子和贴身的衣服，压在我身上……不过，说实在的，她们经常耍滑头：就连姑娘家也一样，是她们自己引诱的他，脸朝下倒下，还光着身子，好像不小心似的。再说了，女人不管在林妖面前还是在熊面前都很难守得住，又叫唤又打嗝，至于有什么后果，她事前从来不想。熊是野兽又不是野兽，我们那儿的人相信，他能说话，就是不想说，这有道理。你明白吗，这种可怕的交配让女人心里多着迷！对林妖没啥说的——他更可怕，更放荡。对他我啥都说不准，上帝保佑我没见过他，有的人见过，他们说从衣服和表面上别的地方看起来，他像个炼焦油的汉子，不过他的血是蓝的，所以脸是黑的，腿上长了很多毛，不管在太阳还是月亮下都没有影子，他看见林子里的路上有人走过，马上整个蜷起来，立马跑了，连松鼠都追不上！碰上一个女人的时候就不一样的，他不光不害怕她，还朝她跳舞，快活地把她搂起来，她光着身子倒在地上，就跟遇见熊是一样的，他就把他的裤子从毛烘烘的腿上扒下来，从后面凑过来，胳肢光着身子的女人，哼哼哈哈的，把她撩拨得在他身子下面啥都不知道了，——这是有的女人自己说的。

"我说这些是想转到我自己身上。我一辈子孤苦伶仃，四处流浪，都是因为我早年遇到的一件没说出来的倒霉事。我的父母给我娶了个大美人,她出身沼泽那边的一个老的农家院儿,她比我还年轻,漂亮得不得了:小脸儿光光的,就像第一场雪那么干净,眼睛蓝蓝的,像圣女一样……可是在我们结婚的头一夜,她在睡房,在圣像下,挣脱了我的怀抱,跟我说:'你怎么敢在圣母和圣油灯跟前动我的身子?我不是心甘情愿跟你成亲的,我不能当你的老婆,我该出家进修道院,我不能再结婚,不能跟人打交道,因为我有可怕的罪孽。'我回答她:'看起来你是疯了,你年纪这么小,能有什么可怕的罪孽!'她跟我说:'只有圣母看见了,我跟她发过誓,不让人碰。'那时候控制不了的情欲已经把我变成了野兽,我不管她的反抗和当着圣像说的这些可怕的话,不管她用她的那点儿力气怎么反抗,也不管她的央求和哭喊,当场,就在地板上,把她受用了个够。事后我才明白,在我之前她已经失身了,当时我也没想,她是什么时候失的身,是跟谁。我像喝醉了一样,立刻睡着了,睡得很沉。她呢,只穿着贴身的衣服从睡房跑进了森林,在那儿用结婚的腰带吊死了。等人们在那儿找到她的时候,看见就在她两只光着的脚丫儿下面,有一头大熊低着头坐在雪地上。我就像那只鹿,哭嚎了三天三夜,把森林周围都震聋了,可她再也听不到了,再也活不过来了。"

1944 年 5 月 1 日

(路轩 译)

寒冷的秋天

那年六月他来我们庄园做客,我们一向把他视为自己人——他去世的父亲是我父亲的朋友和邻居。六月十五日费迪南在萨拉热窝被刺杀,十六日早上从邮局送来了报纸。父亲手里拿着《莫斯科晚报》从书房来到餐厅,他,妈妈和我还坐在桌旁喝茶,父亲说:

"瞧,我的朋友们,要打仗了!奥地利王储在萨拉热窝被刺杀了,肯定要打仗了!"

彼得节①那天我们家来了很多人——那天是父亲的命名日,吃饭的时候向大家公布了我们订婚的消息。但七月十九日德国向俄国宣战了……

九月里他来了一趟,只住了一天——是在上前线之前来辞行的(那时大家都以为战争很快就会结束,我们的婚礼被推迟到春天)。我们分别的夜晚到了。晚饭后照例生了茶炊,父亲看了看蒙了一层

---

① 宗教节日(在7月12日)。

水蒸气的窗户,说道:

"今年秋天真特别,来得又早又冷。"

那天晚上我们静静地坐着,只是偶尔交谈几句,说些无关紧要的话。我们强作镇定,掩饰着隐秘的思绪和情感。父亲以不自然的轻松语气谈论着秋天。我走到露台的门前,用手绢擦了擦玻璃,只见花园里的黑漆漆的空中,寒星闪烁,璀璨莹洁。父亲陷进沙发,漫不经心地望着悬在桌子上方的明亮的灯,抽着烟,妈妈戴着眼镜,借着灯光赶制一个丝绸的小囊,——我们知道它是做什么的,——这既动人又可怕。父亲问道:

"这么说你还是想明天早上走,不等到后天吗?"

"是的,如果可以的话,还是明早走。"他回答,"很舍不得,可是我那里还没完全准备好。"

父亲轻轻地叹了口气:

"行啊,随你的便吧,我亲爱的。那么我跟妈妈得去睡觉了,明天我们一定要送你……"

妈妈站起身,给未来的女婿画了十字,他鞠躬吻她的手,然后吻父亲的手。只剩下我们两个了,我们又在餐厅待了片刻,——我想起用纸牌算卦,——他沉默地走来走去,从一个墙角走到另一个墙角,然后问道:

"想不想出去走走?"

我心里难受得越来越厉害,但不动声色,只说:

"好吧……"

我们在前厅穿外衣,他仍然若有所思,带着可爱的嘲弄的微笑,背出费特①的诗句:

多么寒冷的秋天!

快穿上披肩和罩袍……

"罩袍没有,"我说,"接下去是怎么说的?"

"我不记得了,好像是这样的:

看哪,在幽暗的松林间,

好像腾起了火焰……"

"哪来的火焰?"

"当然是月亮升起来了。这些诗句中有种秋日乡村的美妙。'快穿上披肩和罩袍……'那是我们祖父母的时代……哦,我的上帝,我的上帝!"

"你怎么了?"

"没什么,亲爱的朋友。就是心里忧郁。又忧郁又幸福。我非常,

---

① 费特(1820—1892),俄国诗人。

非常爱你……"

我们穿好外衣，穿过餐厅出去，下了露台，来到花园。起初一片漆黑，我得抓着他的袖子。过了一会儿可以分辨出发亮的天空和黑乎乎的枝条了，枝条上似乎点缀着亮晶晶的星星。他停下脚步，转身面朝房子：

"你瞧，窗户亮得好像很特别，闪着秋天的那种光。只要活着，我就会永远记得这个夜晚……"

我朝那边看了看，而后他拥抱我，把我包在他的瑞士斗篷里。我把面纱撩起来，头微微后仰，让他吻我。他吻了吻我，然后看看我的脸。

"你的眼睛多亮啊，"他说，"你不冷吗？空气已经像冬天一样了。如果我被打死了，你总不会很快把我忘了吧？"

我想了想："万一真的打死了呢？难道有一天我真的会忘记他？——要知道一切最终都会忘记的。"我被这个念头吓坏了，急忙回答：

"快别这么说！你死了我也活不下去！"

他沉默片刻，缓缓地说：

"好吧。如果我被打死了，我就在那边等你。你在世界上活一阵子，快活快活，然后来找我。"

我痛哭起来……

早上他走了。妈妈把昨晚缝的那个华美的小囊挂在他的脖子上，——里面是她的父亲和祖父在打仗时戴过的金圣像。我们为他画了十字，心里都怀着一种强烈的绝望。我们站在台阶上望着他的背影，就像每次送别出远门的人一样，陷入一种痴痴的状态，只觉得我们自己跟身边这个草叶上白露闪闪、晴朗快乐的早晨出奇地不协调。我们站了一会儿，然后回到空荡荡的房子里。我背着手在各个房间徘徊，不知道如何是好，是号啕大哭还是放声歌唱……

一个月后在加利西亚①，他被打死了——多奇怪的词！从那之后过去了整整三十年。这些年经历了很多很多，所以当你定下心来回想往事，细细梳理那激动人心的、不可思议的、无论理性还是心灵都无法把握的所谓"过去"的时候，岁月便显得格外漫长。一九一八年的春天，父亲和母亲都去世了，我住在莫斯科斯摩棱斯克市场的一个小贩的地下室里，她总是挖苦我："哎呀，小姐，您的境遇如何？"我也做生意，像当时很多人一样，把我剩下的东西卖给戴着毛皮高帽、穿着破烂大衣的士兵——或是一个戒指，或是一个小十字架，或是一条被蛀了的毛皮领子。一次，当我在阿尔巴特街和市场的转角处卖东西的时候，遇到了一个上年纪的退伍军官，他是个很难得的好人，我很快嫁给了他，四月和他一起去了叶卡捷琳诺达尔。我们是和他的侄子一起去那里的，那是个十七岁的男孩，也是去投奔志愿军的。我们走了差不多两个星期，我扮成村妇，穿

---

① 地名，在今波兰东南部。

着树皮鞋，他穿着哥萨克式的破袄，留着黑中带白的大胡子，——我们到了顿河地区，在库班住了两年多，然后在冬天的飓风里，随着不计其数的难民从新罗斯斯克渡海去土耳其，途中，我丈夫因为伤寒死在了海上。他死后我在世界上只剩下了三个亲人：我丈夫的侄子，他年轻的妻子和他们的女儿，一个七个月大的婴儿。但过了一段时间侄子和他妻子也去克里米亚投奔弗兰克了，把那个婴儿留给我照看，随后便失去了音信。我又在君士坦丁堡住了很长时间，干很苦很重的活儿养活自己和小女孩。后来，跟很多人一样，我带着这个小女孩漂泊了多少地方！保加利亚，塞尔维亚，捷克，比利时，巴黎，尼斯……女孩子早就长大了，留在了巴黎，成了一个纯粹的法国人，长得很好看，完全不把我放在心上，在玛特琳附近的一个巧克力店工作，用一双涂着银色指甲油的娇嫩的手把糖盒包在亮光纸里，再用金色的细绳绑好；而我一直住在尼斯，现在还在这里，过着朝不保夕的日子……我第一次来尼斯是在一九一二年，在那幸福的日子里，我怎么能想到这里有朝一日将是我的沦落之地！

就这样，他死后我活了下来，尽管当年冲动地说过，他死了我就没法活。可是，每当回想起从那时起我经历的一切，我总是问自己：那么，我的生活中究竟有过些什么呢？答案是：只有那个寒冷的秋夜。难道它真的曾经有过吗？确实如此。而这，就是我一生所唯一拥有的，剩下的都是一场无谓的梦。我相信，我确信，他在那边的某处等着我——跟那个夜晚一般无二，年轻，怀着一般无二的爱。

"你在世界上活一阵子,快活快活,然后来找我……"我活了一阵子,也快活过了,不久就要去了。

1944年5月3日

(路轩 译)

林间草木丛生的池塘（1883）

［俄］伊万·伊万诺维奇·希什金 / 绘

"萨拉托夫"号

黄昏时分窗外哗哗地下过一阵五月的雨。坐在厨房里一盏白铁油灯下喝茶的麻脸勤务兵,看了看墙上那只嘀嗒嘀嗒响的挂钟,起身向着漆黑的书房走去,一路上唯恐脚下的新皮靴发出嘎吱嘎吱的声音,颇不灵便地来到大沙发榻跟前说:

"大人,九点了……"

青年军官惊骇地睁开了眼睛,说:

"什么?九点了?不可能……"

书房的两扇窗户都开向一条花园连着花园的僻静街道,春天那爽人的湿润气息和杨树的清香飘进窗来。年轻人酣睡过一觉之后,对这些气味往往格外敏感,他精神抖擞地从沙发榻上放下两只脚来。

"点灯,赶快去叫出租马车。找一辆跑得快的……"

于是他去换衣服,洗脸,用冷水浇头,洒上花露水,把剪得短短的鬈发梳整齐了,再照一次镜子,看到自己容光焕发、眼睛炯炯有神。凌晨一点至六点,他参加了一个大型军官聚会,在那儿吃了早饭，回来倒头就睡着了——一个人连续几小时不停地喝酒、吸烟、谈笑之后都会倒头就睡着，不过此刻他又觉得精神极了。勤务兵在外室里把军刀、制帽、夏季穿的薄军大衣一件一件地递给了他，然后敲开大门。他轻捷地跳上出租马车，声音有点儿沙哑地大声说：

"快走！给一卢布酒钱！"

绿油油的稠密的树下晃过一盏盏路灯的灯光，被雨水浇湿的杨树散发着爽人的气息和一股甜香。马儿飞奔着，马蹄铁敲出红色的火星。绿树，路灯，眼前的约会，还有他在马儿奔驰间竟然点着了的香烟的气味，这一切有多美啊！这一切又都汇成一种甘愿去做任何事情的幸福心情。是伏特加酒、法国蜜酒、土耳其咖啡在起作用吗？胡说，只不过是春天来了，一切就都这么好……

一个穿一双摇来晃去的细高跟鞋的行色放荡的小个子女仆出来开门。他迅速脱了军大衣，解下军刀，把制帽扔在镜台上，拍松了头发，一路碰着马刺走进一间塞满太太客厅用的家具的不大的房间。她也立即走进来，也穿着一双摇来晃去的没有后帮的高跟鞋，又因为不穿袜子而露着两个粉红色的脚后跟，细长而线条明显的身上绷着一件窄小的花袍，活像一条灰蛇，悬垂式的袖子开衩开到肩头。她的两只微微斜视的眼睛也是细长的，捏在长而苍白的手中的一支长长的琥珀烟嘴冒着烟。

他吻她的左手的时候碰了碰鞋跟，然后说：

"看在上帝分上，请原谅我来迟了，不是我的错……"

她居高临下地看了看他那湿得发亮的剪短了的细碎鬈发，又看了看他的目光炯炯的眼睛，闻到他身上有酒味，于是说：

"是谁的错早就清楚了……"

她在一张有织锦软垫的凳子上坐下来，用左手托着右肘，高举着香烟，跷起二郎腿，在袍子的开衩处露出了她的大腿。他在她对面的织锦面长沙发上坐下来，一面从裤子口袋里掏香烟盒一面说：

"你明白吗，是这么回事……"

"我明白，我明白……"

他敏捷地点着了香烟，甩了甩燃烧着的火柴棍儿，把它扔进有织锦软垫的凳子旁边一张东方式小桌上摆着的烟灰缸里，然后在沙发上坐得舒服一些，以平素那种毫无分寸的狂喜的目光盯着她裸露在袍衩间的膝头。

"好吧，你不想听就算了……今天晚上的节目是逛商家花园，想去吗？那儿举办什么'日本之夜'，知道吗？看宫灯，有艺伎表演，'我获得造型美一等奖'。"

她摇摇头说：

"什么节目也不要。今天我在家待着。"

"随你。在家待着也不错。"

她环顾四周以后说：

"亲爱的，这是我们的最后一次约会了。"

他笑嘻嘻地惊讶地问：

"怎么说是最后一次?"

"就是。"

他的眼睛更加调皮地闪烁起来。

"得了,得了,别拿我开心!"

"我根本没拿你开心。"

"好极了。不过有趣的是,这话到底是什么意思?就像我们骑兵司务长说的,怎么忽然兜起圈子来了?"

"司务长们说什么,我不感兴趣。说实话,你高兴什么我也不大明白。"

"我向来一看见你就高兴。"

"这听起来很可爱,不过现在说这话不大合适。"

"真见鬼,我还是一点儿也不明白!出了什么事?"

"出了什么事嘛,我早该告诉你了。我要回到他身边去了。我跟他决裂是个错误。"

"妈呀,你说这话当真?"

"绝对当真。我太对不起他了,但是他决定统统原谅,统统忘掉。"

"真——够大度的!"

"别耍活宝。还在大斋节我就跟他见过面了……"

"就是说,背着我继续……"

"继续什么?我明白,不过反正……我跟他见了面,当然是背着你,不愿意让你难受,那天我就明白了,我一直没有停止爱他。"

他咬着烟嘴，眯起了眼睛。

"指他的钱吗？"

"他不比你阔。你们的钱对我算什么！要是我愿意……"

"对不起，只有娼妓才这样说话。"

"我不是娼妓又是什么？难道说我不是靠你的钱生活，而是靠我自己的？"

他以军官说话的速度像放连珠炮似的喃喃说：

"在爱情面前金钱是没有意义的。"

"可我是爱他的！"

"那么我只是个临时的玩具，用来排遣寂寞的玩意儿，有利可榨的姘夫之一？"

"你很清楚，远远不只是玩意儿，玩具。对，我是姘妇，不过你对我说穿这一点也太下流了。"

"嘴巴干净点儿！就像法国人说的，请您注意用词。"

"我也劝您遵守这条规矩，总之……"

他站起身来，重新充满他坐在出租马车上疾驰的时候怀抱的甘愿去做任何事情的决心，思索着在屋里走了一遭，仍然不相信他寄予今宵的一切快乐的希望竟突然给这毫无道理的意外事件粉碎了，于是一脚踢开扔在地毯上的一个穿红色无袖长衫的黄头发玩偶，又在长沙发上坐下来，直视着她。

"我再问一遍：这是不是开玩笑？"

她闭上眼睛摆了摆早已熄灭的香烟。

他沉思起来，再点燃一支烟，又咬着烟嘴一字一板地说：

"那么你以为我会把你这两条胳膊两条腿就这么给他，让他吻这个我昨天才吻过的膝头？"

她扬起了眉毛：

"亲爱的，我毕竟不是物件，可以给或者不给。而且凭什么权利……"

他连忙把香烟放在烟灰缸里，弯下身，从裤子后袋里拔出一支光滑、小巧、沉重的勃朗宁手枪，放在手掌上掂了掂，说：

"这就是我的权利。"

她斜睨了他一眼，干巴巴地笑笑，说：

"我不爱看人做戏。"接着她又冷冷地提高嗓门说，"索尼娅，给帕维尔·谢尔盖耶维奇拿大衣。"

"什——么？"

"没什么。您喝多了。走开。"

"这是您最后的话了？"

"最后的。"

她说着站起身来，整理好腿上的袍子开衩。他怀着快乐的决心朝着她迈出一步，说：

"小心点儿，别真的成了您最后的话！"

"装腔作势的酒鬼。"她厌恶地说，一面用她长长的手指理着脑后的头发，一面向门外走去。他一把抓住她的一只裸露的胳膊，捏得她弯下了腰。她把眼睛斜睨得更加厉害，并且迅速转过身来，挥手朝他打过去。他敏捷地闪开了，接着就露出一脸的狞笑，开了一枪。

这年的十二月，志愿船队的"萨拉托夫"号轮船经过印度洋驶往符拉迪沃斯托克。前甲板上那被太阳暴晒着的帆布篷下，一群裸着上半身的囚徒或坐或躺在不流动的热浪中，在炙人的半明半暗处，在海水像镜子一样反射着的强光里。他们的头发剃去了一半，看上去很可怕，下身都穿着白帆布裤子，赤裸的脚上套着脚镣。他也像大家一样裸着上半身，很瘦，皮肤已经晒成古铜色。他也只有半边头上留着剪短的头发，瘪下去的双颊很久不刮了，胡子拉碴的，眼睛闪射出狂热的光芒。他把胳膊肘儿支在栏杆上，凝视着高高的船舷旁那由高峰向低谷飞速下降的深蓝色海浪，时不时地往那里吐一口吐沫。

1944 年 5 月 16 日

（陈馥 译）

大 乌 鸦

我的父亲像一只大乌鸦,我从小就有这个印象。一天,我在《田地》杂志上看到一幅画,画的是拿破仑站在峭壁上,挺着白色的肚子,穿着驼鹿皮裤和黑色短筒靴。我顿时想起波格丹诺夫的《北极纪行》中的插图,不觉笑出声来——这拿破仑多么像一只企鹅呀!接着我难过地想:"可是爸爸像一只大乌鸦……"

父亲在省城里身居要职,这更毁了他。我觉得,即便在他所属的那个官场中也找不出一个人比他更别扭、更阴郁、更沉默。他那慢腾腾的言谈举止总透着冷冷的残酷。他个子不高,身体结实,有点儿驼背,一头黑发又粗又硬,皮肤黝黑的长脸刮得溜光,鼻子很大,简直就是一只不折不扣的大乌鸦,当他穿上黑色燕尾服出现在我们省长夫人举办的慈善晚会上的时候尤其如此。在这种晚会上,他往往弓着背稳稳地站在俄罗斯小木屋式的售货亭旁边,转动着他的大乌鸦脑袋,用一双发亮的乌鸦眼睛斜睨着跳舞的人,到售货亭来的人,还有售货亭里那位贵妇人,她迷人地微笑着,用一只戴满钻石戒指的大手端起浅浅的高脚酒杯，把廉价的黄色香槟酒递给人们。这位身材高大的太太穿一身织锦衣服，戴一顶盾形帽，因为搽了过多的肉色脂粉鼻子看上去像假的。父亲已经鳏居多年，只有我和小妹莉丽娅两个孩子。我们的住所在一排面对着位于省城大教堂和主要大街之间的白杨林荫道的官厅公寓楼房当中的一幢的二层楼上，很宽敞，那些擦得像镜子一样光洁的大房间显得阴森森、空落落的。幸而我一年之中有半年多在莫斯科卡特科夫高等政法学校念书，圣诞节和暑假才回家。有一年，我回到家中竟碰上一件万万想不到的事情。

那年春天，我在高等政法学校毕业，从莫斯科回来。让我震惊的是，阳光似乎突然照进了我们这套先前如死一般沉寂的住宅。使之生辉的是一位步履轻盈的少女，她刚刚替换了八岁的莉丽娅的保姆，一个长相酷似中世纪木雕圣徒的高个子干巴老太婆。这位贫家少女是我父亲属下一个低级公务员的女儿。她刚读完女子中学就找到这样好的职位，再加上我这个同龄人的到来，使她感到无比幸福。然而她是多么畏怯啊！在父亲面前，当我们在一起规规矩矩用餐的时候，她总是怯生生的，时时刻刻诚惶诚恐地照看着黑眼睛的莉丽娅。莉丽娅也不爱说话，但是性情急躁，这急躁不仅表现在她的每一个动作之中，甚至表现在她的沉默之中。她似乎总是唯恐天下不乱，爱把她的小黑脑袋挑衅似的转来转去。餐桌旁的父亲简直变了一个人，他不再对戴着线手套给他上菜的老古里投以严厉的目光，而且不时地说几句话，仍然是慢腾腾的，但终究开了口，当然，只对她一个人说话，客气地称呼她"亲爱的叶莲娜·尼古拉耶夫娜"，甚至还想开个玩笑什么的。她呢，窘得厉害，只好报以难堪的微笑，娇嫩的脸上红一块白一块的。这位瘦弱的淡黄头发少女穿一件腋下被她的青春热汗渍黄了的薄薄的白色上衣，隐隐显出一对小乳房的轮廓。吃饭的时候她甚至不敢看我一眼，此时我比父亲更让她害怕。然而，她越是尽量不看我，父亲越是冷冷地用眼睛瞟我。不仅父亲，连我自己也明白并且感觉到，她竭力不看我而去听父亲讲话，去照管虽然不爱说话但是一刻也坐不住的脾气很坏的莉丽娅这片苦心背后，隐藏着另一种全然不同的恐惧，——由我们两人坐在一起、彼此都感到幸福产生的欢愉的恐惧。晚上父亲一向是边工作边喝茶，他的金边大茶杯一向是给他端进书房里放在写字台上。如今父亲到餐室里来同我们一道喝茶了，茶炊旁边坐着她，莉丽娅这时候已经上床睡觉。父亲穿着一件挺长挺肥大的红里子上衣从书房走出来，在自己的圈手椅中坐下，把茶杯交给她。她则投父亲所好，满满斟上一杯茶递给父亲，手直发抖，接着再给我和她自己斟上，然后垂下眼帘做女红。父亲呢，不慌不忙地说话，而且是些使人十分诧异的话：

"亲爱的叶莲娜·尼古拉耶夫娜，淡黄色头发的女郎适合穿黑色或者大红色的衣裳……比如跟您的容貌再相配不过的是黑缎子做的连衣裙，在玛丽亚·斯图亚特①式锯齿形竖领上缀满一颗颗小小的钻石……或者中世纪式大红天鹅绒连衣裙，领口开得不大，再戴上一枚红宝石小十字架……深蓝色里昂天鹅绒短皮大衣和威尼斯软圆帽对您也合适……这些当然都是幻想。"说到这儿，父亲的脸上露出了一丝苦笑，"您父亲在我们那儿一个月才拿七十五卢布，可是孩子呢，除了您以外还有五个，一个比一个小，看来您这辈子多半是要过穷日子啦。不过话又说回来，幻想有什么不好呢？幻想能使人精神焕发，给人以力量和希望。再说，不是也有一些幻想忽然变成现实的事例吗？……这种事自然少见，非常少见，不过有……比如前不久，库尔斯克火车站的一个厨子中了一张彩票，拿到二十万卢布。一个普通的厨子！"

她竭力做出把这些话都当成轻松的玩笑的样子，勉强看父亲几眼，对他莞尔而笑。我却假装什么也没有听见，摆我的拿破仑牌阵。有一天，父亲更进了一步，朝我这边点一点头，突然说：

"比如这个年轻人，他大概也在幻想：等哪天爸爸一死，他的金子就要多得连鸡都不啄了！是啊，鸡可不是不啄么，因为没有什么可啄的。爸爸自然是有点儿家底，比如萨马拉省那一千俄亩黑土田，不过未必会落到儿子手里。他对爸爸不怎么孝顺，依我看，将来准是个头等的败家子……"

---

① 苏格兰女王，曾觊觎英格兰王位。一五八七年被指控反叛英格兰女王伊丽莎白一世而被处死。

最后这一席话是在圣彼得节前夕讲的,我记忆犹新。那天早上父亲去大教堂做礼拜,礼拜完毕之后到省长家去吃中饭,庆祝省长的命名日。平时父亲也从不在家吃中饭,因此那天也是我们三个人一道吃。末了甜食端上来的时候,莉丽娅发现不是她爱吃的麻花,而是樱桃羹,就冲着古里撒泼,用两只小拳头捶桌子,把盘子摔到地上,使劲摇头,拼命哭喊,以致憋了气。我们好不容易才把莉丽娅拉回她的房间,她一路踢我们,咬我们的手。我们竭力安抚她,连声说要狠狠地处罚厨子。她总算安静下来,而且睡着了。当我们一同努力去拉莉丽娅的时候,我们的手曾经多次相碰,其中包含着多少使我们心颤的柔情啊!外面下着大雨,阴暗下来的房间有时被闪电的光照得雪亮,雷声震得玻璃直响。

"是雷雨惊着她了。"当我们来到走廊上的时候,她快乐地对我耳语道。突然,她惊惶地说:"呀,哪儿失火了!"

我们奔进餐室,敞开窗户,救火车沿着林荫道从我们眼前隆隆地疾驶而过。急雨泼洒在白杨树上,雷电已经止息,像是被这场雨浇灭了。只听见隆隆的车声,是满载着头戴铜盔的消防队员、水龙带和云梯的长板车驶过;叮叮当当的铃声,是吊在车辕下的小铃铛在响;嘚嘚的马蹄声,是黑色比曲格马拉着长板车在鹅卵石铺砌的马路上奔驰。在这一片音响中,可以听见号手吹着他的号角告警,号声却那么柔和,那么着魔似的变幻着……接着拉瓦河畔征战者伊凡钟楼上的大钟一下接一下地敲了起来……我们站在窗前,彼此靠得很近，雨水和城市中雨后潮湿的尘土气味清新好闻地飘进窗来，我们仿佛只是怀着专注的激动心情看着听着。最后一辆长板车载着一只很大的红色水槽也飞驶过去了，我的心跳得更加剧烈，额角的神经绷得紧紧的。我拿起她那垂在胯骨边的失去知觉的手，恳求地望着她的脸。她的脸苍白了，双唇微微张开，胸脯随着呼吸起伏，也恳求似的转过一双满含晶莹泪珠的眼睛望着我。我搂住她的肩膀，生平第一次消融在少女的温柔清凉的嘴唇上……从这以后，没有一天、没有一小时我们不见面，仿佛是偶然地，时而在小客厅，时而在大客厅，时而在走廊上，甚至在父亲的书房里——他傍晚才回家来。这些会面是短暂的，而我们的亲吻却长得那么大胆，那么叫人不能满足，甚至已经因为没有结果而使人急不可待了。父亲对此有所觉察，又不到餐室里来喝晚茶了，而且恢复了沉默阴郁的老样子。不过我们已经不去理他了，在餐桌上她也显得比过去镇静、严肃。

七月初，莉丽娅因为马林果吃得太多病倒了，而且复原得很慢，躺在自己的房间里，用彩色铅笔往钉在木板上的大张大张的纸上画些仙乡城郭之类的东西。她不得不坐在莉丽娅的床边绣自己的小俄罗斯式衬衣，不能离开一步，因为莉丽娅一会儿要这一会儿要那。我要看到她、亲吻她、拥抱她的无休止的欲望使我在这所空落落的寂静的房子里受尽折磨，只能在父亲的书房里，从他的书柜中随便拿出一本书来硬着头皮阅读。一天，我也是这样坐着，时间已近黄昏，突然传来她的轻盈急促的脚步声。我把书一扔，跳起身来问：

"怎么,她睡着了?"

她把手一甩,说:

"唉,没有!你不知道,她两天两夜不睡觉也没事,跟所有的疯子一样!她撺我出来到爸爸这儿找什么黄色、橙黄色铅笔……"

她哭了,走过来把头靠在我的胸前,说:

"我的上帝,什么时候才是个头啊!你就告诉他吧,说你爱我,反正世界上任什么也不能把我们分开!"

她抬起流着热泪的脸,猛地抱住我,在一吻中屏住了呼吸。我紧紧地搂着她的身子,把她往沙发那边拉去。此时此刻我还能思考什么,记得什么吗?只听得书房门口一声轻轻的咳嗽,我从她的肩头上望过去,看见父亲站在那里望着我们,随后他转身弓着背走开了。

我们谁也没有去餐室吃晚饭。晚上古里来敲我的房门,对我说:"爸爸要您到他那儿去一趟。"我走进书房。父亲坐在写字台前的圈手椅中,头也不回地说:

"明天你就到我的萨马拉庄园去过夏天。秋天上莫斯科或者彼得堡去找个差事。要是你敢不听话,我就永远剥夺你的继承权。这还不算完,明天我就去请省长立刻把你押送到乡下去。现在你走吧,别让我再看见你。路费和零花钱明天早晨我派人交给你。入秋前我会写信给我的庄园账房,叫他们给你一笔钱,作为你初到两个大都会的生活费用。你走以前别想再见她。好了,我亲爱的,走吧。"

当天夜里我就离开家到雅罗斯拉夫省我的一个同学的庄园去了,在他那里一直住到秋天。秋天,由他父亲保荐,我到彼得堡进了外交部,然后给我父亲写了一封信,说我不仅永远拒绝接受他的遗产,而且永远拒绝接受他的任何资助。冬天,我听说他退了职,也迁到彼得堡来了,"带着他的年轻貌美的妻子"。一天晚上,在开演前几分钟,我走进玛丽亚剧院的池座,突然看见父亲和她坐在舞台旁边的包厢里,紧挨着栏杆,栏杆上放着一架小小的贝壳色观剧镜。父亲穿一身燕尾服,弓着背,活像一只大乌鸦,正眯起一只眼睛专心地看节目单。她轻盈娴雅,淡黄色的头发梳得高高的,正活泼泼地向四周张望,看看点着光华耀眼的枝形吊灯和在一片细语声中渐渐坐满观众的暖烘烘的池座,看看进入包厢的人们身上穿的夜礼服、燕尾服、军服。她脖子上的红宝石小十字架闪着深红色的光焰,两条细细的,然而已经长得浑圆的臂膀裸露着,大红天鹅绒的罗马式无袖上衣左肩上别着一枚红宝石扣针……

1944 年 5 月 18 日

(陈馥 译)

卡 马 格[1]

她在马赛和阿尔勒[2]之间的一个小站上了车,扭动着她那西班牙茨冈式的身体穿过车厢,在一个靠窗的独座儿坐下,旁若无人把炒熟的开心果剥了皮,噼噼啪啪地吃起来,还不时撩起黑色的外裙,把手伸进白色的内裙上一个鼓鼓囊囊的口袋。车厢里满满的,坐的都是普通乘客,没有隔间,只有一排排座椅,所以很多坐在她对面的人会不时瞪她一眼。

她嘴唇颜色暗沉,不停地动着,露出白牙,上唇在嘴角旁有两簇发蓝的细绒毛,她的脸瘦瘦的,肤色黝黑,显得牙齿更白了,有种原始的野性。她的眼睛细长,是金褐色的,在浓密的褐色睫毛下若隐若现,好像在反观自己内心,带着某种混沌的、原始的痛苦。漆黑的头发像绸缎一般,从中间整整齐齐地分开,只有几个卷曲的发卷垂在低低的额头,圆脸蛋儿旁边晃着两个闪亮的银制长耳环。

[1] 法国南部地名。
[2] 法国南部城市。

她的斜肩上披着一条褪色的天蓝围巾，围巾在胸前打了个漂亮的结。她的手像印度人一样干瘦，手指好像木乃伊，只是指甲比较亮，它们正像猴子一样敏捷地不停地剥着开心果。吃完开心果，她抖落腿上的皮，闭上眼，跷起二郎腿，靠在了椅子背上。在带褶的黑色外裙里，她那婀娜的腰肢束得紧紧的，特别突出女性特征，髋部结实地隆起，轮廓平稳地向外铺展开来。她赤裸的脚瘦瘦的，细腻的皮肤晒得黑亮，穿着黑色的布长袜，上面交叉绑着蓝红双色的细带子……

她在阿尔勒下了车。

"这是个卡马格女人。"我的邻座望着她的背影，不知为何非常忧郁地说了这么一句，一定是被她的美搞得心绪不宁。他是个普罗旺斯人，像公牛一样结实，脸膛黑红，青筋暴露。

1944年5月23日

（路轩 译）

一百卢比

一天早上我在一家旅馆的院子里看到了她，那是一座位于海边（那些日子我住在那里）椰林中的荷兰式老房子。后来我每天早上都看到她。她半躺在房子投下的热烘烘的淡淡阴影下的藤椅上，离凉台两步远的地方。一个穿着白帆布上衣和长裤，高个儿，黄脸，眼睛细得离谱的马来人赤着脚沙沙地走过砾石路，用托盘送来一杯金色的茶水，放在她身边的小桌上，恭敬地对她说着什么，说话的时候那撮成一个洞的干燥的嘴唇好像没有动。然后马来人鞠躬退下，而她半躺着，摇着草编的扇子，像黑天鹅绒一样绝美的睫毛缓缓地忽闪着……她属于这大千世界上的哪一种族呢？

她小巧结实的身体是热带人所特有的，那咖啡色的胴体在胸口、肩膀、胳膊和膝盖以下部位都是裸露的，大腿用一块鲜艳的绿色布幅随意一围，一双纤足穿着黄色的漆皮木屐，木屐上绑着红色的带子，露出点点红指甲。漆黑的头发盘成高高的发髻，样式显得粗笨，跟她那孩子般娇媚的面庞不协调，显得古怪。她的耳垂上晃着一对空心的金耳环。她黑色的睫毛出奇地长而密,就像在印度的奇花异卉上迷人地扇动着翅膀的神奇的蝴蝶……美,聪明,愚蠢——这些词对她都不合适,一切人类的词汇都不适合她,没错,她好像来自别的星球。适合于她的只有静默。她就这样半躺着,不言不语,只是慢慢摇着扇子,天鹅绒般的睫毛像蝴蝶一般端庄地忽闪着……

一天早上,通常拉我进城的人力车夫跑进院子的时候,那个马来人在凉台的台阶旁迎候我,他鞠了个躬,用英语小声说:

"一百卢比,先生。"

1944 年 5 月 24 日

(路轩 译)

惩 罚

为了洗海水浴和写生,八月底我来到戛纳,在一处膳宿公寓下榻。那个奇怪的女人天天早上独自坐在一边喝咖啡,吃饭,脸上总有一种专注、阴郁的神情,似乎对一切事一切人都视而不见,喝完咖啡就不知上哪儿去了,几乎要到晚上才露面。我在这公寓里已经住了一个星期,还在饶有兴趣地观察她:一头浓密的黑发,编成一根大辫子盘在头上,壮实的身躯穿一件红黑二色的珠皮呢连衣裙,线条略粗的面孔挺美,可是目光阴郁……服务小姐是个阿尔萨斯姑娘,才十五岁左右,已经乳丰臀肥,可又出奇地温柔稚嫩,她的愚蠢和可爱也是少见的,一跟她说话她就做出吓一跳的样子,而且满脸堆笑。有一天我在走廊上碰见她,就用法语问她:

"告诉我,奥黛特,这位夫人是谁?"

她既想做出吓一跳的样子,又想露出笑脸,把两只油亮油亮的蓝眼睛直瞪着我,说:

"哪位夫人,先生?"

"那边那位黑发夫人。"

"几号桌子,先生?"

"十号。"

"她是俄国人,先生。"

"还有呢?"

"我就不知道了,先生。"

"她在这儿很久了吗?"

"三个星期,先生。"

"总是一个人?"

"不,先生。有一位先生来过……"

"年轻的,长得挺帅?"

"不,先生。他心事挺重,爱发脾气……"

"突然不见了?"

"是的,先生……"

"哦,是这样!"我想,"现在我有点儿明白了。可是她一上午跑到哪儿去了呢?总在找他吗?"

第二天,像平日一样,喝完咖啡不久我就听见公寓小花园里的鹅卵石路上响起了沙沙声,我向敞开的窗外望去,看见她照例不戴帽子,撑着一把跟她的连衣裙同样颜色的小伞,急匆匆地迈着两只穿红色帆布凉鞋的脚走了。我抓起手杖和窄边草帽跟着追了出去。她从我们公寓所在的巷子拐到卡尔诺林荫大街,我也跟着转弯,心想她一向那么专注,大概不会回头看,也不会感觉到我跟在后面。的确,她径直走到火车站,一次也没有回头。在火车站上,她头也不回地登上了三等车车厢。那趟列车开往土伦方向,为保险起见,我买了一张到圣拉斐尔的票,登上了与她毗邻的车厢。她显然走不远,但是上哪儿呢?每到一站我都把头伸到车窗外面去看,终于在停一分钟的特雷亚斯小站看见她向车站出口走去。我跳下火车,又尾随而去,与她保持着一段距离。这回走了很久,沿着海边的悬崖有一条弯弯曲曲的公路,接着是小松林间的一些多石而陡峭的小径,她抄这条近路向岸边的小海湾走去。这一带荒无人迹,多悬崖峭壁,而且长满了树,有一些切入岸边的小海湾。时近正午,气温很高,空气似乎不流动了,有一股浓烈的晒热了的松针气味。四外没有一个人,也听不到一点儿声音,只有知了在起劲地叫,向南边扩展开去的大海闪着光,仿佛有许多银色的大星星在水上跳跃……她最后从小径上跑到一些红蜡笔似的悬崖之间的一个绿色小海湾边,把伞扔在沙滩上,迅速脱下鞋(她没穿袜子),开始脱衣服。我在一块飞石上躺下来,她就在这块石头下面解开她的颜色灰暗的花连衣裙。我看着她心里想,她的泳装肯定也是这种不祥的颜色。不料连衣裙下面根本没穿泳装,只有一件粉红色短衬衫。她脱下这件短衬衫就露出晒成古铜色的壮健结实的身躯,然后踩着圆石走向清澈明亮的海水,绷紧了美丽的脚踝,扭着浑圆的后臀,闪着晒黑的大腿。她在水边站立片刻,想必是眯起眼睛避开炫目的反光,这才哗啦哗啦地走进水里，蹲下去，让水浸到她的双肩，再一转身，扑倒在水上，拉直身子，伸开两条腿，游向沙岸，把两个胳膊肘儿和黑黑的脑袋搁在沙地上。一马平川似的大海在远方宽广自由地闪着刺目的银光，封闭的小海湾和周围的山石被太阳烤得越来越烫，这炎热的荒岩和稀疏的南国树林间，静得可以听见那碎玻璃般的涟漪织就的网如何上来罩住脸朝下躺在我这块飞石下面的身体，又从那闪光的脊背、臀部、叉开的双腿上退下去。我躺着，从岩石间向下观望，这美妙的裸体使我越来越激动，越来越忘记我的行为是何等荒唐出格。我支起半个身子，因为心情躁动点燃了烟斗。她忽然也抬起头来，疑惑地从下面看着我，但是仍然那样躺着。我站起身来，不知道该怎么办，也不知道说什么好。她先开口说：

"我一路都觉得有人跟踪我。您干吗跟着我来？"

我决定直言不讳，说：

"对不起，我是出于好奇……"

她打断了我的话，说：

"不错，您显然好打听。奥黛特告诉我，您向她打听我了，我偶然听说您是俄国人，所以就不觉得奇怪了，俄国人都过分好奇。不过您究竟为什么跟着我来？"

"就是因为好奇，跟职业也有点儿关系。"

"对了，我知道，您是画家。"

"不错，而您可以入画。再说，您每天早上都出门，我很想知道您上哪儿，去干什么。您连中饭也不回来吃，公寓里不大有人像您这样。您的神态也不一般，总是很专注的样子。您一个人坐在一边，不说话，好像心里藏着什么事儿……至于您脱衣服的时候我为什么没走开……"

"这可以理解。"她说。

她沉默了一会儿又说：

"我这就上来。您回避一下，然后再到我这儿来。您也让我觉得挺有意思。"

"我决不回避。"我说，"我是画家，再说我们都不是小孩子了。"

她耸了耸肩说：

"好吧，我不在乎……"

她站起来，现出健美的女性前身，不慌不忙地踩着砾石上岸，把粉红色的短衬衫往头上一套，先露出一张严肃的脸，然后拉拉衣服，盖住了湿淋淋的身体。我跑到她那里去，我们并肩坐下来。

"您除了烟斗也还有卷烟吧？"她问。

"有。"

"给我一支。"

我给了她一支，并且划着一根火柴。

"谢谢。"

她一面吸烟一面远眺，眼睛始终望着前方，同时活动着脚指头。忽然间，她以讥讽的口吻说：

"这么说我还能招人喜欢?"

"当然!"我大声说,"标致的躯体,美妙的头发、眼睛……就是脸上的表情恶狠狠的。"

"那是因为我的确有一个恶毒的想法。"

"我看也是。您不久前跟谁分手了,谁离开了您……"

"不是离开,而是抛弃。是跑了。我本来就知道他这个人不可救药,可还是有点儿爱他。后来才发现我爱的人简直就是个无赖。我是一个半月以前在蒙特卡洛遇见他的。那天晚上我在赌场赌钱。他站在我旁边,也在赌钱,两只眼睛直勾勾地盯着小球,总赢,赢了一次,两次,三次,四次……我也总赢,他看见了。突然间,他先用俄语后又用法语说:'够了!够了!'接着转过脸来用法语问我:'对不对,夫人?'我笑着回答说:'是的,够了!'他说:'哟,您是俄国人?'我说:'您看到了。'他说:'那咱们去喝个痛快!'我一看,那人一副困顿潦倒的样子,可是长相不俗……下面的事就不难猜到了。"

"不难。你们吃饭的时候就觉得彼此很亲近,聊个没完,不知不觉到了分手的时刻……"

"一点儿不错。我们没分手,开始一起挥霍赢来的钱。我们在蒙特卡洛、丘尔比、尼斯玩儿,在由戛纳到尼斯的路边小酒店里吃饭,您肯定知道这得花多少钱!我们还住过昂蒂布角饭店,冒充阔佬……可是剩下的钱越来越少了,最后的一点儿又到蒙特卡洛去输光了……他就常常一个人不知上哪儿去了，回来身上都有钱，虽然不多，不过是一百法郎、五十法郎……后来他把我的耳环、订婚戒指（我结过婚）、贴身戴的金十字架……不知拿到哪儿去卖了。"

"他肯定向您保证他就要收一大笔账了，他有一些有钱有势的朋友和熟人。"

"对，就是这样。他是什么人我到现在也不清楚，他不肯细说他过去的生活，我对这一点不知怎么的也没注意。反正好多移民的履历都一样：彼得堡，服役，战争，革命，君士坦丁堡……他好像靠老关系在巴黎找过工作，说随时都可以在那边好好地安顿下来，目前在蒙特卡洛，不过任何时候都可以到尼斯去找他那些有爵位的朋友……我已经灰心到绝望的程度，可他笑笑，说：'放心吧，包在我身上，我在巴黎已经有一些重大举措，具体是什么举措，那不是女人能懂的……'"

"嗯，嗯……"

"嗯什么？"

她忽然把灭了的烟头远远地扔出去，转过脸来看着我，目光闪闪地说：

"您听了挺开心？"

我抓住她的一只手握了握，说：

"您怎么好意思说这话！我要把您画成墨杜萨或者涅墨西斯！"

"那是惩罚女神?"

"对,而且很凶。"

她苦笑了一下,说:

"涅墨西斯!什么涅墨西斯啊!不过您真行……请您再给一支烟!是他教会我抽烟……什么都教会了!"

她点上烟又眺望远方。我说:

"我忘了告诉您,我发现您到什么地方来游泳的时候非常吃惊:天天跑这么远,为的是什么啊?现在我明白了,您想独处。"

"对……"

太阳越来越烈,知了在晒烫了的气味很重的松树上叫得越来越起劲,越来越响亮。我感觉到她的黑发、赤裸的双肩、双腿一定也晒烫了,就说:

"这儿太烤,我们到阴凉处去坐坐,把您的悲哀的故事给我讲完吧。"

她回过神来,说:

"走吧……"

我们绕过半圆形的小海湾,在几块红岩石的明亮而热气蒸腾的阴影中坐下来。我重又拿起她的手握着。她浑然不觉。

"还有什么好讲的?"她说,"我已经不想再回忆这个确实很可悲很丢脸的故事了。您大概以为我是向来都由这个或者那个骗子养着的女人。根本不是。我的历史也很平常。丈夫先在邓尼金的志愿军里,后来在弗兰格尔的部队,等我们流亡到巴黎,他就当了司机,可是他喝起酒来,喝得把工作都丢了,成了真正的无业游民。我怎么也没法跟他过下去了。我最后一次看见他是在蒙帕纳斯,多米尼加酒店门口。您当然知道这家俄国小酒馆,对吗?那是晚上,下着雨,他穿一双破鞋,踩着泥水,弯腰屈背地向人讨钱,笨手笨脚地帮人——不如说是妨碍人——从出租汽车里下来……我在那儿站了一阵,看了一阵,然后走到他跟前去。他认出了我,吓了一跳,显得很尴尬。您没法想象,一个多漂亮、多善良、多彬彬有礼的人,如今站在这儿,张皇地看着我说:'玛莎,是你?'他个子小小的,衣服破烂,脸也不刮,长满了红棕色的硬毛,湿淋淋的,冻得发抖……我把我手袋里的钱都给了他,他伸出一只冰凉的湿手抓住我的手吻着,哭得浑身打战。可是我又有什么办法?只能一个月给他送两三次钱,一次一两百法郎,我在巴黎开了一家帽子作坊,收入相当不错。我来这儿休息休息,游泳,结果……过几天我就回巴黎。想再碰见那个人,给他一耳光什么的——这些想法很蠢,而且,您知道我是什么时候才真正明白了?就是现在,多亏了您。我讲着讲着就明白了……"

"他到底是怎么跑掉的?"

"唉,问题就在这儿,实在太卑鄙了。我跟他也是在咱们这个公寓下榻,已经是在昂蒂布角饭店之后了,大概十天前,黄昏的时候我跟他到赌场去喝茶。当然,有乐队,还有几对跳舞的人,现在我一看见这些就恶心,看够了!我坐在那儿吃他叫来的点心,他一直笑得有点儿怪,说,你瞧你瞧,这些奏乐的人简直就是些瞎折腾的猴子!后来他打开一只空烟盒,叫侍役给他拿点儿英国香烟,侍役拿来了,他心不在焉地说了一句谢谢,又说喝完茶再付钱,然后看着自己的指甲对我说:'瞧这手脏的!我去洗洗……'他站起来走了……"

"以后再也没有回来。"

"对。我坐在那儿等,等了十分钟、二十分钟、半小时、一小时……您能想象吗?"

"能想象……"

我十分清楚地想象到他俩坐在茶桌边,互相看着,沉默着,各人想着自己的让人恶心的处境……大玻璃窗外是渐渐暗下来的天空和大海的微弱光泽,大海的风平浪静,越来越黑的棕榈树枝;乐师们机械地跺着脚,吹着管乐器,敲着金属盘子;男舞伴跟着音乐拖曳着脚,摇晃着身子,挤压着女舞伴,好像要把她们拖向显然是既定的目标……一个侍役——戴长筒手套,穿一件有些像绿军服一样的衣服——恭恭敬敬地摘下帽子,递给他一包"豪华"[①]牌香烟……

"后来呢?您在那儿坐着……"

"我在那儿坐着,觉得我完了。乐师们走了,大厅空了,电灯亮了……"

[①] 在原著中是英语。

"窗户已呈现墨蓝色……"

"对,可我还是没法从座位上站起来,心想我怎么办,怎么脱身?我的手袋里只有六个法郎和一些零钱!"

"可他真的去了厕所,一面想着自己过的诈骗生活一面办完要办的事,然后扣好扣子,踮起脚尖,经过一道道走廊跑向另一个出口,溜了出去……上帝呀,您想想,您爱的是什么人啊!您要找到他,惩罚他?何必呢?您又不是小姑娘,应该看得出他是什么人,您落到了什么境地。为什么还要继续过这种从哪方面来看都是可怕的生活呢?"

她沉默了一会儿,耸耸肩说:

"我爱的是什么人?不知道。就像俗话说的,有爱的需要,而我从来没有真正体验过爱……作为男人,他什么也没给我,也给不了,他早就丧失男性功能了……我应该看得出他是什么人,我落到了什么境地吗?我当然应该看到,可就是不愿意看到,不愿意去想。我生平第一次过这种生活,这样罪恶地虚度光阴,跟着他寻他的快乐,像中了邪一样。为什么我想再碰见他,惩罚他?也是中了邪,怎么也摆脱不掉这个想法。难道我不明白,除了丢人现眼地大闹一场以外,我又能怎么样?您不是问为什么吗?不管怎么说,我落到这步田地,成了骗子,全都怪他,而主要是为了那天晚上在赌场他从厕所逃走以后我受到的惊吓和羞辱!我身不由己,对赌场的收款台撒谎,为自己开脱,求他们答应拿我的手袋抵押一天,他们不要,以轻蔑的口吻饶了我，不收茶点和英国香烟的钱了！我发了一份电报到巴黎去，第三天收到一千法郎，送到赌场，他们连看都不看我一眼，接过钱，还找了钱给我……唉，我算什么墨杜萨，我只不过是个女人，而且是个很敏感的女人，单身，不幸，您得理解我，就是母鸡也有一颗心啊！从那个可恶的晚上到现在，我一直在生病。是上帝把您派到我身边来，我一下子就复原了……请放开我的手，我该穿衣服了，从圣拉斐尔来的火车就要到站了……"

"由他去吧。"我说，"您不如看看周围这些红色的岩石、绿色的海湾、长满节瘤的松树，听听这天籁般的蝉鸣声……以后我们就结伴上这儿来，对吗？"

"对。"

"结伴去巴黎。"

"嗯。"

"至于以后怎么样，不必去琢磨。"

"对对。"

"可以吻吻您的手吗？"

"可以，可以……"

1944 年 6 月 3 日

(陈馥 译)

秋 千

夏天的晚上他坐在客厅弹琴,听到阳台上响起她的脚步声,就大力地敲琴键,声嘶力竭地唱了起来:

  我不羡慕神仙,
  也不羡慕皇帝,
  因为我将见到那含情的双眼,
  苗条的身子,乌黑的发辫!

她走进来,身穿蓝色的农家长裙,身后有两条长长的黑辫子,戴着珊瑚项链,脸色晒得黑红,蓝色的眼睛里含着讥诮:

"您这是在唱我吗?咏叹调是自己作的曲吗?"

"是的!"

他再次敲琴键,高声唱道:

白桦林（1896）

［俄］伊万·伊万诺维奇·希什金/绘

我不羡慕神仙……

"您的听音能力可不大好！"

"可我是著名的风景画家。而且像列昂尼德·安德烈耶夫[①]一样英俊。算您倒霉，我来到了您的面前！"

"他想吓人，但我不怕。托尔斯泰是这么说您的安德烈耶夫的。[②]"

"我们走着瞧，走着瞧！"

"那爷爷的手杖呢？"

"虽说爷爷是塞瓦斯托波尔的英雄[③]，可他只不过表面上让人害怕罢了。我们逃走，举行了婚礼，然后跪在他面前——他就会流泪，原谅我们……"

傍晚的时候，开晚饭之前，厨房里飘出炸洋葱牛肉煎饼的香味，花园里露水已经下来了，空气清新，他们俩面对面站在林荫道尽头的秋千上，吱扭吱扭地一圈一圈荡着秋千，兜起的风把她的裙摆荡了起来。他拉紧绳子，用力把秋千荡得高高的，瞪大眼睛，做出害怕的样子，她的脸涨得红扑扑的，也怔怔地瞪着眼，快活得很。

"啊呜！看哪，碧绿的湖水之上，天空里出现了第一颗星星和一弯新月，画家，看看，多细的月牙！月亮，月亮，金色的小船……

---

① 列昂尼德·安德烈耶夫（1871—1919），俄国作家。
② 这是一句广为流传的列夫·托尔斯泰对安德烈耶夫的评论。
③ 指一八五四年至一八五五年克里米亚战争期间在塞瓦斯托波尔战斗过的人。

哎呀，我们要飞起来了！"

他们从高处飞下来，跳到地上，坐在踏板上，互相看着，调整着急促的呼吸。

"怎么样？我说过的！"

"说过什么？"

"您已经爱上我了！"

"也许吧……等等，喊我们去吃晚饭了……哎，我们就来，就来！"

"等一分钟。第一颗星，新月，碧空，露水的气味，厨房的香味，——真的，又是我喜欢的牛肉煎饼配酸奶油！——还有这双蓝色的眼睛，美丽的幸福的脸庞……"

"是啊，我觉得，我一辈子已经不会有比这个晚上更幸福的时刻了……"

"但丁这么说贝雅特里齐[1]：'爱在她的眼睛里开始，在她的嘴里结束。'是吗？"他握着她的手，说。

她闭上眼睛，低下头，向他靠过来。他搂住她的肩膀和柔软的发辫，把她的脸抬起来。

"结束在嘴里吗？"

"是的……"

---

[1] 意大利诗人但丁（1265—1321）在长诗《神曲》中描写了他迷恋的女性贝雅特里齐。

当他们走在林荫道上的时候,他看着自己的脚,说道:

"现在我们怎么办?走到爷爷面前跪下,请求他的祝福吗?但我算个什么丈夫!"

"不,不,这可不行。"

"那怎么办?"

"不知道。将来该怎样就怎样吧……不会比现在更好了。"

1945 年 4 月 10 日

(路轩 译)

净身周一

莫斯科的一个灰蒙蒙的冬日,天色渐暗,刚点燃的煤气街灯射出冷冷的光,商店的橱窗却照得暖烘烘的。摆脱了一天事务的莫斯科的夜生活热闹起来,出租雪橇越来越多,跑得越来越欢,挤满人的忽隐忽现的有轨电车发出更加沉重的声响,昏暗中已经可以看见从电线上迸出来的绿色火星咝咝地散落下来,沿着积雪的人行道匆匆来去的幢幢人影也显得更加活跃……每天一到这个时候,我的车夫就赶着一匹快马把我从大红门拉往救主堂,因为她住在救主堂对面。我天天晚上都带她去光顾布拉格饭店,或者埃尔米塔日饭店,或者大都会饭店;吃罢晚饭上剧场,或者音乐厅,然后再到雅尔或者斯特列利纳这样的城外小馆子去吃夜宵……这一切究竟会有什么结果,我不知道,并且尽量不去想,不作全面周密的考虑。跟她谈也没用,她绝口不提我们将来如何。她在我心目中是神秘莫测的,我们之间的关系也很奇特——还没有达到十分亲密的程度。这使我处在一种悬而未决的紧张状态,一种折磨人的期待中。与此同时,在她身边度过的每一小时都使我觉得说不出的幸福。

不知出于何种考虑,她上高等女子讲习班,却又很少去听课,不过也没有完全中断。有一次我问她:"为了什么?"她耸耸肩说:"人世间所做的一切事情又是为了什么呢?难道我们理解我们的所作所为吗?再说,我喜欢历史……"她一个人生活,她那鳏居的父亲是个巨商出身的学识渊博的人,已经退职,住在特维尔,热衷于收藏。这类商人无不如此。她在救主堂对面一幢楼房里租了第五层拐角上的一套居室,为了从这里鸟瞰莫斯科城。虽然只有两间房,但是宽敞,而且布置得很好。第一间房给一张宽大的土耳其沙发占去许多地方,还有一台价值昂贵的竖式钢琴,她总在练习弹《月光奏鸣曲》那梦一般美的慢板起始段,只练习这一段。钢琴上和镜台上的玻璃花瓶里插着漂亮的鲜花——每逢星期六都有专人按我的指示给她送去鲜花。星期六晚上我去看她的时候,她往往躺在沙发上(沙发上端不知为什么挂一幅赤脚的托尔斯泰像),不慌不忙地伸出手给我吻,同时心不在焉地说:"谢谢您送花来……"我给她带去一盒盒巧克力糖,一本本新近出版的书——霍夫曼斯塔尔[1]、施尼茨勒[2]、泰特马耶尔[3]、普日贝谢夫斯基[4]等人的著作,也只得到她的一声"谢谢"和一只伸出来的温暖的手,间或命我穿着大衣在沙发旁边坐下。

---

[1] 霍夫曼斯塔尔(1874—1929),奥地利诗人、剧作家、小品文作家。
[2] 施尼茨勒(1862—1931),奥地利剧作家、小说家。
[3] 泰特马耶尔(1865—1940),波兰诗人、短篇小说家。
[4] 普日贝谢夫斯基(1868—1927),波兰作家。

她望着我的海狸皮大衣领沉思地说："不知为什么，总觉得没有什么比你从外面带进来的冬天的冷空气味儿更好的了……"似乎她并不需要花，不需要书，不需要去饭店吃饭，不需要上剧场，不需要到城外小馆吃夜宵，虽然花有她喜欢的也有她不喜欢的，我给她带去的书她都看了，巧克力糖一天能吃完一盒，在饭店吃饭或者下小馆吃夜宵的时候她也不比我吃得少，喜欢大馅饼就鳕鱼汤、粉红色的松鸡浇煎透了的酸奶油，有时候甚至说："我不明白，人一辈子天天吃饭吃夜宵怎么也不嫌烦。"可是她继续吃饭，继续吃夜宵，像莫斯科人一样地道。她只明显地爱穿，特别喜欢天鹅绒、丝绸、贵重毛皮……

我们两人都富有，健康，年轻，长得又漂亮，在餐馆和音乐厅都很引人注目。我是奔萨省人，那个时候我的美貌不知为什么是南国式的，火辣辣的，一位著名演员（奇胖无比，贪吃而又聪明）有一天说我甚至"美得有伤大雅"。他像没睡醒似的说："鬼知道您是哪儿的人，活像西西里人。"我的性格也像南方人一样活泼，总爱对人幸福地微笑，善意地打趣。她的美貌呢，却是印度或者波斯式的——黑里透红的脸，看上去有几分险恶的黑而密的秀发，黑貂皮般柔软而有光泽的眉毛，黑天鹅绒般的眼睛，两片像丝绒般柔滑的迷人的红嘴唇周围衬着一圈黑黑的绒毛。她出门的时候常常穿一件石榴红天鹅绒连衣裙，一双带金襻的石榴红皮鞋（去上课的时候则穿普通学生装，在阿尔巴特大街一家素食馆吃三十戈比的中饭）。

我爱说爱笑，爱玩爱闹；她却相反，多半沉默不语，似乎总在思索着什么，探究着什么。她躺在沙发上看书的时候，常常把书放下，两眼望着前方，一脸大惑不解的神气。我亲眼看到过这种情形，因为每个月她都有三四天足不出户，在家躺着看书，所以有时候我白天也到她那里去。她叫我在沙发旁边的圈手椅里坐下来看书，不许说话。

"您太爱说，太坐不住了。"她说，"让我把这一章看完吧……"

"如果我不这样爱说，这样坐不住，我大概永远也不会认识您。"我说，使她回想起我们相识的经过。那是十二月里的一天，我到文艺小组去听安德烈·别雷①演讲，他在台上跑来跑去，又唱又跳，我乐得捧腹大笑。她恰好坐在我旁边，起初看见我那副样子觉得莫名其妙，最后竟也哈哈大笑了，于是我立刻嘻嘻哈哈地跟她聊起来。

"不错，"她说，"不过还是请您把嘴闭上一会儿，看一会儿书，抽支烟……"

"我不能不说话！您想象不出我对您的爱有多强烈！您并不爱我！"

"我想象得出。至于说到我的感情，您很清楚，这世上除了我父亲和您，我没有别的人了。总而言之，您是我的第一个，也是最后一个。这您还嫌不够吗？好了，别谈这些了。有您在没法看书，

---

① 安德烈·别雷（1880—1934），俄罗斯象征派主要作家之一。

我们喝茶吧……"

于是我站起来去烧开水,沙发背后一张小桌子上就有一把电茶壶。我从摆在小桌子那边墙角里的核桃木玻璃柜里取出茶杯和茶碟,嘴里闲扯着:

"您看完《火的天使》①了吗?"

"总算看到底了。辞藻华丽得叫人耻于细读。"

"昨天在夏利亚平的演唱会上您怎么突然站起来走了?"

"他豪迈有余。再说,黄头发的俄罗斯人我都不喜欢。"

"您什么都不喜欢!"

"对,很多……"

"奇特的爱情!"我心里想,一面站在那里等水开,一面向窗外眺望。屋里花香扑鼻,她和花的香气对于我是融汇在一起的。一扇窗外是冰雪覆盖的青灰色莫斯科河外区的广阔图景,在远方低处展开。从这扇窗户左边的一扇望出去,可以看见克里姆林宫的一部分。正对面,好像离得特别近,是救主堂那崭新的庞大白色建筑,它的金光闪闪的圆顶反映着不停地绕着它飞的寒鸦,形成一块块青斑……"奇特的城市!"我对自己说,心里想着野味市、伊韦尔大街、圣瓦西里教堂,"圣瓦西里教堂,加上松林山上救主堂那一组意大利式的大教堂,加上克里姆林宫墙头上的一个个塔尖所包含的某种

---

① 俄国作家瓦·雅·勃留索夫(1873—1924)的长篇历史小说。

吉尔吉斯风……"

黄昏时分我到这里来,有时候发现她穿一件镶黑貂皮的绸短上衣躺在沙发上,她说那是她的阿斯特拉罕外婆的遗物。我在她身边坐下,也不开灯,在幽暗中吻她的双手双脚,以及无比光滑的身体……她并不抗拒,只是沉默不语。我不时地寻觅着她的火热的双唇,她由我去吻,不过呼吸变得急促了,但仍旧沉默不语。当她感觉到我要控制不住自己了,就把我推开,坐起身来,并不提高嗓门,请我去开灯,然后自己走进卧室去。我开了灯,在能转的琴凳上坐下来,渐渐恢复了常态,热昏的头脑也冷静下来。大约一刻钟以后,她才从卧室里出来,已经穿好衣服准备出门,态度平静而自然,好像刚才什么事情也不曾发生似的问我:

"今天上哪儿?要不去大都会饭店吧?"

于是一晚上我们谈话的内容又都是些不相干的事情。我们相好不久我就提到结婚,可是她对我说:

"不行,我不适合做妻子。不适合,不适合……"

这并没有使我失去希望。我对自己说:"等等看吧!"盼着过些时候她会改变主意,也就不再提结婚的事了。我们这种不完全的亲近,有时候使我无法忍受,然而,除了寄希望于未来,我又能怎么样呢?一天,我挨着她坐在夜的黑暗和寂静中,忽然抱头嚷道:

"不行,我实在受不了啦!为什么非要这样残酷地折磨我和您自己不可啊!"

她没有说话。我说：

"反正这不是爱情，不是爱情……"

她在黑暗中平静地回答说：

"也许吧。不过又有谁知道什么是爱情呢？"

"我，我知道！"我大声说，"我会等您有一天知道什么是爱情，幸福！"

"幸福，幸福……'朋友，幸福好比网里的水：你拉一拉网——鼓鼓囊囊的，可是拖上来一看，啥也没有。'"①

"这是什么话？"

"这是普拉东·卡拉塔耶夫对皮埃尔说的话。"

我摆了摆手，心想：

"嘿，东方人的睿智，管它呢！"

于是那一晚上又只谈不相干的事情——艺术剧院新排的戏、安德烈耶夫的新小说等等。我又只能满足于起初紧紧拥着穿一件光滑的皮大衣的她坐在飞驰的雪橇上，后来在歌剧《阿伊达》中的进行曲伴奏下随她走进一家饭店的坐满人的大厅，在她身边吃喝，听她慢吞吞地说话，望着一小时以前我吻过的嘴唇。我对自己说，是的，我刚才吻过，同时怀着欢喜的感恩心情望着她那两片嘴唇和嘴唇上端的黑黑的绒毛，望着她的石榴红天鹅绒连衣裙、两边肩膀的斜线

1　见列夫·托尔斯泰著《战争与和平》。

和一对乳房的椭圆曲线,闻着她头发里的一种淡淡的甜香,想着:"莫斯科,阿斯特拉罕,波斯,印度!"在一些城郊的餐馆里,当夜宵结束,热腾腾的烟雾中的喧闹声在我们周围更大起来的时候,也在吸烟并且也有了醉意的她,偶尔会把我带到一个单间里去,叫些茨冈人来。一群茨冈人故意嚷嚷着无拘无束地走进来。歌舞队前面是一个穿后身打褶并且带金银边饰的直领上衣、肩头用蓝带子斜挂着一把吉他的老头儿,他的脸像淹死的人一样发青,光秃的脑袋好比一个铁球。跟在他后面的是女领唱,那低低的额头上披着漆黑的刘海儿……她听茨冈人唱歌的时候,脸上挂着怅惘的、怪诞的微笑……深夜三四点钟,我送她回去,在大门口幸福地闭上眼睛吻她的潮湿的毛皮衣领,然后怀着一种既是兴奋又是绝望的心情奔向大红门。我想,明天、后天还是一样,一样的痛苦,一样的幸福……也罢,毕竟是幸福,极大的幸福!

一月、二月就这样过去了。谢肉节到了,也过去了。在宽恕周日[1],她命我下午四点钟以后去她那里。我到那里的时候,她已经穿戴好了,上身是一件黑卷毛羊羔皮短大衣,头上一顶黑卷毛羊羔皮帽,脚下一双黑色细毛毡靴。

"一身黑!"我进门的时候像平常一样快活地说。

她的目光是温柔而平静的。

---

1 谢肉节在二月至三月间,日期不固定,是可以尽情享乐的一周。这一周的最后一天是星期日,叫宽恕周日,人们要互相宽恕。

"明天就是净身周一①了。"她说,并且从黑卷毛羊羔皮暖手筒里抽出一只戴黑色软皮手套的手来递给我,"'上帝是我的主宰……'您愿意去新圣女修道院吗?"

我吃了一惊,但是连忙说:

"愿意!"

"干吗总是酒馆、酒馆。"她说,"昨天上午我到罗戈日公墓去了……"

我更加惊讶地问:

"去公墓?干什么?著名的分裂派②的公墓?"

"对了,是分裂派的。彼得大帝前的罗斯!那儿葬着他们的大主教。您想象一下吧:一具棺材,是用一根橡木凿成的,古时候都这样做。一块金织锦,像是锻压成的。死者脸上盖一块白色圣餐盖布,上面绣了一个粗大的黑色花押,既美又可怕。这具棺材两边是拿着里皮达③和三烛台的助祭……"

"您是从哪儿知道这些的?里皮达,三烛台!"

"这您可就不了解我了。"

"不了解您这么信教。"

"不是信教。我不知道是什么……但是在早晨或者晚上,您不

---

1 谢肉节周后紧接着是四十天大斋,第一天是星期一,叫净身周一,人们在这天应该醒酒沐浴。
② 分裂派是俄罗斯历史上与官方教会对立的一个教派,受到残酷镇压。
3 里皮达即圆形木刻圣像。

拉我上这家那家饭店的时候,我常常到克里姆林宫内那些大教堂去,您一点儿也没有察觉……那两位助祭都是什么人啊!是佩列斯韦特和奥斯利亚比亚[1]!两边唱诗班席上也都是佩列斯韦特式的人,高大强壮,穿黑色长袍,两个合唱队互相应和,此起彼伏,都是齐唱,而且用的是古老的教会乐谱。墓中铺着闪光的云杉树枝,外面是严寒天气,太阳照着,白雪炫目……唉,这个您不懂!我们走吧……"

黄昏是祥和的,晴朗的,树上挂着白霜。寂静中,一群像修女一样的寒鸦栖在修道院的砖红色墙头聒噪着,钟楼上的自鸣钟时不时地发出纤细忧郁的乐音。我们吱吱地踏着积雪进了大门,沿着积雪的小径漫步在公墓园内。太阳刚刚下沉,天色还很明亮,挂霜的树枝像灰色珊瑚一般美妙地印在金珐琅似的落霞的天边,墓前的一盏盏永不熄灭的小灯在我们四周以它们的平静而忧伤的火苗神秘地放射着幽光。我跟在她后面,感动地观察她的小小的足迹,观察她那双新的黑皮靴印在积雪上的小星星。忽然间,她感觉到了,转过身来摇摇头,以平静的困惑语气说:

"的确,您多爱我啊!"

我们曾驻足埃尔杰利[2]和契诃夫墓前。她垂着两只放在暖手筒里的手,久久地望着契诃夫的墓碑,随后耸耸肩说:

"虚情假意的俄文文体和艺术剧院的大杂烩,真叫人反感!"

---

1 十四世纪末俄罗斯库利科沃会战的英雄。

② 亚·伊·埃尔杰利(1855—1908),俄国作家。

天渐渐黑了,气温下降,我们缓步走出墓园大门,在那附近的一辆马车的驭座上温顺地坐着我的费奥多尔。

"我们再逛一逛,"她说,"然后到叶戈罗夫饭馆去吃最后的薄饼……不过别走快了,费奥多尔,是不是?"

"是,小姐!"

"金帐大街上有一幢楼房是格里鲍耶陀夫[1]住过的。我们去找一找……"

于是我们去了金帐大街,在那边的一些花园连花园的小巷里转了许久,也到了格里鲍耶陀夫巷,可是路上没有一个行人,谁能给我们指出格里鲍耶陀夫在哪一幢楼房里住过,又有谁会需要他呢?天早已黑尽,一扇扇被灯火照亮的窗户在挂着白霜的树木后面呈粉红色……

"这儿还有马大——马利亚修道院呢。"她说。

我笑起来,问她:

"又去修道院吗?"

"不,我只不过这么说说……"

野味市上的叶戈罗夫饭馆楼下挤满了毛发蓬乱、穿着臃肿的出租马车车夫,他们正在吃一摞一摞浇足了奶油的薄饼。屋里热气蒸腾,像澡堂一样。楼上几个房间也很暖和,天花板低矮,有些旧派

---

[1] 格里鲍耶陀夫(1794—1829),俄国剧作家,他的力作是《智慧的痛苦》(又译《聪明误》)。

商人在那里吃烫人的薄饼裹鱼子就冰镇香槟酒。我们走进第二间，里面的一个屋角供着一尊刻在黑木板上的三手圣母像，圣像前面点着一盏长明灯，我们在长餐桌旁的黑皮沙发上坐下来……长在她上嘴唇的绒毛还挂着白霜，琥珀色的双颊微微泛起红晕，黑色的虹膜和眸子完全融为一体，我无法把我的欣喜的目光从她脸上移开。她一面从香喷喷的暖手筒里拿出一方手帕，一面说：

"很好！楼下是粗野的汉子，而这里有薄饼就香槟酒，还有三手圣母。三只手！这可是印度了！您是贵族，您不能像我这样理解莫斯科的种种现象。"

"我能，我能！"我说，"我们来一回壮宴吧！"

"怎么说'壮'？"

"就是说足吃一顿。您怎么会不知道？'格奥尔吉说……'"

"好极了！格奥尔吉！"

"不错，就是长臂尤里公。'格奥尔吉对北方公斯维雅托斯拉夫说：兄弟，到莫斯科我那里来吧！'于是命人设壮宴。"

"多好啊！现在只有北方的一些修道院还有这个罗斯的遗迹。再加上教堂颂歌。不久前我去过圣母受孕修道院，您真想象不出那儿的颂歌唱得有多美！神迹修道院的更好。去年基督受难节周我天天到那儿去。哦，太好啦！到处都是水洼，空气温软，内心总有那么一种柔和、伤悼的感觉，而且无时无刻不感觉到祖国，它的古代……大教堂所有的门开着，整天都有普通的百姓进进出出，整天都在祈祷……哦，我要进修道院，找一处最偏僻的，伏洛格达或者维雅特卡时代的！"

我想说，那么我也去，或者我把什么人杀了，好把我流放库页岛，可是由于心情激动，我忘乎所以地点燃了一支烟，这时候一个穿白衣白裤、腰里系一根红带子的堂倌走过来恭恭敬敬地提醒我说：

"对不起，先生，我们这儿不允许吸烟……"

接着他又特别殷勤地急速说：

"要什么就薄饼？家酿草浸酒？鱼子、鲑鱼？吃鱼汤我们有少见的好赫列斯酒，吃宽突鳕鱼……"

"吃宽突鳕鱼也要喝赫列斯酒。"她补充说，这一晚上她不断亲切地说这说那，使我满心欢喜。后来她说些什么，我已经听得恍惚了。她眼睛里含着静静的光辉说：

"我太爱罗斯编年史、罗斯传说了，直到现在，总把那些我特别喜欢的章节拿来左读右读，读得烂熟才罢。'罗斯境内有一座城，人称穆罗姆，该城主公名为帕维尔。魔鬼遣使飞蛇与其妻交。此蛇化作极美的人身前来……'"

我故意逗她，瞪大眼睛说：

"啊呀，真可怕！"

她并不理会，接着说：

"上帝就这样试探她。'等到她善终的时刻来临，主公夫妇祈求上帝让他们在同一天辞世。夫妇二人商定同棺而葬，于是命人用一块石料凿出两个寝位,双双同时穿上僧袍……'"

我的不经意又一次变为惊讶,甚至恐慌,心想:她今天怎么啦?

这天晚上,我送她回去的时候才十点多钟,完全不似平日。她在楼门口和我告别,我已经上了雪橇车,她突然拦住我,说:

"等一等。明天晚上十点以前别来找我。明天艺术剧院有白菜会[①]。"

"怎么啦?"我问,"您想去参加白菜会?"

"嗯。"

"可是您说过,您不知道还有什么比这些白菜会更庸俗的东西了!"

"到现在也不知道。不过我还是想去。"

我在心里直摇头——这都是怪癖,莫斯科人的怪癖!不过我还是情绪饱满地用英语回答说:

"好吧!"

第二天晚上十点钟,我乘电梯到她的房门口,用自己的钥匙开了门,却没有立刻从黑暗的外室往里走,因为里面的房间亮得不寻常,所有的大吊灯、镜子两旁的枝形灯、大沙发枕后那罩着轻薄的灯罩的高脚灯都开着,而钢琴正奏着《月光奏鸣曲》的起始段,逐渐高上去,越来越使人黯然,越来越富于吸引力,充满梦游样的感

[①] 业余喜剧性的娱乐晚会。

伤。我碰上外室的门，琴声戛然而止，传来衣裙的窸窣声。我走进去，她挺直身躯，有点儿像表演似的站在钢琴旁，身上的黑天鹅绒衣裙使她显得更加苗条。华丽的衣着，漆黑的头发拢成的充满节日气氛的发式，裸露的暗琥珀色的双臂双肩，两只乳房的娇柔而丰满的上端曲线，略施脂粉的腮边一对闪闪发光的钻石耳坠，黑绒般的眸子，绒绒的红唇，都熠熠生辉。她的两鬓各有一条又黑又亮的小辫子朝着眼睛弯上去，形成半圆，使她看上去像民间版画上的东方美女。她望着我的张皇失措的面孔说：

"如果我是歌唱家，在台上演唱过了，我就会露出亲切的笑容，向左右上下微微鞠躬，答谢听众的热烈的掌声，并且暗自小心地用脚踢开拖地长后襟，免得踩着它……"

她在白菜会上吸了许多烟，不断呷着香槟酒，目不转睛地看演员们以大喊大叫和叠句表演着巴黎的什么东西，而白发黑眉的高大的斯坦尼斯拉夫斯基和有一张洗衣槽般的脸、戴一副夹鼻镜的敦实的莫克温，两人都故作严肃认真状，在众人的哄笑声中跳疯狂的康康舞。卡恰罗夫端着一杯酒朝我们走过来，他已经喝得脸发白，挂着一绺淡黄色头发的额上冒出大滴的汗珠。他举起酒杯，摆出一副阴郁的馋相望着她，用他那演员的低音嗓子说：

"女皇，沙马汉的女皇，祝你健康！"

她慢慢露出微笑，并且和他碰了杯。他拉起她的一只手，如醉如痴地俯下身去，几乎跌倒。他恢复常态以后，咬紧牙关看了

我一眼,说:

"这是什么美男子?讨厌。"

接着一架手摇风琴嘶哑着,呼啸着,轰鸣着,奏起蹦蹦跳跳的波尔卡舞曲,于是那个总是急急忙忙赶往什么地方的矮小的、满面笑容的苏列尔日茨基,用滑步飞到我们跟前,以鞠躬到地表演了一番客商市场①的殷勤,然后急忙喃喃地说:

"请允许我邀请您跳波尔卡……"

她微笑着站起来,接着就灵巧而短促地踏着拍子,闪耀着她的耳坠,她的天鹅绒衣裙和裸露的双肩双臂,跟着他从一张张小桌间走过去,众人以赞赏的目光和掌声为他们伴和,他还仰起头,像山羊一样大声喊着:

快走吧,快走吧,
我跟你跳波尔卡!

夜里两点多钟,她微闭双目站起身来。我们穿好外衣以后,她看了看我的海狸皮帽子,又抚了抚我的海狸皮大衣领,向门口走去,同时既不像开玩笑,又不像是一本正经地说:

"当然美。卡恰罗夫说的是实话……'蛇化作极美的人身……'"

---

① 还在彼得大帝时代俄国的一些城市就有客商市场,格局有点儿像我国京津地区的劝业场,供外来客商摆摊做买卖。

一路上她沉默不语,歪着头避开迎面而来的明月下的搅雪风。那一轮明月渐渐躲进克里姆林宫上空的一团浮云中,这时候她说:"像个发光的颅骨。"救主塔上的钟敲了三下,她又说:

"这声音多么古老,有点儿像白铁、生铁的声音。十五世纪夜里三点敲出来的也是这种声音。佛罗伦萨的钟声也完全一样,使我想起莫斯科……"

当费奥多尔在她的楼门口勒住马的时候,她有气无力地说:

"您让他走吧……"

她从来不允许我深夜到她楼上去,我震惊了,张皇地说:

"费奥多尔,我自己走回去……"

我们默默地乘电梯上楼,走进公寓那夜间的温暖和寂静中,只有取暖炉里有小锤敲击声。我帮她脱下因沾了一身雪粉而变得滑溜溜的皮大衣,她又从头上取下湿漉漉的大毛围巾扔在我手上,匆匆向卧室走去,弄得绸衬裙窸窣作响。我脱了外衣,走进第一个房间,怀着如临深渊般的心情在土耳其长沙发上坐下来。被灯光照得通明的卧室开着门,从里面传来她的脚步声,听得出她从头上扯下连衣裙的时候衣服给发卡钩住了……我起身走到卧室门口,她只穿着一双天鹅绒便鞋,背对着我站在梳妆台前,正用甲骨梳子梳理垂在腮边的黑丝一般的长发。

"你总说我很少想到。"她把梳子扔在镜台上,又向后甩了甩头发,转过身来对我说,"不对,我想到的……"

黎明时我感觉到她在动。我睁开眼睛,发现她直视着我。我从被褥和她的身体的温热中稍稍抬起身子,她俯向我,低声而又平静地说:

"今天晚上我就去特维尔。是不是很久,只有上帝知道……"

她说完把她的脸颊紧紧地贴在我的脸颊上,我感觉得到她的湿润的睫毛一眨一眨的。

"我一到就写信跟你说清楚。把将来的事说清楚。现在请回吧,我太累了……"

于是她又倒在了枕头上。

我小心地穿好衣服,畏怯地吻了吻她的头发,踮着脚尖走到外面楼梯上来,苍白的曙光已经照亮了楼梯。我踏着新下的一层粘鞋的雪走去,搅雪风已经停了,一切都么平静,沿着街道向前望去,可以看得很远,空气中既有冰雪的,也有从面包房里飘散出来的气味。我走到伊韦尔教堂,里面燃着一堆堆篝火般的蜡烛,炽热而又明亮。我挤进一群老婆子和乞丐当中,在被众人踩实了的雪地上跪下来,摘去帽子……有个人碰了碰我的肩膀,我一看,是个极可怜的老婆子,她望着我,因眼里涌出同情的泪水而蹙起眉头说:

"唉,别这么伤心,别这么伤心!罪过!罪过!"

两个星期以后我收到的那封信写得很短,她口气温柔,但却坚决地请求我别再等她,也别再想法找她,见她。她说:"我不会回莫斯科了,目前先去做见习修女,以后也许决定落发……愿上帝赐予你力量不给我回信,延长并且增加我们的痛苦是无益的……"

我照她的请求做了。有好长一段时间,我混迹于一些最肮脏的酒馆,狂饮无度,以各种方式沉沦下去,越陷越深。后来才渐渐恢复常态,变得冷漠,无望……自从那个净身周一以后,又过了差不多两年……

一九一四年,新年前夕,也像那个难忘的黄昏一样宁静,晴朗。我从住处出来,叫了一辆出租马车,向克里姆林宫驶去。到了那里,我走进空空的大天使教堂,伫立良久,没有祈祷,只在昏暗中望着圣像壁和几位莫斯科公的墓碑的陈年黄金的微弱闪光。我站在那里,在使人不敢呼吸的空空的教堂里的特别的寂静中,似乎期待着什么。出来以后,我叫车夫去金帐大街。马不慌不忙地走着,像那个黄昏一样,经过一些花园连花园、一扇扇窗户被灯火照亮的小巷,走过格里鲍耶陀夫巷,我一路哭啊,哭啊……

在金帐大街上,我让马车停在马大——马利亚修道院的大门口,院子里停着一些马车,黑乎乎的,可以看见一座不大的烛火通明的教堂敞着门,从里面传出哀戚的,使人感动的女声合唱。我不知道为什么一定要进去。扫院工在大门口拦住我,口气温和地恳求说:

"不行,先生,不行!"

"怎么不行?进教堂不行吗?"

"当然可以,先生,可以,不过看在上帝分上,请您现在别进去,大公爵夫人伊丽莎白·费奥多洛夫娜和大公爵米特里·帕雷奇在里边……"

  我塞给他一卢布,他难过地叹了一口气,放我进去了。我刚走进院子就有一些人捧着圣像,举着神幡,从教堂里走出来,后面跟着身穿白色长袍、头戴额前绣着金十字架的白巾的高个子瘦脸大公爵夫人,她拿着一支大蜡烛,垂着眼帘慢慢地、庄重地向前走,她身后是一长列唱着歌,并且将蜡烛举到脸颊边的白衣修女,我不知道她们的身份为何,又往哪里去了。也不知道为什么,我十分注意地看着她们。走在那行列中间的一个,忽然抬起蒙着白巾的头,用一只手遮住烛火,一双黑眼睛的视线穿过黑暗,似乎正是向我投过来……在黑暗中她能看见什么?她怎么会感觉到我在那里呢?我转身悄悄走出了大门。

1944 年 5 月 12 日

(陈馥 译)

小 教 堂

夏日炎炎,在一座昔时庄园的花园后方野地里,有一片早已废弃的墓地,坟冢没在高高的花丛和荒草间,一座眼看要坍塌的砖砌小教堂孤零零地立在疯长的花丛、荒草、荨麻和蓟刺间。从庄园里来的孩子们蹲在这小教堂的墙脚边,用他们尖利的眼睛朝与地面齐的窄而长的破窗户里瞧。里面什么也看不清,只有一股凉气往外冒。外面到处都这么明亮、炎热,里面却黑暗、冰冷,在一些大铁匣子里躺着些爷爷奶奶,还有一个开枪自杀的叔叔。这很有趣,也很令人惊异:我们这里有阳光、鲜花、青草、苍蝇、蜜蜂、蝴蝶。我们可以玩可以跑,我们有点儿毛骨悚然,但是蹲在这里很快活。他们呢,总是躺在里面那夜一般的黑暗中,躺在那些厚厚的冰冷的铁匣子里。爷爷奶奶们都是老人,可是那个叔叔还年轻……

"他为什么自杀呢?"

"他爱得太深了,爱得太深的人往往自杀……"

海一般的蓝天上有一团团美丽的白云,熏风从野地里送来扬花的黑麦的甜香。太阳烤得越热越欢,从小教堂里通过窗户冒出来的凉气也越凉。

1944年7月2日

(陈馥 译)

犹太地之春

"我很久以前在犹太地就成了终身残疾,那正是我最幸福的青春岁月。"——一个左膝再也不能弯曲,总是拄一根拐杖的男人说。他个子高高的,身材匀称,有一张发黄的脸,一双炯炯有神的褐色眼睛,满头拳曲的银白色短发。

当时我参加了一个小考察队,考察死海东岸,也就是传说中的所多玛和蛾摩拉一带地方。我在耶路撒冷住下来等我的队友(他们在君士坦丁堡耽误了行程),到过贝都英人[1]的一个住地,在通往耶利哥[2]的那条路上,耶路撒冷的考古学家们推荐我去找艾德族长,他答应供给我们考察队一切必要的装备,并且亲自带路。我第一次带着向导去找他是为了谈条件,第二天他亲自到耶路撒冷来找我。后来我就一个人到他的住地去,在他那儿买了一匹特别好的母马当坐骑,去他那儿的次数也多得过分了……那是春天,犹太地沐浴在

---

[1] 贝都英人是在阿拉伯半岛和北非一带靠游牧为生的阿拉伯人。
[2] 地名,即今杰里科,在巴勒斯坦境内。

欢快的阳光中，使人想起《雅歌》里的话："冬天已往……地上百花开放，百鸟鸣叫的时候已经来到，斑鸠的声音在我们境内也听见了……葡萄树开花放香……"[1]这条通往耶利哥的古老的路上，在那多石的犹太旷野，一切向来都是没有生命的、蛮荒的、光秃秃的，烈日和黄沙使人目眩。然而，即便是这样的地方，在阳光灿烂的春日，一切在我看来都是极其欢快极其幸福的，因为我第一次来到东方，看到一个全新的世界，而这个世界中最不寻常的是艾德的侄女。

犹太旷野是一片广袤的土地，逐渐向约旦河谷倾斜，其间有许多小丘和山口，或是石头的，或是黄沙的，某些地方生长着坚硬的植物，除了蛇和鹧鸪就没有别的动物了，只有永恒的沉寂。这里冬季像整个犹太地一样，总是下雨，刮冰冷的风。春、夏、秋三季同样像死一般平静，单调，然而烈日炎炎，是烈日下的昏睡。在低洼处有水井的地方，可以看见贝都英人住过的痕迹：篝火的灰烬、堆成圆形或方形用以支持帐篷的石头……我去过以艾德为族长的贝都英人住地，在小丘之间一处宽阔的沙谷中，那里搭着数量不多的四边形平顶黑毡帐篷，给黄沙衬映得相当阴沉。我每次到那里，总看见一些帐篷前面有一堆堆阴燃的牛粪砖，帐篷之间挤满了狗、马、骡子、山羊（这些牲畜吃什么、在哪儿吃我到现在也不明白），还有许多皮肤黑、头发拳曲、赤身露体的小孩，

---

[1] 见《圣经·旧约·雅歌》第二章第十一至第十三节。

男人和女人。他们有的像茨冈人,有的像黑种人,只是嘴唇不厚……奇怪的是,虽然烈日炎炎,男人却都穿得很多:一件宝蓝色齐膝衫、一件短棉袄、一袭叫阿巴的既长又重的黑白条纹宽肩毛织斗篷,头上还有一块黄底红条纹的头巾,沿两颊垂下,搭在双肩上,由一根两色毛织带子在头顶绕两圈将它固定住。女人的服装与此完全相反,她们的头上披一块宝蓝色头巾,面部没有遮挡,身上只有一件宝蓝色长衫,锐角形的袖子几乎长齐地面。男人穿着钉有铁掌的粗皮皮鞋,女人却赤脚走路,脚掌都妙不可言,灵活极了,而且晒得完全像煤炭一样黑。男人抽烟袋,女人也抽……

我第二次去没有带向导,他们已经把我当朋友接待了。艾德的帐篷最宽大,我在那里碰见一群上了年纪的贝都英人,他们靠着黑毛毡壁坐成一圈,毡壁的下半部都掀了起来,便于出入。艾德走到帐篷外面来迎接我,他向我鞠一躬,以右手捂一下嘴,再捂一下额。我在他前面走进帐篷,等他在中央一块地毯上坐定,也学他的样子行应行的见面礼,即先鞠躬,后以右手捂嘴捂额,次数依在座的人数而定,然后才在艾德身边坐下,坐下以后还要捂嘴捂额,在座的人当然也都这样向我还礼。只有我一个人跟主人说话,说得简短而缓慢,这也是规矩,何况那个时候我的阿拉伯语说得还不好。其他人只抽烟,不说话。帐篷外面的人在准备款待我和其他客人。贝都英人平常吃玉米饼、羊奶小米粥……但是招待客人一定要有烤羊肉——在沙地上挖一个坑,码几层阴燃的牛粪砖来烤。吃罢羊肉要喝咖啡，都是不放糖的。大家就这么若无其事地坐着吃着，尽管帐篷里面像地狱一般闷热，朝掀起很宽一溜的毡壁下边看一眼都很可怕，远处的黄沙就像金属在你面前熔化一样亮得刺眼。族长每说一句话都要带上一声"哈瓦扎"，即"先生"，我则称呼他最最尊敬的贝都英的"舍伊赫"，即"沙漠之子"……对了，你们知道"约旦河"用阿拉伯语怎么说吗？很简单，叫"沙里阿特"，意思不过是饮水处罢了。

艾德的年纪在五十上下，个子不高，骨骼粗大，人很瘦，但很结实，脸像一块烧过的砖，眼睛是灰色的，清亮而又尖利，夹杂着白须的铜色胡子挺硬，剪得短短的（贝都英人都剪胡子），脚下跟别人一样穿一双掌了底的厚皮鞋。他到耶路撒冷来找我的时候，腰带上插着一把匕首，手里拿一杆长枪。

我是那天作为"朋友"坐在艾德的帐篷里看见他的侄女的，她从帐篷旁边走过，身子挺得笔直，头上顶一大白铁罐水，用右手扶着。我不知道她有多大，想来不会超过十八岁，可是后来我听说她那个时候结婚已经四年，就在结婚的那一年成了寡妇，没有孩子，因为孤身一人，又很穷，这才来投靠叔叔。当时我心里想："回来，回来，书拉密女！"[1]（书拉密女大概就是她这个样子，"耶路撒冷的众女子啊，我虽然黑，却是秀美……"[2]）她走过的时候微微转过头来

---

[1] 见《圣经·旧约·雅歌》第六章第十三节。
[2] 同上，第一章第五节。

扫了我一眼，那双眼睛特别黑特别神秘，脸几乎是黑的，嘴唇发紫，比较大，那一瞬间最使我的心为之一震的就是她的嘴唇……其实不止于此。她那扶着头上的白铁罐因而一直裸露到肩头的美妙的胳膊，身体在宝蓝色长衫下面慢慢扭动的姿态，耸起了长衫的一对丰满的乳房等等，都震撼了我的心。真是命中注定，不久以后我就在耶路撒冷雅发门附近碰见了她！她在人群中朝我走过来，这次头上顶的是用布包着的一包东西。她看见我就站住了。我跑过去对她说：

"你认出我来了？"

她用空着的左手轻轻拍了拍我的肩膀笑着说：

"认出来了，哈瓦扎。"

"你送什么来了？"

"羊奶酪。"

"给谁？"

"给大家。"

"就是拿来卖吧？好，送到我那儿去。"

"哪儿？"

"就在这儿，旅馆里……"

我正好下榻在雅发门附近的一家旅馆，那是一幢既窄又高的房子，与别的房子连成一气，在一个小广场的左边，由许多石阶构成的"大卫王街"就与这小广场相连。"大卫王街"像个阴暗的通道，上端有布篷或者古老的石拱遮阳，两边是同样古老的小作坊和小店铺。她毫不畏怯地在我前面登上旅馆的既陡又窄的石梯,微微仰起头,随意地扭着身子,用右手扶着搁在宝蓝色头巾上的那包羊奶酪,把胳膊一直裸到露出了腋下的黑色汗毛。在一个石梯拐弯处,她停住脚步,通过一扇很窄的窗户可以看到下面那个古老的"先知以西结水池",四周是一些有许多带格栅的小窗的房屋外墙,在这里构成一个正方形。池里发绿的水好像在井里一样,从前乌利亚的妻子拔示巴就是在这水池中洗澡并且以自己的裸体迷住了大卫王。[1]她驻足看看窗外,又转过身来带着高兴的惊讶表情用她那双美妙的眼睛看看我。我忍不住吻了吻她的裸露的前臂,她疑惑地瞪了我一眼,因为亲吻不符合贝都英人的习俗。走进我的房间以后,她把头上那包东西放在桌子上,向我伸出右掌。我在她掌心里放了几枚小硬币,然后拿出一英镑金币给她看,激动得心都要化了。她明白了我的意思,垂下了眼帘,顺从地低下头,把眼睛藏在肘弯里……

半小时以后我把她送到石梯口,问她:

"你什么时候再送奶酪来?"

她轻轻摇了摇头说:

"不能太快。"

然后她向我伸出五个指头,表示五天以后。

大约两周以后,我从艾德那里返回,走出来相当远了,身后忽

---

[1] 这个传说见于《圣经·旧约·撒母耳记下》第十一章。大卫王为了霸占乌利亚的妻子,下令把乌利亚派到战场上最危险的地方去,使他丧命。

然响起枪声,一颗子弹重重地打在我前面的一块石头上,以至于冒起一股烟来。我伏在马鞍上策马快跑,接着又响了一枪,我的左膝下面挨了一下。我飞速骑到耶路撒冷才往下看,发现鲜血顺着靴子直流,还冒着泡沫……我至今觉得奇怪的是,艾德怎么会两次失误,他又是从哪儿得知是我买他侄女的羊奶酪呢?

1946 年

(陈馥 译)

杜塞尔多夫的小房子 (1865)

[俄] 伊万·伊万诺维奇·希什金 / 绘

投　宿

事情发生在西班牙南部一个偏僻的山区。

那是个六月的夜晚，一轮不大的月亮已经升到中天，而它的略带粉红色的光华（百合花开时节白天常有阵雨，阵雨过后的闷热的夜晚往往有这种现象）仍然把有南方矮树覆盖着的一座座不高的山峦的山口照得很亮，直到地平线都看得清清楚楚。

这些山口之间，向北有一片狭长的谷地。在这万籁俱寂的荒山之夜里，一侧山峦的阴影中有山泉发出单调的流水声，萤火虫神秘地飘飘浮浮，闪着紫水晶或者黄玉的微光，有节奏地明灭着。另一侧的山峦逐渐让位给谷地，低处有一条多石的古道，同样古老的是这条道上的一个谷地小石镇。深夜时分，有一个高个子摩洛哥人，披一袭宽大的白羊毛斗篷，戴一顶桶形毡帽，骑一匹右前脚有点儿跛的枣红色公马，进了这个小镇。

这小镇仿佛已经被人遗弃，了无生气。事实上也是如此。那摩洛哥人起初经过一条阴影中的街道，两边是些石结构的房屋，张着黑洞洞的窗口，屋后的花园也都荒芜了。接着他来到一处明亮的小广场上，这里有一个带顶棚的长形水池，一座大门上端立着蓝色圣母塑像的教堂，还有几户人家，前方最靠边的那家开夜店，底层的小窗户透着灯光。瞌睡的摩洛哥人清醒过来，拉紧了缰绳，迫使他的跛脚马更精神地踏着广场上的坑坑洼洼的石头。

听见马蹄声，一个样子像乞丐的瘦小老婆子来到夜店门口，从她身后蹦出一个约莫十五岁的圆脸小姑娘，额头上披着刘海儿，赤脚穿一双绳底帆布鞋，身上是一件薄薄的枯紫藤花色连衣裙。本来躺在门口的一只竖着两只短耳朵的毛色光滑的大黑狗也站了起来。摩洛哥人在门前下了马，大黑狗立刻冲上去，满眼凶光，像是憎恶地露出一嘴可怕的白牙。摩洛哥人扬起了皮鞭，小姑娘吓得抢先大喊了一声：

"黑子！你怎么啦？"

大黑狗就低下头，慢慢走到一边去，脸对着墙壁躺下了。

摩洛哥人用很糟糕的西班牙语打了招呼，然后问这镇上有没有铁匠，明天得给他的马看看蹄子；又问什么地方可以让他的马过夜，能不能给马弄点儿饲料，再给他本人弄一顿晚饭。小姑娘十分好奇地观察着这个人的大个子和有许多麻子的很黑的小脸，担心地斜睨着乖乖地躺着然而似乎在生气的大黑狗。老婆子（她一只耳朵聋）连忙扯着嗓子回答说：铁匠有，雇工就睡在旁边的牲畜院里，马上过去叫醒他，让他给马弄饲料，至于吃的东西，只要客人不挑剔，可以煎鸡蛋，晚饭只剩下一点儿冷豆子，还有炖肉……半小时以后，由雇工（一个总是喝得醉醺醺的老头子）帮着安顿好了马的摩洛哥人已经坐在厨房里的餐桌旁，狼吞虎咽地吃着晚饭，贪馋地喝着发黄的白酒。

这夜店年深日久了，底层由尽头有很陡的扶梯通楼上的长长的穿堂分成两半，左边一半宽敞而低矮，铺着一般老百姓睡的铺板；右边一半同样宽敞而低矮，是厨房兼餐室，四壁和天花板都给烟熏得漆黑。房子的墙壁很厚，因此窗户就很深，而且也小。炉灶砌在这边屋尽里头的那个角落，桌子板凳的做工都很粗糙，没有铺什么东西，时间一长都磨得溜光，石铺的地面也不平整。屋里点着一盏用一条发黑的铁链吊在天花板上的煤油灯，有一股灶火和烧焦的猪油气味。趁摩洛哥人在吃浇了醋和绿橄榄油的冷豆子的工夫，老婆子点燃了灶火，烧热了已经发酸的炖肉，然后给他煎鸡蛋。摩洛哥人没有脱去斗篷，也没有摘下帽子，大大叉开两条腿坐着，他脚上穿一双厚厚的皮鞋，宽大的白羊毛裤裤脚紧紧裹了起来，扎在脚踝处。小姑娘帮着老婆子伺候客人，不时地被他迅速而突然地投过来的目光弄得心惊胆战，他那发青的眼白在有一张薄嘴的干黑的麻脸上显得很突出。这位客人本来就让小姑娘害怕。他个子太高了，又因为披着那样一袭斗篷而肩膀显得过宽，于是戴桶形帽的头就显得更小了。他的上嘴唇两边都有一些拳曲的黑色硬毛，下巴上也有这样的硬毛。他的头微微向后仰着，使他那橄榄色皮肤包着的大喉结分外突出。他的几乎是黑色的细手指上戴着发白的银指环。他吃着，喝着，一直不说话。

老婆子烧热了炖肉，煎好了鸡蛋，在熄灭了的灶火旁一张板凳上疲倦地坐下来，接着就扯着嗓子问摩洛哥人从哪儿来上哪儿去，摩洛哥人操着挺重的喉音只回答了两个字：

"很远。"

摩洛哥人吃完炖肉和煎鸡蛋，晃一晃已经空了的酒罐（炖肉里放了许多红辣椒），老婆子对小姑娘点头示意，小姑娘抓起酒罐就往敞开的厨房门外跑，消失在黑暗的穿堂中，那儿有萤火虫在慢慢地飘浮，闪着奇幻的光。这时候摩洛哥人从怀里掏出一包香烟，点上一支，仍旧简短地问了一句：

"孙女吗？"

"侄女，孤女。"老婆子大声回答，接着就讲她如何疼爱她那死去的弟弟——小姑娘的父亲，为了弟弟她终身未嫁，这夜店是弟弟的产业，十二年前弟妹去世，八年前弟弟去世，把所有的家产都留给了她这个姐姐，在这个荒了的小镇上如今生意很不好做……

摩洛哥人一面吸烟一面心不在焉地听着，他在想他的心事。小姑娘拿着满满一罐酒跑进来，摩洛哥人看了她一眼，把剩下的烟头使劲吸了一口，以至于烫了他的尖尖的黑手指，他连忙点上另一支烟，慢吞吞地对已经被他发现耳朵聋的老婆子说：

"要是你的侄女来给我斟酒，我会很高兴。"

"这不是她的事儿。"老婆子断然予以拒绝,语调从唠唠叨叨一下子转变为斩钉截铁。她生气地大声说:

"时候不早了,你喝完酒就去睡觉,她这就到楼上去给你铺床。"

小姑娘活泼地闪了闪眼睛,不等命令下达就再一次跑了出去,迅速爬上二楼。

"你们两个在哪儿睡觉?也在楼上?"摩洛哥人问,同时把帽子往上推了推,他的额头已经汗湿了。

老婆子大声说,夏天楼上太热,没人来投宿的时候(现在几乎没人来投宿了),她俩就在楼下那边屋里睡觉,说着用手指了指穿堂那边,接着又抱怨生意不好做,什么东西都很贵,所以不得不向过往的客人多要钱……

"我明天一早就走。"摩洛哥人说,他显然没听老婆子说些什么,"早晨你给我咖啡就行了。所以你现在就可以算算我该给你多少钱,我马上付清。不过等我看看我的零钱搁在哪儿。"摩洛哥人说着就从斗篷里掏出一个红色的软皮钱袋,把系在口上的带子解开,倒了一堆金币在饭桌上,装出认真数钱的样子。老婆子瞪圆了眼睛看着金币,惊得从炉灶边的板凳上抬起了身子。

楼上既黑又热。小姑娘推开门走进闷热的黑暗中,这儿跟楼下一样,有两扇带百叶窗的窄小的窗户,月光从百叶窗的缝隙中刺目地射进来。小姑娘灵巧地摸黑躲过摆在正中间的一张圆桌,拉开窗户,推开百叶窗,看到了光明的月夜,看到了只有几颗星星的辽阔而明亮的天空。呼吸变得轻松些了，可以听见谷地的流水声。小姑娘探身窗外，想看看仍旧挂在高高的天上，从屋里看不见的月亮，然后她往下看了一眼。黑狗在下面抬起脸来望着她，这狗五年前不知从哪儿跑到夜店来，是只失群的小狗崽儿，它就在小姑娘跟前长大，对她依恋忠诚到只有狗做得到的程度。

"黑子，你怎么不睡觉？"小姑娘低声说。

黑子把脸向上晃了晃，发出一声低低的哀鸣，接着就冲向敞开的穿堂门。

"回来，回来！"小姑娘连忙低声命令道，"躺下！"

黑子站住了，又抬起脸来，眼睛闪了闪，像两个红色的光点。

"你想干吗？"小姑娘温柔地问黑子，她一向跟黑子说话就像跟人说话一样，"怎么不睡觉，小傻瓜？是月亮闹的？"

黑子像是要对她说什么，把脸使劲往上抬，并且再一次轻声哀鸣。小姑娘耸耸肩膀。黑子对她来说也是最亲的，甚至是世上唯一最亲的生物了，黑子的思想感情她几乎都明白。可是现在黑子想表达什么，又担心什么，她却不明白了，因此只伸出一个指头表示严重警告，再一次假装生气地低声命令道：

"躺下，黑子！睡觉！"

黑子躺下了，小姑娘还在窗旁站了一会儿，心里想着黑子……也许是这个可怕的摩洛哥人吓着它了。它对待来住店的客人一向态度平和，即使来了一些看上去像强盗、苦役犯的人，它也不管。但是确实也有一些人，黑子看见了不知道为什么就像疯了似的咆哮着扑过去，只有小姑娘一个人能让它平静下来。不过也可能有别的原因使得黑子不安，烦躁，比如天气闷热，一点儿风也没有，这满月的夜晚也太亮了。在这不寻常的夜的寂静中，可以清楚地听见谷地的流水哗哗地响，一只山羊在牲畜院里走动，跺着蹄子。忽然间，不知是夜店的那头老骡子还是摩洛哥人的马一尥蹶子踢了山羊一脚，山羊扯开嗓门咩咩地叫起来，那声音难听得就像魔鬼叫。小姑娘嘻嘻地蹦着离开了窗口，打开另一扇窗户和它外面的百叶窗。屋里变得更加明亮。除了正中那张桌子，进门往右摆着三张挺宽的床，床头靠墙，床上只铺着粗布床单。小姑娘掀开靠门第一张床上的床单，拍好枕头，那枕头忽然被一种晶莹柔美的蓝光奇幻地照亮了，原来是一只萤火虫落到了她的刘海儿上。她抚一抚刘海儿，那萤火虫就时明时灭地飘向别处去，小姑娘也轻声唱着跑开了。

摩洛哥人站直了长长的身子，背对着厨房门，不依不饶地、怒气冲冲地在跟老婆子说什么，声音不大。老婆子一个劲儿摇头。摩洛哥人耸耸肩，把他那恶狠狠的面孔转过来对着刚进门的小姑娘，小姑娘吓得倒退一步。

"床铺好了？"摩洛哥人操着喉音大声问。

"都弄好了。"小姑娘连忙回答。

"可是我不知道怎么走。你给我带路。"

"我自己给你带路。"老婆子生气地说，"跟我来。"

小姑娘听见老婆子慢慢踏着楼梯，摩洛哥人蹬着大皮鞋跟在后面，她就到屋外去了。躺在门边的黑子立刻跳起来，摇着尾巴，高兴得浑身发抖，上来舔小姑娘的脸。

"走开，走开。"小姑娘低声说，同时温柔地推了黑子一把，自己在门槛上坐下来。黑子也坐在后腿上，小姑娘搂着黑子的脖子吻了吻黑子的额头，跟黑子一起摇晃着身子，听着楼上那摩洛哥人的重重的脚步声和喉音很重的说话声。他还在跟老婆子说什么，语气已经比较平和，谈话的内容却听不清楚。最后摩洛哥人大声说：

"行了，行了！不过你得叫她给我送水来，我夜里要喝。"

接着就听见老婆子小心翼翼地走下楼来。

小姑娘迎着老婆子走进穿堂，语气坚决地说：

"我听见他说什么了。不行，我不上他那儿去。我怕他。"

"瞎说，瞎说！"老婆子喊叫起来，"你想让我这两条腿再爬一趟？那楼梯又黑又滑！他根本没什么可怕的。他只不过太傻，脾气太大，可是心好。他一直在跟我说他可怜你，说你是个穷姑娘，没人娶不带嫁妆的姑娘。这倒是真话，你有什么嫁妆？咱们已经破产了。如今除了讨饭的农民，还有谁上咱们这儿来住店。"

"我刚才进厨房去的时候，他怎么那样凶？"小姑娘问。

老婆子慌了神。

"怎么，怎么！"老婆子喃喃地说，"我叫他别管闲事……他就生气了……"

接着老婆子气呼呼地大声说：

"快去，打满水给他拿去。他答应送你东西感谢你。去呀，我说！"

小姑娘拿着满满一罐水跑进楼上那间开着门的房间的时候，摩洛哥人已经脱了衣服躺下了，在明亮的月夜的暗处，他的两只鸟眼黑得有穿透力，头发剪得短短的小脑袋也是黑的，长衬衫是白的，一双大光脚板跷着。屋子正中那张桌子上搁着一把又大又亮的左轮手枪，带一个圆鼓，枪筒挺长，而摩洛哥人旁边的那张床上有一堆他脱下的白白的衣服……这些东西都使人毛骨悚然。小姑娘冲上前去把水罐往桌子上一放就连忙往回跑，可是摩洛哥人跳起身来抓住了小姑娘的手。

"等等，等等。"摩洛哥人急促地说，同时把小姑娘硬拉到床边。他一直不放开她的手，在床边坐下对她耳语道，"在我身边坐一会儿，坐下，坐下，听着……你听着……"

吓傻了的小姑娘乖乖地坐下来。摩洛哥人急匆匆地赌咒发誓，说他爱上了她，爱得神魂颠倒，只要她吻他一下，他就给她十个金币……二十个金币……他有一大袋金币……

摩洛哥人从枕头底下摸出一个红色软皮袋子，两手颤抖着解开，然后把金币倒在床上，同时喃喃地说：

"瞧我有多少金币……看见了吗？"

小姑娘拼命摇头，并且从床上跳起来。可是摩洛哥人立刻又把她抓住，用自己那干瘦干瘦的手紧紧捂住小姑娘的嘴，把小姑娘撂在床上。小姑娘使出疯狂的力气掰开摩洛哥人的手，尖叫了一声：

"黑子！"

摩洛哥人再次用一只手捂住小姑娘的嘴和鼻子，另一只手去抓小姑娘的两条光腿，而她猛烈地蹬着踢着，狠狠地踢在摩洛哥人的肚子上。就在这个时候，摩洛哥人听见冲上楼来的黑子的咆哮声，他连忙起来去抓桌子上的手枪，但是还没摸到扳机就被掀倒在地板上。为了躲开黑子向他张开的大嘴和大嘴里喷出来的烫人的狗的气息，他挣扎着抬起了下巴，黑子一口就咬断了他的喉管。

1949 年 3 月 23 日

（陈馥 译）